有一种力量,叫文学;
有一种美好,叫回忆;
有一种感动,叫青春;
有一种生命,在鲁院!

鲁迅文学院「百草园」书系

岁月与人

刘国震 ◎著

SUIYUE YU REN

无论写人记事，还是抨击时弊，漫议世相，皆持之有据，逻辑缜密，见解独到，风骨毕现。

江西高校出版社

图书在版编目（CIP）数据

岁月与人 / 刘国震著. —南昌：江西高校出版社，2017.4

（鲁迅文学院"百草园"书系）

ISBN 978-7-5493-5338-5

Ⅰ.①岁… Ⅱ.①刘… Ⅲ.①散文集—中国—当代 Ⅳ.①I267

中国版本图书馆CIP数据核字(2017)第091711号

出 版 发 行	江西高校出版社
社　　　址	江西省南昌市洪都北大道96号
总编室电话	（0791）88504319
销 售 电 话	（0791）88595089
网　　　址	www.juacp.com
印　　　刷	北京一鑫印务有限责任公司
经　　　销	全国新华书店
开　　　本	700mm×1000mm　1/16
印　　　张	17
字　　　数	212千字
版　　　次	2017年4月第1版 2020年7月第2次印刷
书　　　号	ISBN 978-7-5493-5338-5
定　　　价	46.00元

赣版权登字-07-2017-445

版权所有　侵权必究

图书若有印装问题，请随时向本社印制部（0791-88513257）退换

目录 Contents

被蚊子叮出的诗 ……………………………… 1
两首"绝命诗" …………………………………… 4
浩然献给周总理的一首长诗 ………………… 8
历史歌曲岂能这样改 ………………………… 12
"蚊子"架起友谊桥 …………………………… 16
方言的尴尬 …………………………………… 19
"诗应该从纸面上站起来" …………………… 22
一元钱请来《花神和雨神》 ………………… 26
他的作品教人学好 …………………………… 29
浩然,一棵北方原野上的枣树 ……………… 33
一路征行诗为伴 ……………………………… 37
尧乡诗会上的将军诗人 ……………………… 41
说说我的网名 ………………………………… 44
我读的第一部新诗集 ………………………… 46
"写警"的糗事 ………………………………… 49
"煤矿诗人"孙友田 …………………………… 52
悼念肖尹宪先生 ……………………………… 56
缅怀陈超先生 ………………………………… 59
李肇星:诗人外交家 ………………………… 61
两件小事 ……………………………………… 64
那岁月,那书,那人 ………………………… 66

为詹其雄喝彩	69
火红的柿子炽热的情	71
蓝蓝的诗情，蓝得像火	74
爱是秋月洁如冰	79
拍电视剧？你拉倒吧！	82
郭沫若为《艳阳天》题写过书名吗？	84
浩然躲过了一场大祸	87
也为浩然说几句话	92
"气愤"	97
为什么诋毁钱学森？	100
这个"的哥"，好样的！	102
这个细节震撼了我	105
乱开药方	107
哀思绵绵送浩然	111
《色戒》的三个微妙细节	117
对一首诗的质疑	120
接着说说他奶奶	123
追到黄泉骂不休	129
文化偶像，谁说了算？	134
《映山红》：新词不如旧词好	136
这句台词改糟了	139
当文学评论盯紧了"前列腺"	143
弥天大谎	148
"不许说甜！"	150
女儿名叫刘梦遥	152
浩然、刘国玺与美国友人	156
"谁要你的臭钱！"	160
为什么嫉恨唐国强？	163
孙犁初读《艳阳天》：惊叹不已	165
那咱就翻翻法律条文	167

给肖云儒先生挑几个错	169
《知音歌》幸遇知音	171
岂能如此糟蹋自己的形象？	173
如此"人性化执法"	175
中国电影史的一个遗憾	179
生者与死者共有的遗憾	181
一张嘴就露怯	183
"厕所在哪儿？"	185
劝君少骂义和团	192
七岁，那饱受摧残的嫩芽	195
浩然："咱们得自己喊叫！"	197
"办事"的"办"	200
"玩大了！"	202
"巡捕"进入我的博客	204
23年了，这首诗我仍能默诵	206
28年前的"眉批"	208
观音土可以当盐吃？	211
从"40美元红线"说开去	213
"老顽童"的睿智与魅力	217
人格魅力真理光芒	220
从"悬赏缉拿"到"重金换像"	224
别糟蹋红歌	227
陈少敏是哪年去世的？	229
从优待驴	231
翻出几张"老照片"	232
天 哭	235
诗人卖书	237
岁月撷影	239
"看历史"要睁着眼睛	246
也说"砖家"	248

听"北大醉侠"讲课 ………………………… 251
劳动、爱情与诗 …………………………… 255
龙年说狗 …………………………………… 257
陆游遭贬损,老孔吃官司 ………………… 259

被蚊子叮出的诗

  诗的孕育和诞生过程各种各样，千姿百态，可以说每首诗都有它独异的"生产方式"。说来好笑，我有几首诗，是被蚊子"叮"出来的。

  曾经听过这样一则趣事。一天，幼儿园的阿姨教小朋友认识各种动物，其间提了这样一个问题："你最害怕的动物是什么？"孩子们的回答五花八门，有说大老虎的，有说大灰狼的，有说金钱豹的，还有说狮子或毒蛇的，一个小男孩却回答："我最怕蚊子！"引起一片清脆的笑声。许多人把这事当笑话讲，我却以为，那个小男孩说的是大实话，而且只有他是经过独立思考的，说的是自己的切身感受。对于蚊子，想必他是深受其害，而老虎、狮子之类，他肯定只在动物园见过，而且感觉很美、很好玩。

  我就最讨厌蚊子，且不说它以吸食别人血液为生的手段有多损、多卑鄙，也不追究它传播疾病的罪孽有多大，单是它不让已操劳了一天的人们好好睡觉就够得上"就地正法"了。这些家伙看起来渺小，微不足道，但昼伏夜动，神出鬼没，极难对付。如不提前防范，一个蚊子便能搅得你彻夜难眠，苦不堪言。想想看，你浑身瘙痒，急得抓耳挠腮，它却在那儿哼着小曲儿，轻歌曼舞，不时叮你一口，就像喝一杯酸奶、豆浆或果汁一样惬意，可气不？

  2001年5月9日，我等待转业期间去邢台办事，晚上在一个部队客房借宿。当被一群蚊子围攻得忍无可忍，不得不醒来时，我才意识到犯了一个难以挽回的错误——没有准备蚊香。此时已是深更半夜，附近的小商店肯定已经关门，出去买蚊香已不可能。隔壁住着营部通信员，他宿舍内也许有蚊香或灭蚊喷剂，我又不忍心为这点事把人家弄醒。看来这晚是睡不成了，手头连一本书都没有，干点啥？忽然就有了写诗的冲动，就写这该死的蚊子吧。很快就吟出了一首小诗《蚊子》："没有什么/属于自己的东西/就连体内的血液/也是偷的抢的。"为了能凑成一组，便于发表，我联想到蚊子的几个臭味相投的"战略伙伴"，又一口气写出了另三首。《苍蝇》："头脑灵活/眼睛灵动/可惜热衷追腥逐臭/留一世骂名"。《老鼠》："从不学耕种/只热衷打洞/注定了人人喊打的命运"。《臭虫》："唯其臭/才无人敢碰。"我把这几首被蚊子"叮"出的诗寄给对微型诗（又称"袖珍诗"、"小诗"）颇有研究的河北省著名诗人申身征求意见，申老师看后给予肯定，并把《蚊子》中的"也是偷的抢的"一句改为"也是抢来的"，把《苍蝇》的尾句改为"身后留一串骂名"。这四首小诗以《四害吟》为总题，先后在几家报刊发表，也收进了我的诗集《凝思与歌唱》。其中《臭虫》还被选入湖南人民出版社2011年2月出版的《网络微型诗300首》一书。

关于蚊子的诗，我后来又写了一首，更短，只有两句："嗜血者/常哼着柔情的小调。"我想，这种超短型的小诗，倒是与蚊子的体型相匹配。

蚊子虽坏，倒也有个优点，就是它叮人不看你的身份地位，无论高官还是草民，不管是无名小卒，还是名流大腕，抑或富商巨贾，都一视同仁，"该出手时就出手"，不像我们人类，有欺软怕硬的毛病。那些著名的诗人可能也大都被蚊子咬过，不少诗人都有写蚊子的诗。去年，作家李中贤送我一本山东著名诗人桑恒昌的诗集《听听岁月》，这是我近年读到的最好的诗集之一，拿起就放不下。其中一些精彩的短章，我还用手机短信陆续发给远方的文友。书中写蚊子的诗就有两首。一首是《黑夜里的战斗》："被毒蚊咬醒/开灯下床/寻一把蝇拍在手/凛凛然/若汉寿亭侯/和他的/青龙偃月刀//一件暗器/从更暗的地方飞出/被我无刃之刀/凌空斩个正着//上可报国/下可养家的/男儿血/怎能再给/这厮。"写得意趣盎然。另一首较短,题为《飞机上》,更富有情趣:"千里之外/万里之上/潜伏的蚊子/像老牌流氓//不就是不愿/给你几滴血吗/何至如此/苦苦追杀。"蚊子追到飞机上叮人,也真够执着和敬业的。

桑恒昌写蚊子的诗,最出色也最有影响的,当属那首《打蚊子》。诗曰:"一掌/把蚊子/浮雕在墙上/正法之后/用我的血/写它的罪恶。"此诗被选入杨光治编选、花城出版社1999年出版的《过目难忘·诗歌》一书。我在驻山西运城某部任职时,有一次去拜访著名演讲家景克宁教授,谈到诗歌,在座的一位景教授的朋友饶有兴趣地背诵起这首诗,而且上升到反腐败的高度予以赏析,赞叹之情溢于言表。他并不写诗,好像也不是教中文的,此诗的影响可见一斑。老诗人申身也写过一首题为《蚊子》的小诗:"吸去你的血,鼓红它的肚子。你若不给他一巴掌,它反倒骂你麻木不仁。"诗评家苗雨时教授将它收进了花山文艺出版社出版的《申身小诗百首点评》。写蚊子的诗很多,其中不乏精品,若有好事者搜集起来,编一部《中国诗人咏蚊子》或《诗人笔下的蚊子》之类结集出版,会很有趣。

说到诗的产生过程,早年曾订阅著名诗人、诗评家阿红主编的《当代诗歌》月刊,上面开了一个专栏,名曰"花儿为什么这样红",全国数十位知名诗人就他们的得意之作应邀写了文章。读来意趣无穷,颇受启发,让人看到了诗歌背后的东西。后来这些文章结集为《诗的诞生》一书,1987年由四川文艺出版社出版。我当时邮购了一本,没多久就被一个爱诗的同学借走了,此后一别十数年。后来,与阿红先生通信时提及此书,76岁高龄的老诗人很理解我,从沈阳给我寄来一本,还附上一幅亲书的条幅,令我欣喜和感动。

这些年我写诗少了,个中原因,一言难尽。但对社会生活的麻木与迟钝不能不说是一个重要原因。你对什么都不疼不痒的,又何来诗的冲动?试想,如果那晚我面对一群蚊子的偷袭依然醉卧梦乡,麻木不仁,还能写出那几首诗吗?当你被某种事物搅扰得或忧伤,或痛苦,或愤懑,或兴奋,当你因此而辗转反侧、彻夜难眠时,诗也就呼之欲出了。这是蚊子给我的启示,确切地说,是挨蚊子咬而得到的启示。

两首"绝命诗"

曾经读过两首"绝命诗",印象深刻,过目不忘。一首是:"恨不抗日死,留作今日羞。国破尚如此,我何惜此头。"另一首是:"慷慨歌燕市,从容做楚囚。引刀成一快,不负少年头。"

前一首是抗日名将吉鸿昌临刑前用树枝在雪地上写下的就义诗,曾被收入《革命烈士诗抄》等多种诗歌选本,电影《吉鸿昌》中也有这个真实而感人的情节。这首诗多年来可以说是家喻户晓,能默诵者,绝非仅是诗的爱者。后一首是汪精卫早年谋刺清廷摄政王载沣被俘后在狱中所作,曾传诵一时,但随着时间的流逝,尤其是因了它的作者汪精卫的蜕变,多年来已很少有人提起或引用,日趋暗淡。两诗的作者均"鼎鼎大名",两首诗也都写得慷慨激昂、气壮山河,却有着不同的命运,令人深思,值得玩味。

我们不妨先简要回顾一下这两人在历史上各自做了些什么。

吉鸿昌(1895-1934),河南扶沟县人。1913年入冯玉祥部当兵,因骁勇善战,屡立战功,从士兵擢升至军长。他为人正直,不畏权势,人称"吉大胆"。1930年9月接受蒋介石收编,任第22路军总指挥兼第30师师长,奉命"围剿"鄂豫皖革命根据地。因其厌恶内战,对"剿共"态度消极,1931年8月被蒋介石解除兵权,出国"考察"。其间环游欧美,发表抗日演说,寻求国际声援。1932年4月,吉鸿昌在北平加入中国共产党,按党的指示联络冯玉祥出山组织抗日武装,毁家纾难,变卖家产6万元购买枪械。1933年5月,与冯玉祥、方振武在张家口建立察哈尔民众抗日同盟军,任第2军军长、北路前敌总指挥,率部向察北日伪军进击,连克康保、宝昌、沽源、多伦四县,将日军驱出察境。蒋介石反诬同盟军破坏国策,令何应钦指挥16个师与日军夹击同盟军。吉鸿昌率部战至10月中旬,终因弹尽粮绝而失败。后潜往天津继续从事抗日活动,参与组织中国人民反法西斯大同盟,秘密印刷出版《民族战旗》报,宣传抗日,并准备重新组织抗日武装。1934年11月9日,在天津法租界被军统特务暗杀受伤,被逮捕并引渡到北平。敌人使出种种手段,企图让他投降。吉鸿昌宁死不屈,大义凛然地说:"我是共产党员,由于党的教育,我摆脱了旧军阀的生活,转到工农劳苦大众的阵营里来了。我能够加入革命的队伍,成为共产党的一员,为我们党的主义,为人类的解放而奋斗,这是我毕生的最大光荣。"1934年11月24日,吉鸿昌被蒋介石下令杀害于北平陆军监狱,刑前赋诗一首,流传至今。去年为纪念抗日战争胜利60周年,我写了组诗《永远的丰碑》,其中有一首《吉鸿昌》:"有的人为了脑袋/丢了灵魂/而你为了祖国/丢了脑袋//你其实就是为抗日而死啊/蒙羞的该是/那些向同胞开火的/枪口。"这首诗,正是以吉鸿昌的就义诗为依托写成的。

  汪精卫(1883-1944),名兆铭,字季新,"精卫"是号,想必是取"精卫填海"之古意。祖籍浙江山阴(今绍兴),出生于广东三水。1903年赴日本留学,积极追随孙中山先生致力于推翻清王朝的资产阶级民主革命。1905年参与组建同盟会,曾任《民报》主编。1905至1906年资产阶级革命派与改良派论战期间,发表一系列文章,宣传革命主张,抨击清政府和改良派,影响巨大。1907年随孙中山赴南洋。1910年3月,谋炸清摄政王载沣,事泄被捕,武昌起义后获释。辛亥革命后受袁世凯收买,参加组织国事共济会,拥袁窃国。袁世凯失败后,投奔孙中山。1925年3月孙中山病危,汪精卫代为起草遗嘱。孙中山病逝后,汪精卫于1925年7月任国民政府常务委员会主席兼军事委员会主席。蒋介石发动"四·一二"反革命政变后,汪精卫于1927年在武汉发动"七·一五"反革命政变。1931年"九·一八"事变后,主张对日妥协。抗日战争爆发后,任国民党副总裁、中央政治委员会主席、国民参政会议长。1938年12月离开重庆，发表公开投降日本书。1939年底和日本签订卖国密约《日支新关系调整纲要》。1940年3月在南京成立伪国民政府，任主席，以"和平反共建国"为口号，破坏抗战，镇压沦陷区人民，并组织伪军配合日军向中共抗日根据地进攻。1944年11月10日，病死于日本名古屋。

汪精卫行刺摄政王时抱着必死的决心，根本没有想到生还。他在写给孙中山的《致南洋同志书》中写道："吾侪同志，结义于港，誓与满酋拼一死，以事实示革命党之决心，使灰心者复归于热，怀疑者复归于信。今者北上赴京，若能唤醒中华睡狮，引导反满革命火种，则吾侪成仁之志已竟。……此行无论事之成败，皆无生还之望。即流血于菜市街头，犹张目以望革命军之入都门也。"汪精卫冒死去北京刺杀清政府高官，用事实击碎了关于同盟会领袖是贪生怕死的"远距离革命家"的谎言，挽回了民众对革命党的信心，在当时激起强烈反响。此行之壮烈，不亚于当年的荆轲刺秦王。那首题为《被逮口占》（又名《慷慨篇》）的绝命诗，从狱中传出后，立即被许多报纸争相转载，"引刀成一快，不负少年头"成为当时向往革命的热血青年广为传诵的佳句。

客观公正地说，早期的汪精卫，的确是一个思想解放、追求民主、推进共和的热血青年，也确实为革命做出过很大的贡献。假如汪精卫当年被俘后被清廷以惯例处死，他无疑会作为一名杰出的资产阶级革命家而名垂史册。那首绝命诗也会与荆轲的"风萧萧兮易水寒，壮士一去兮不复还"、文天祥的"人生自古谁无死，留取丹心照汗青"、谭嗣同的"我自横刀向天笑，去留肝胆两昆仑"、续范亭的"窃恐民气摧残尽，愿将身躯易自由"、夏明翰的"砍头不要紧，只要主义真"一样光照千古。那样，中国历史上就会少一个汉奸，多一个英雄。但历史不能"假如"，清政府没有成全他的名节。在事关民族危亡的紧要关头，政治上的幼稚、短视抑或人格上的缺失，使他做出了一个极其愚蠢而谬误的抉择，堕落为世人唾骂的头号大汉奸，成为中华民族的千古罪人，毁了自己曾经光荣的历史，也糟蹋了一首本可传世的好诗。这无论如何不能不说是个令人扼腕叹息的悲剧。有人曾经把汪诗稍作改动，成了："曾经慷慨歌燕市，无奈从容做楚囚，恨不引刀成一快，可惜终负少年头。"还有："曾经慷慨歌燕市，可惜最终做汉奸，未曾引刀成一快，留得骂名臭万年。"是调侃，是批评，也含着惋惜。

近年来，有一股"翻案风"颇为热闹，为曾国藩翻案，为李鸿章翻案，为刘文彩翻案，乃至为秦桧翻案。赶此"时髦"，也有人把汪氏从故纸堆里拣了出来，为其评功摆好，详加考证其如何不好烟酒、不近女色、生活清廉、不恋权位、不搞帮派等等。还有人对汪氏的文才、口才以及书画艺术津津乐道。殊不知，对政治人物的盖棺论定，主要是看"大节"的。鲁迅说：有缺点的战士毕竟是战士，苍蝇再完美，终究是苍蝇。一个逆历史潮流而动，与法西斯强盗谋求合作的人，想摘掉汉奸的帽子，我看很难。

写到这里，忽然想起，去年在邢台席殊书屋，见到过一本颇厚而精致的旧体诗词选本，书中引人注目地收入了汪精卫的那首《慷慨篇》。当时未买，现在竟连书名也记不得了。这大概是中华人民共和国建国50多年来首次将汪诗"入典"。这也说明，虽然汪氏的"汉奸"帽子未必能摘掉，但"因人废文"的时代已经成为历史了。

话说回来，如果编选一部《现代爱国诗词选》，若让我在这两首"绝命诗"中取舍，我还是毫不犹豫地选吉鸿昌那首。因为，汪氏以自身的污点，遮掩了诗的光芒；而吉诗是用鲜血与生命写成，烈士用自身的壮举，丰富了诗的内涵。

浩然献给周总理的一首长诗

浩然以农村题材的小说驰名中外,他的长篇小说《艳阳天》《金光大道》《苍生》《山水情》《晚霞在燃烧》,中篇小说《浮云》《弯弯的月亮河》《老人和树》以及短篇集《春歌集》、儿童小说集《幼苗集》都曾产生广泛影响,为广大读者所熟悉。然而,他也曾写诗,似乎知道的人就不多了。

2002年春,我采访浩然先生时,对他说:"不久前,我在邢台一个旧书摊上,见到1977年天津出版的一本诗集,里面有您一首长诗,是歌颂周总理的。"他略加思忖,便笑着点点头,表示认可这件事。一旁的三河市文联秘书长王宝森同志很感兴趣地问:"你买下没有?"我遗憾地摇摇头。原来,历经漫长的岁月,那首诗,浩然先生已没有底稿,也没有那本诗集的样书了。经常陪伴在浩然身边的王宝森秘书长,也不曾读过那首诗。而此时,《浩然全集》正在筹划出版,征集资料的工作很重要。

从那时,我就拿定主意,一旦再见到那本书,一定买下。

一晃几年过去了,大约在去年,那本书终于又被经常到旧书摊转转的我觅到了。没二话,拿下。而此时,重度中风的浩然先生在北京的医院里躺了三年多了,已是有口而不能言。据三河市文联的朋友讲,十八卷本的《浩然全集》也已由中国文史出版社出版了,印装质量不甚理想,许多比较重要的文稿也未能编入……

1977年1月8日是周恩来总理逝世一周年纪念日,在我的印象中，该年度是各地编印出版关于周总理的各类图书最多的一年。我重新觅得的那本书是《周总理颂》，天津人民出版社1977年6月出版，定价0.73元。该书共收入新诗、旧体诗词50多首，都是献给周总理的颂歌。这些诗的作者，有郭沫若、光未然、魏巍、郭小川、李瑛、李季、张志民、阮章竞、赵朴初等久负盛名的诗坛宿将，有柯岩、石祥、徐刚、梁上泉、魏钢焰、瞿琮、寇宗鄂、王恩宇等诗坛名流和以写小说、剧本为主的孟伟哉、陈其通等著名作家，也有当时初试锋芒、80年代以后才诗名显赫的李小雨等。还有胡厥文、赛福鼎等当时的"党和国家领导人"。浩然那首诗题为《丰碑》，占了22页，约有500多行。书中篇幅最长的，当数李瑛那首著名的《一月的哀思》，近600行。郭小川那首《痛悼敬爱的周总理》也很长，近500行。

建国初期浩然初学写作时，什么都写，也写过诗，用他自己的话说，时常有小诗刊登在当时的"报屁股上"。但他1956年在《北京文艺》发表小说《喜鹊登枝》后，在小说界名气渐大，就极少写诗了。1976年12月17日（这是诗后标明的写作日期），在周总理逝世一周年即将到来之际，他拾起尘封了20年的诗笔，一气呵成写成了这首饱含革命激情的抒情长诗，这充分说明了他对敬爱的周总理的深挚感情。

浩然虽然不是以诗名世，但他和诗还是有一定渊源的。郭小川、贺敬之、张志民的诗，是他的最爱。他1959年秋加入中国作协，当时主动介绍其入会的，是时任全国作协党组书记、秘书长的著名诗人郭小川。他的长篇小说《艳阳天》，洋溢着诗一般的战斗激情。《西沙儿女》则是用散文诗一样优美的语言讲述发生在南中国海的抗敌故事，充满强烈的爱国主义情感和中华民族的浩然正气。关于浩然与诗，还有这么一段趣事：1956年，浩然任《俄文友好报》记者时，去山西汾阳采访杏花村汾酒厂，醉酒后诗兴大发，即兴吟一小诗赠给酒厂："吕梁山下古酒家，酒家门前开杏花。杏树开花香十里，古酒开坛香天下。"30多年后，浩然偶然在《人民日报》读到一篇介绍杏花村汾酒厂的文章，文章说有一首民歌在那里广为流传，而文章引用的那首所谓"民歌",正是浩然当年即兴吟出的四句七言诗!也难怪,这首诗形式上太像50年代后期风靡一时的"民歌体"了。前些年曾有报道说,广东一饮料厂以100万元巨酬请浩然做电视广告,厂方拟好了广告词:"喝了这饮料,可以再写一部《艳阳天》!"被浩然婉拒。广东花100万买不来的广告,浩然分文不取地赠予了山西。杏花村汾酒厂何不拿浩然做做文章呢!

扯远了,还是回到浩然敬献给周总理的这首《丰碑》上来吧。

诗太长,贴上全诗有困难,我们只品读一下第一小节吧——

> 白云朵朵,
> 飘来了,
> 天山的雪莲;
> 彩霞腾腾,
> 染红了,
> 中原的牡丹;
> 东风阵阵,
> 吹绿了,
> 兴安岭的松枝;
> 旭日冉冉,
> 绽开了,
> 五指山的木棉;
> 从长江两岸,
> 摘取的金玫瑰;
> 从井冈哨口,
> 采集的紫杜鹃。
> 彩色缤纷结队来,
> 千枝青翠万朵鲜。
> 编织起来吧,
> 用八亿颗火热的心,
> 连接成一个,

巨大的花环！
擎举起来吧，
用八亿双坚强的手，
虔诚地奉献在，
周恩来同志的英灵面前！

……

真挚优美，感情充沛。写成这样已是十分难得。须知，这是1976年，中国的文学艺术之苑尚未解冻。

除了那首写汾酒厂的，浩然早期的诗我都没有见到过。这首《丰碑》堪称罕见。我以为，这是浩然一生创作中唯一的一首长篇抒情诗。浩然说他早期练笔时的诗都发在"报屁股"上，以此推断，那些诗都是短诗，无论如何绝对不会比《丰碑》更长。因为任何一家报纸，都不会有容纳几百行长诗那么大的"屁股"。

因此，我收藏了《丰碑》，收藏了这部《周总理颂》。

如果谁考证出浩然还有更长的诗，请告诉孤陋寡闻的我，以便更正。

历史歌曲岂能这样改

燕山高又高,金泉水长流。群雁高飞头雁领,书记带咱向前走。贫下中农的主心骨,敢斗风浪的好带头。和咱心贴心,汗水往一块流,汗水往一块流。啊,迎来丰收心欢畅,争得山河似锦绣。

这是女高音歌唱家边桂荣演唱的电影《艳阳天》的插曲《书记带咱向前走》。1970年代曾广为流传。应该说,这首优美的歌曲对《艳阳天》主题的揭示和对主人公——党支部书记萧长春的刻画都是比较准确的。现在想欣赏这首歌也不难,网上有视频、音频。想看完整的影片也能找到。

不久前从网上看到消息说,崔永元前几年策划出版了一盘老电影歌曲盒带《宁死不屈》,邀请多名当今走红歌星重新演唱、包装,卖得很火,很受欢迎。我从网上搜出了这首宋祖英重新演唱的《书记带咱向前走》,旋律很优美,甚至比电影中的原唱更动听。但出人意料的是,歌词却被改成了这样的——

燕山高又高,金泉水长流。群雁高飞头雁领,书记带咱向前走。咱们乡亲的主心骨,生产致富的好带头。和咱心贴心,汗水往一块流,汗水往一块流。啊,迎来丰收心欢畅,争得山河似锦绣。

听了这首歌,我不能不发出这样的质疑:这样的修改合理吗?有必要吗？这还是摄制于 1973 年的《艳阳天》的插曲吗？歌唱的还是 1956、1957 年的那个农村党支部书记萧长春吗？我的回答是否定的。稍有点中国当代文学史常识的人都知道，《艳阳天》的主题不是"生产致富"。而对不了解《艳阳天》的人来说，听了这首新版的"书记"，也许会以为《艳阳天》的故事发生在 1987 年或 1997 年呢。

新版本把"贫下中农"改为"咱乡亲们"，把"敢斗风浪"改为"生产致富"，显然，是把已经成为历史的东西进行"整容"，用来迎合当今的时政。因为自 1978 年 12 月中共十一届三中全会以后，地主、富农"摘帽"了，与"贫下中农"一样，都被称为"公社社员"，"贫下中农"一词便从报刊上消失了。后来，随着改革的深入，毛泽东时代的人民公社被解散了，"社员"一词也从媒体上消失了，代之以"农民"或"乡亲们"。与此同时，"以阶级斗争为纲"的提法被终止，改成"以经济建设为中心"（其实，毛泽东自建国伊始，就曾号召掀起一个经济建设和文化建设的高潮，以医治战争的创伤，建设一个繁荣富强的新中国。但此后国际国内形势的变幻，使他又不得不重申"阶级斗争是纲"。当然，"纲"与"中心"也是不尽相同的概念），在农村，通俗的说法就是"发家致富"。可以判断，这种历史的发展变迁，就是有人修改这首歌词的因由。

但这种修改注定是失败的，可笑的，拙劣的，是费力不讨好的。历史是不能篡改的，真实表现历史的文艺作品，当它已经走进历史，已经成为人们的记忆时，就不能这么粗暴地修改。因为你修改过的东西，虽然时髦，但不真实。

50 年代中国农村进行如火如荼的社会主义改造，土改后翻身的广大农民响应共产党的号召，组织起来，成立互助组、合作社，走共同富裕的社会主义道路，这就是当时的历史真实。而党中央当时制定的巩固发展农业生产合作社的政策就是紧紧地依靠贫下中农，团结中农，与资本主义自发势力做斗争。不经过斗争，崭新的社会主义制度和意识形态、思想道德风尚是不可能在短短几年就在中国这样一个有着数千年封建历史的大国确立起来的。对这个伟大的历史性巨变的深远意义，党的十七大报告中作了准确而简练的阐述："新民主主义革命的胜利,社会主义基本制度的建立,为当代中国一切发展进步奠定了根本政治前提和制度基础。"所以,歌曲唱"贫下中农的主心骨,敢斗风浪的好带头",真实地反映了那个时代优秀的党的农村基层干部的精神风貌,是作为《艳阳天》"书胆"的萧长春的生动写照。

为什么有人那么讳言"敢斗风浪"呢?退一步讲,即使在"以经济建设为中心"的今天,我们的改革开放和社会主义现代化建设事业难道就不会遇到任何"风浪"了吗?就不需要发扬"敢斗风浪"的大无畏精神了吗?没有风浪,没有矛盾,没有斗争,那为什么一涉及群体性事件和群众上访,各级领导就如临大敌、谈虎色变?为什么1989年的春夏之交,坦克和装甲车就开到了天安门广场?那一个个恶贯满盈的腐败分子、贪官污吏的落马,是不是党和人民群众与之坚决斗争的结果?没有风浪,没有斗争,没有敌对势力的渗透、颠覆、破坏,没有违法犯罪分子的捣乱、滋扰,那我们180万人民警察吃了饭都干什么去了?为什么每年都有那么多人民警察负伤,乃至牺牲?难道共产党人"敢斗风浪"的革命精神也是"左"?也是"'文革'遗风"?有人常把"十一届三中全会"挂在嘴边,却如此讳言"斗争",请问,十一届三中全会思想路线在全党的确立,不正是"改革派"与所谓"凡是派"斗争的结果吗?

抽掉了"敢斗风浪",也就抽掉了萧长春的筋骨,抽去了《艳阳天》的灵魂。凡是读过《艳阳天》的人都知道,为了发展、巩固东山坞农业生产合作社,以萧长春、焦淑红、韩百仲、马老四等为代表的坚持走社会主义道路的进步力量与以马之悦、马小辫、马大跑、弯弯绕、马立本等为代表的企图走资本主义道路的反动、落后势力和见利忘义之徒,进行了怎样惊心动魄的斗争与较量,以无产阶级硬骨头的精神,战胜了多少次阴风恶浪。而斗争的目的,正是为了建设和捍卫没有剥削和压迫的社会主义"艳阳天",让劳动人民都过上丰衣足食的幸福生活(我习惯用"幸福"而不用"富裕",前者包括了物质和精神两个层面,而后者只剩下了金钱)。用一句比较时髦的话说,就是为了让"发展成果让人民共享",而不是让少数人独吞。

歌词的修改者把"敢斗风浪"偷换为"生产致富",是为了迎合当今媒体的主流声音，显得"时兴"。因为这些年不怎么提"革命"与"斗争"了（好像只有公安机关在"严打整治"时还使用"斗争"一词），比较趋时的话语就是"生产"和"致富"。但萧长春们在和落后势力与思想进行斗争的同时，忽略"生产"和"致富"了吗？原歌词中"和咱心贴心，汗水往一块流"表现了什么呢？俺文化浅，悟性差，见的世面也少，俺的理解是长春书记为了早日让乡亲们过上好日子，在挥汗如雨地与社员们一起干活，从而"迎来丰收心欢畅"。也许有人把"汗水往一块流"理解成书记在与上司吃麻辣火锅，吃个汗流浃背；或者在陪领导洗桑拿，蒸个热火朝天。现在，这样的大大小小的书记倒是很"时兴"。

篡改历史真相以趋时媚世，这在我们国家也是有渊源的。"文革"时，朱老总一度"靠边站"了，而那个长得精瘦的"永远健康"正春风得意，权倾朝野。于是，曾经家喻户晓的《朱德的扁担》，被篡改成了《林彪的扁担》，井冈山朱毛会师，也被弄成了"毛林会师"。可惜，随着这个叛逃者的折戟沉沙，这跟假冒的"扁担"及其他谎言，很快就成了让世人唾弃的笑柄。往事如昨，有此瘾者当戒。

这盒红色经典老电影歌带是崔永远策划的，《书记带咱向前走》这首歌是宋祖英演唱的。我不知道是谁改的歌词。但不管是谁改的，对这种不惜阉割和强奸历史作品以迎合当今时政的做法，我都要赠给他两个字：犯贱。

"蚊子"架起友谊桥

随笔《被蚊子叮出的诗》在我的博客和《燕赵警视》杂志今年9月号发表后,很快使我又结识了两名远方师、友,这是我始料未及的。

大约10月中旬,我收到一封来自南京的邮件,打开一看,内有两本《金陵警坛》杂志,还夹带着一张名片和一封信。信曰:"刘国震兄您好!近日在史贵中兄给我寄的《燕赵警视》上读了您《被蚊子叮出的诗》一文,觉得很有意思,进而想拜读您的《心雨潇潇》和《凝思与歌唱》,因南京书局没有,特写信给兄,看看能否代购,当然能赐之更好!(顺便代购桑恒昌《听听岁月》一书),收后一定奉上书款。也请您有空到南京一游。在南京全由我包了!寄上我编的《金陵警坛》两册,请有空为我刊写稿,为我刊增辉!此祝大安!南京公安局:胡剑明上10月10日。"杂志是南京市公安局和南京警察学会主办的,从封面到内文全系铜版纸彩印,非常精美,以前未曾见过。两本杂志分别是夏季号与秋季号,在《警坛随笔》专栏见到姜滇、叶庆瑞的名字,都是神交已久的作家、诗人,感觉很亲切。尤为引人注目的是,夏季号的卷首语《生命不仅属于自己》的作者,是我们省公安厅的政治部副主任兼宣传处长史贵中。

我很快按名片上的电话,与胡剑明兄取得联系,并告诉他,我的两部诗集,随后寄赠。桑恒昌的诗集《听听岁月》,在邢台书店不见有售,我手头那本是友人所赠,还在拜读。我将书上印着的诗人通信地址提供给他，建议他直接与诗人联系。电话中，他还简要介绍了我所熟知的一些江苏作家的近况。

我刚把诗集寄出没几天，就又收到胡兄寄来的两本《扬子江》诗刊。《扬子江》诗刊系江苏省作协主办，久闻其名，未曾订阅，此时方一睹真容。翻开诗刊，发现该刊的三名顾问分别是诗人顾浩、黄东成、孙友田。顾浩以旧体诗见长，也是全国诗人中为数不多的书法名家，曾任中共江苏省委副书记、江苏省政协副主席，现为江苏省文联主席。前几年，我们还互赠过诗集。孙友田成名于20世纪50年代后期，是新中国成立后从工人队伍中成长起来的著名"煤矿诗人"。80年代中期我读中学时，参加过南京青春文学院的函授学习，他是我的辅导老师。这使我对这本诗刊感觉亲切。此后，或电话、或书信、或手机短信、或电子邮件，我与胡剑明兄时有联系。我们成了朋友。

11月15日，我收到一个来自山东济南的邮件，打开一看，是桑恒昌老师来信。信曰："刘国震诗友：你好！在网上读到你写蚊子的文章，不知你地址，无法联系。前几天，你的朋友胡剑明寄来你的这篇文章的复印件，方知你的情况于一二。寄去三册诗集，还望多加斧削。祝安好！桑恒昌11月8日。"桑老师寄来的三本书分别是远方出版社1997年出版的《年轮·月轮·日轮》、中国文联出版公司1999年出版的《桑恒昌怀亲诗集》和中德文对照版的《来自黄河的诗》。桑恒昌生于1941年，山东武城人，现居济南。曾任《黄河诗报》社长兼主编，现为中国诗歌学会副秘书长，著有《光，是五颜六色的》《低垂的太阳》《灵魂的酒与辉煌的泪》和《桑恒昌抒情诗选》等13部。久闻其名，心向往之，不便打扰。没想到一篇关于"蚊子"的随笔，使我们相识。我与桑老师通了电话，得知他不久前随中国诗歌学会诗人访问团访问韩国，10月底刚刚回来。

我在那篇随笔中引用了桑恒昌写蚊子的诗三首，这次随手浏览桑老师所赠诗集，竟又发现了三首写蚊子的诗，使我尤为兴奋。一首题为《灭蚊记》，诗曰："盘旋侦察/俯冲攻击/得意地/鸣响警笛//我怕，染红/别人顶子的血/再染红/嗜血者的欲望//双掌齐出/将它凌空击毙/原来是只幼蚊/不见丁点血迹//呀！没有物证/算不算枉杀牲灵。"看来，诗人"击毙"的这只蚊子，还不到"完全刑事责任年龄"，让他动了恻隐之心。一首题为《归来》："蚊子/久违的小勇士/呼喊着/向我扑来/一如我/嗅到故土的体香//檐头雨/探头探脑/你一生/它一声/喊我的名字//呵，多少话/在心里温着。"诗中的蚊子因为是故乡的，竟使诗人感到了几分可爱，称它为"久违的小勇士"。这两首诗中的蚊子都是"国产货"，另一首《蚊叮》，写的则是地地道道的"德国造"——"纯种的德国蚊子/给我做了一次血检/它西式的叮咬/使我遭东方式的奇痒//腆着血红的肚囊/伏在雪白的墙上/像外国佬赞叹/绝伦的中国饭菜/它乐津津地回味/掺着诗意和墨香的血浆//我耐心地等待着/看我的血消化之后/它的肤色是否/有些微泛黄//然后再决定/是杀还是放"。诗人来了个"暂不处决，以观后效"，颇似独具中国特色的"死缓"。桑恒昌曾于1989年和2002年两度访问德国，这首《蚊叮》大约也是访问成果之一。桑老师诗集中佳作俯拾即是，我引用这三首，乃是因为它们比较切合本文的主题。

虽讨厌蚊子，但我不能不赞叹它生命力的顽强。这都入冬了，供热公司也大张旗鼓地喊了几天要为全市人民"送温暖"了，可我在电脑上敲这篇稿子时，不时有那么一两只蚊子，默不作声地在眼前盘旋，做探头探脑状。不知是欲窥探稿子的内容，还是想伺机抢一口温热的血浆，抑或是电脑散发的热量使其感到了温馨的希望？

管它呢！写累了，站起来伸个懒腰，顺便用一本旧杂志，将其"浮雕"在墙上。

方言的尴尬

最近，一位转业到北京市城管部门的邢台籍战友，来信谈了他遇到的一件尴尬事。一次上街执法，见一中年妇女在路边卖家养的宠物猫，他便上前用不太正规的普通话劝阻说："你好！这儿不让卖猫，请到市场去卖。"随后，他就去劝说其他小商贩，等转了一圈回来，卖猫的妇女还在原地，他有点生气地问："怎么还不走啊？"不料，那妇女理直气壮地说："我只卖猫，不卖毛！"周围群众哄堂大笑。他顿时醒悟，原来是自己把"猫"说成了"毛"，一声读音，说成了二声。那位战友说，当时觉得满脸热辣辣的，穿了20多年的军装，带了无数个来自各地的兵，大小场合也不知讲过多少次话，从来不曾这样难堪过。普通话说不好，丢人现眼事小，影响执法工作可是大事。从此，学说普通话成为他转业后为自己制定的第一个学习目标。

说好普通话是现代人在生活、工作中与别人进行正常沟通的需要。用浓重的家乡口音与别人交流，不仅不方便，容易造成误解，有时还会闹出笑话。我就听说过这样一件事：一个南方人到外地看朋友，想买些水果，见一个水果摊位的苹果不错，便操着浓重的乡音高声问道："闺女，你这苹果咋卖？"可他那口音，当地人咋听都像"你这屁股咋卖？"姑娘瞪了他一眼，骂道："流氓！"不料，他反倒大喜："六毛？便宜！便宜！我全要了。"让人哭笑不得。

我1986年10月参军，2001年9月转业，在部队15年，历年接触过的战友来自五湖四海，听到的口音也是五花八门，对方言给工作生活带来的不便深有体会。曾经看到这样一个笑话：训练场上，连长正在用浓重的乡音下达课目——"一排杀鸡，二排偷蛋，三排自杀，四排须一律吃屎，排长为大家做稀饭。"新兵们一阵骚动，面面相觑：这叫啥训练课目？在一旁的政治指导员赶忙用普通话重新下达："一排射击，二排投弹，三排刺杀，四排学理论知识，排长为大家做示范。"原来如此！这个故事可能有一些演绎与加工，但肯定源于生活。江泽民主席一次视察部队时，握着一名操乡音的新战士的手，亲切地说："当兵了，要讲普通话嘛！"可谓语重心长。

我原籍河北南宫，军旅生涯中相当长的一段时间是在省会石家庄度过的，离家乡较近，在部队老乡多，又因多年在机关做宣传工作，平时坐在办公室"爬格子"多，登台讲话少，加之一些根深蒂固的旧观念的影响，入伍10年，乡音未变。1998年我去驻山西运城某部任政治指导员，第一次为战士上理论课遇到的尴尬，促使我毅然抛弃了方言，改说普通话。那天的课，我准备充分，自我感觉讲得深入浅出，发挥良好，却意外地发现一些战士面露迷茫之色。一问，才知是我的南宫话他们听不明白。我说，那就改用普通话吧。说改就改，整体效果还不错。下课后，几个战士问我："指导员，没想到你的普通话说得比我们还好，那你为什么说家乡话呢？"我笑笑说，这是观念问题，也是习惯问题。

我由操乡音到讲普通话可谓"急转弯"，而且说得还可以，这得益于有一个好的环境或曰氛围。在那个连队，除了我，没有一个南宫人，而且全连官兵相当一部分说普通话，我能放得开。当时，运城人民广播电台曾给我做过一个有关诗歌创作的访谈节目，我用普通话接受主持人采访，连播三期，全是同期声录音。电台对录制效果很满意。而一旦休假回到家乡，我要再来个"急转弯"，恢复成乡音。对此"本领"，我自诩为有"双声道"，可以像VCD机一样根据需要自由调换。我感觉，在那一片乡音的环境中，你一个人说普通话是说不成的，若勉强为之，那种别扭劲儿，比受大刑还难挨。不仅如此，还要被父老乡亲讥笑为"臭转（音zhuai）"。我小时候，一个"臭转"的故事在我们那一带家喻户晓：某人去北京亲戚家小住数日，回乡后竟丢了乡音。其叔问："你是多咱（方言，意即'啥时候'）回来的?"他捏腔拿调地："昨日晚上。"其叔大骂："坐碗上，你还他娘的坐在盆儿上哩!"一日，其父带他下地干活，他摆弄着荞麦苗操着京腔明知故问："红梗、绿叶、开白花儿，这是啥东西?"其父心想，这小子在北京住了几天竟连荞麦也不认得了，今天非得给他长长记性，于是脱下鞋子照准儿子一顿猛抽，边打边说："就叫这东西！就叫这东西!"儿子抱头大喊："荞麦地里打死人啦!"其父不禁大笑："臭小子，一挨揍就认得荞麦啦?"这个故事，年岁大的人都说是我们村的真人真事，主人公就是我小时同班同学的父亲杜某。而我后来读著名作家浩然的小说集《春歌集》，在短篇小说《夏青苗求师》中读到了类似的情节。小说中那个"臭转"的后生也姓杜，叫杜德生。到现在我也不明白，是作家采风听到这个故事写进了小说，还是有好事者把小说中的故事安在了杜某的头上。前几年两次拜访浩然先生，也忘了问问这事儿。这个故事的盛传说明，在一个方言俚语占统治地位的大环境中，面对习惯势力，你若"逆潮流而动"，会被认为是"卖弄风骚""脱离群众"，是"忘本"，乃至成为嘲讽的对象。不过，话说回来，小说中那个土生土长的后生学几句"洋腔"倒也无可厚非，但"洋"得连庄稼都不认得了，纯粹是装蒜，该揍。

虽然我有切换自如的"双声道"，善于"急转弯"，在外边说普通话，回到家乡再回归土语，乃至可以做到在单位说普通话，下班回家与老婆孩子说家乡话。但还是有尴尬的时候。最怵的是有老乡到单位来找。与老乡搭话用方言，与同事、领导说话再换普通话，换来换去，自己也听着别扭，反弄得什么话也不会说了，颇有"邯郸学步"的味道。

文章写到这里，接到通知，说明天全市组织推广普通话活动，各单位都要上街宣传。真是无巧不成书，也好，到时候把这个话题向伙计们聊聊。

"诗应该从纸面上站起来"

下班一进家门,就接到本市一位老诗人的电话,高兴地告诉我,他今天刚与著名诗人、歌词作家石祥通了电话,石祥问起了尧山壁、浪波等几个河北老诗友的近况,还专意提到了我,让转致问候,说:"这小伙子写得不错,有功底,人也很好。"我赶忙说:"与石祥老师久未见面了,有机会也请转达我的问候与谢意。"

放下电话,心里热乎乎的,又不禁哑然失笑:还"小伙子"呢,都人到中年了!

这些年,工作忙,家务忙,除必需的公差外,我极少出门。就连我曾工作生活了10多年而又仅1个多小时路程的"天下第一庄",一年也未必能去几次,即使去了,也是"来也匆匆,去也匆匆"。一些报刊、文艺团体邀请的活动也极少参加。许多多年的师、友,虽心中系念,竟有些隔膜了。屈指算来,我与石祥老师最后一次见面至今,有10多年了,在他的印象中,我可不还是个"小伙子"!

我从书架上随手取下两本书,是石祥老师的两部诗集《新的长征》《骆驼草》,浏览起来。我收藏着不少我所熟知的前辈诗人的著作,闲暇时,便读几页,有常读常新的感觉。而今睹物思人,又勾起对往事的回忆。

1992年,我从军校毕业分配到北京军区驻石某部从事新闻宣传大约一年多时间,陆续在军内外报刊发表了不少作品,在军内,尤其在北京军区,产生了一定影响。《战友报》副刊编辑、著名儿童读物作家任东升想帮我出版一部诗集，并将我的诗集打印稿推荐给时任北京军区政治部创作室主任的石祥老师。对于石祥这个名字，我早就熟知，他是60年代初以一部《兵之歌》一举成名的"战士诗人"。还在上小学时，我就从一本《语文基础知识》上读到过他的歌词《一壶水》，从收音机中听过对他的专访、介绍，也常听他的著名歌曲《祖国一片新面貌》《老房东查铺》等。他的诗《周总理办公室的灯光》在70年代末引起轰动。到了80年代我读中学时，他的歌曲《十五的月亮》《望星空》已热遍神州。参军后，我们唱着他的《打靶歌》《八一军旗高高飘扬》等经典军旅歌曲摸爬滚打、昂首阔步。我读过他1981年出版的诗集《骆驼草》。但那时，我和他没见过面，也没有书信联系。一天，我在办公室忽然接到石祥老师的电话，他告诉我他已读了任东升同志转去的我的诗稿。对于我的诗稿，他给予充分肯定，并答应为我写序。电话中，石祥老师还详细询问了我的工作和业余创作情况，当得知我是河北南宫人时，他亲切地说："还是我的小老乡呢！"（石祥老师是河北清河县人）。尽管那本诗集最终因种种原因而搁浅，但石祥老师的关爱令我刻骨铭心。

当时我的业余创作以诗为主，也陆续写过少量歌词。我入伍第一年写的《我们是坑道兵》在《解放军歌曲》发表后，我所在的部队组织全团学唱。《军营小伙》谱曲后，也在电台播放过。1992年军区第二通信总站纪念建站15周年，根据部队首长的要求，我写了《第二通信总站站歌》（作曲家郭鼎立谱曲）。不久，石祥老师到我们部队，部队首长拿出《站歌》，请他修改、润色，他看后认为还不错，只字未动。当时我休假在家，回来后听说这事，给石祥老师打电话请教。他指出了我歌词创作中存在的问题，告诫我写歌词与写诗路数是不同的，必须考虑到谱曲，达到一听就懂、容易演唱的效果，好诗未必就是好的歌词。他的一席话令我茅塞顿开，也体会到歌词创作之难。后来进京去《战友报》报社送稿，或是参加军区组织的创作骨干培训班，我先后两次去家中拜访过他。他热情而健谈，一谈起文学创作就滔滔不绝，而他关于诗歌创作的许多独到见解，每每使我深受启发。后来我陆续出版过几部诗集，都曾寄给他求教。他在90年代，也先后出版了歌词集《日·月·星》、文论集《月下词话》等。

2002年，我转业到邢台工作后，与石祥老师有过几次书信来往。那时他已从军区创作室的领导岗位上退下来，受聘到《中国老年报》做副刊编辑。他曾来信谈过这种角色转变的收获与甘苦。2003年夏的一个星期日，我在转旧书摊时，一部题为《新的长征》的书令我眼睛一亮。拿来一看，正是石祥老师1977年8月由人民文学出版社出版的诗集，封面上的书名题字也显然出自他的手笔。我对老版书比较偏爱，对于我所尊敬和熟识的前辈作家的早期著作，只要见到就会买下。这本书已出版近30年，是石祥老师的第二本诗集，现今已是很难觅得，其价值不言而喻。我买下此书，寄给了石祥老师。我的本意是，如果他手中也没有样书了，就留下。如果还有，就签名寄回，由我收藏。不久，我就收到了他的回信——

刘国震同志：

　　近好！

　　来信及附书均已收到。你对诗的执着，很使我感动。我开始写诗，是因为连队需要做鼓动工作，大多抄在黑板报上。后来发展到为报刊写稿，其中有不少应时之作，粗浅得很，也难免留下一些当时的印痕。1964年我调至北京军区战友歌舞团后，主要从事歌词创作，间或也写点诗，但因写歌词是职业，对诗就下功夫少了。

　　诗与歌词我都爱，虽然匆匆写了三四十年，但没有写出像样的东西。如今年已老矣，身体还好，对诗与歌词心有余而力不足。退休后又改行做了几年报纸副刊编辑工作。对我来说，也是个重新学习。过些使我计划离开报纸，再重操旧业。经过一些时日对诗与歌词的学习、思考，争取晚年再写一些。

　　近几年我出书不多。手中有一本《石祥短诗选》（英汉文对照本），明后年计划出版，其他还计划出版一些散文集等。以后陆续寄给你吧。

你的诗已有相当水平。转业到地方后，接触的面更广了，相信你会写出更多的诗。时代在发展，新诗必须与时俱进。我对诗的追求，还是"诗应该从纸面上站起来，走到群众中去"。诗要为人民群众而写，为人民群众所利用。愿我们共勉！

顺祝夏安！

石 祥
2003．8．7

从这封信就可以看出诗人的谦逊和自省精神。而时代的局限是任何作家都难以避免的。《新的长征》出版于文学艺术刚开始"解冻"的1977年，哪能不打上一些那个时代的印记呢！即使这样，书中清新明丽、诗味浓郁的可圈可点之作也不在少数。像《驼峰》《驼铃》《我爱你呀，金色的骆驼》《骆驼草》以及《潜听》《蛙歌》《钉马掌》等，都曾广泛流传。他写骆驼的好诗较多，名字中又有个"祥"字，在诗歌界还赢得了一个"骆驼祥子"的雅号。

石祥老师将那本诗集寄回，并在扉页用毛笔题写道："诗应该从纸面上站起来，走到群众中去。刘国震诗友共勉　石祥二〇〇三年夏月于北京"字写得很见风骨，排列也错落有致，颇似一幅难得的书法作品。

诗要能朗诵，要贴近群众，走到人民心中去，并寻找与其他艺术形式的组合之路，是石祥老师一以贯之的艺术主张。看看当今诗坛的现状，"诗应该从纸面上站起来"这句话是多么切中时弊、振聋发聩！

著名诗人胡世宗说："石祥不是那种浅薄的诗人，不是那种满足于一孔之见一得之功的人。他各方面的修养都很厚实，他能理智地找到自己在生活和创作中的位置。他对生活，对诗，有许多深入浅出的精到的见解。"说得颇为精当。

一元钱请来《花神和雨神》

> 不要以为海燕的子孙一定是海燕,
> 只有海燕的翎毛并不能驾驭大海。

这两句格言警句般的诗,为许多人所熟悉。这是寓言诗《海燕戒》的最后两句。这首诗1963年在《诗刊》一发表,旋即受到广大读者的交口称赞。著名朗诵家曹灿以他那独具魅力的声音在广播电台朗诵这首诗后,更使它不胫而走,流传甚广。

这首诗历年来入选过多种权威选本,1996年又收入著名诗评家吕进主编的《新诗三百首》一书。它的作者是刘征,一位以独具特色和魅力的寓言诗、讽刺诗,在中国当代诗坛占有重要地位的老诗人。

刘征先生1926年生于北京,中华人民共和国建国前夕开始创作。他的寓言诗《春风燕语》和以这首诗为书名的诗集分别荣获1979—1980年全国中青年诗人优秀诗歌奖、全国第二届优秀新诗奖。他的《海燕戒》《老虎贴告示》《春风燕语》《烤天鹅的故事》《月亮公司纪实》《花神和雨神》《佛肚子里的耗子》、《最后的香肠》等名篇堪称寓言诗的经典之作。刘征在旧体诗词、杂文、书画领域,也有着很高的造诣。臧克家曾说:"我友刘征,一人而入四门:能诗,能文,能书,能画。四门之中,诗的成就尤为突出。而诗分新旧,势均力敌,半斤八两,其中讽刺诗尤为优拔,名篇佳句,常在人口。"1994年《中华诗词》杂志创刊,刘征任主编,现在是名誉主编。

不怎么读诗的人,也可能对"刘征"这个名字并不熟悉。但凡上过初中的人,都对"刘国正"这个名字不感到陌生。在历年的中学语文课本上,掀开封面就是"编写说明",里面往往有一句"审定者是刘国正、黄光硕"。"刘征"是"刘国正"的笔名。他曾任人民教育出版社副总编、编审,是著名的教育家。

我在20世纪80年代中期开始接触刘征先生的作品。我学习写诗,自然也受到刘征作品的艺术滋养。在20世纪80年代中后期、90年代初期,我集中写过一些讽刺诗。1999年我的诗集《心雨潇潇》出版,时任河北作协《文论报》总编的诗人刘向东在诗集的序言中说:"国震的这部新作,大部分是我熟悉的,写作之初,就让我读过,让我喜欢过。他在十几年前写作的讽刺诗《文不在优》《拟'文凭工厂'广告》等,至今给我留有很深的印象。尤其是那首《南郭门徒的故事》,灵气、深沉、自如,总是让我想起刘征先生的那些优秀的寓言诗,它们是那么相像,只是,各有各的发现。"这篇序言后来以《质朴而热诚的歌》为标题,发表在《河北政法报》《河北青年报》《邢台日报》等报刊。

90年代的最后两年,我在驻山西运城市某部任政治指导员,与运城地区文化局主持全面工作的副局长、地区文联副主席旭林结成了忘年交。他是诗人,也是书法家,多年致力于讽刺诗创作,很有成就。我们在一起探讨诗歌写作,常常不约而同地提到刘征先生。比我年长近30岁的旭林先生也是视刘征为师的。他的第三本诗集《丑相拾趣》(1991年陕西人民出版社出版)就是由刘征先生作序。在他的提醒下,我把新出版的《心雨潇潇》给刘征先生寄去一册,并附一短信。不久,便收到先生的回信:

国震同志:

  大函诵悉,大著收到,讽刺诗写得很好,望有更多佳作问世。这些年,讽刺的日子好过多了。讽队一向人数甚少,作品也希,在文坛上只是一个小小的角落,甚望有以振之。

旭林我老友，已出三书，可贺，便中代致问候。

草草，祝笔健。

刘征
7.28

讽刺诗并不好写，刘征先生的肯定，给我以很大的激励。我很快又陆续写了《"偷情"学科》《"国骂"商标》《为某公造像》等讽刺诗，发表在《大众漫画》报和《清风》杂志。这组诗，后来还获得了首届邢台文艺创作贡献奖。

我虽然读过刘征先生的一些代表性作品，但手中还没有他的作品集，深以为憾。大约在2003年，一天，我去邢台市文联办事回来，在八一路路旁见到一个旧书摊，便习惯地下车浏览。突然，一本题为《花神和雨神》的小诗集令我眼睛一亮。拿起一看，正是刘征先生的著作。这本书由花城出版社于1986年9月出版，印了4160册，定价0.96元。问价，摊主要1元，没二话，拿下。

《花神和雨神》收入诗人80年代前期创作的寓言诗29首，写得酣畅淋漓、深刻精警、妙趣横生，可以说篇篇精品，各有千秋，给人以极大的思想启迪和艺术享受。这本诗集只有80多页，薄薄的一本小册子，但它的思想和艺术含量却很厚重。一本书的价值是不能以页码的多少来衡量的。鲁迅的散文诗集《野草》也是薄薄的小册子，半个多世纪以来，各地出版的散文诗集汗牛充栋，新时期以来还创办了《散文诗》杂志，成立了众多的散文诗学会，但有哪一本散文诗集达到了《野草》的高度？那薄薄的小册子，又何尝不是一座难以逾越的高峰！

通读一遍后，我把《花神和雨神》寄给刘征先生，请他题签。很快，先生满足了我的愿望。

在我的藏书中，这本扉页有刘征先生亲笔签名、压章的诗集，成为我的最爱之一。

他的作品教人学好

《中国少年报》,是我小时候最喜欢的报纸,至今仍留有美好的印象。记得它的报头是毛泽东主席题写的,字迹潇洒而大气。报头的下面,每期还印着这样一行小字:"时刻准备着,为共产主义事业而奋斗!"报纸是四开小报,生动活泼,文图并茂,套色印刷(单色彩印),有时还根据季节的变化而选用不同的颜色,比如,春天到了,就套绿色,很受小读者的青睐。我生在农村,能读到的课外读物少得可怜,也订不起报纸,偶尔得到几张,便读得如饥似渴,如享用一道难得的精神大餐。

大约在1980年春或夏,当教师的父亲回家时拿回一张《中国少年报》,在这期报纸的副刊上,我读到一篇短篇小说《两个"电影迷"》,文中还配有插图,是那两个迷电影的农村女孩小桃子和安培敏。小说标题下的署名是浩然。从此,我记住了中国有一名儿童文学作家,名叫浩然。

其实,在此之前的几年里,我就看过浩然的一些作品。比如中篇小说《西沙儿女/正气篇》,短篇小说集《春歌集》,连环画《金光大道》(第一册)、《艳阳天》、《赶猪记》、《铺满阳光的路》、《一担水》、《欢乐的海》等。只是那时,还不太留意作者的名字,即使留意了,对作者的情况也一无所知。在70年代,出版物上是不会印上"作者简介"的,更不会印上作者的照片。现在不同了,前几年我偶尔见到某县一位领导的"文集",里面不仅有这位领导的几十幅照片

（包括一些和各界名流以及中央领导同志的合影）和小传，还有他们家"四世同堂"的全家福，这位领导的诸多"国家级"的获奖证书以及被授予"世界名人"荣誉称号的证书也被拍成照片穿插在书内。显然，人家出书的目的不是为了给读者提供精神食粮，而是借此机会"光宗耀祖"一把，"永垂不朽"一回。这等做法，若放在50年代或六七十年代，可能会被认为有抑郁症，需要由某地警方将其四肢绑在床上，进行"精神治疗"。

2002年5月，我赴河北三河市拜访浩然，提及小时候看过根据他的小说改编的小人书《赶猪记》，浩然老师仰头大笑。《赶猪记》是他1973年4月写的一篇儿童题材短篇小说，最初发表于《天津文艺》1973年第3期，1974年5月被改编为连环画册由天津人民美术出版社出版。一本小时候看过的小人书，让人近30年后仍记忆犹新，也许这使浩然受到触动，他随手拉开他的写字台抽屉，拿出三部书签名赠给我。这三本书，分别是《浩然儿童故事选》《浩然儿童小说选》《大肚子蝈蝈》，全是儿童文学。

浩然以反映社会历史风云的农村题材小说驰名中外，同时，也把为少年儿童创作精神食粮，当作自己分内的事来做，几十年如一日，未曾懈怠。著名儿童文学作家樊发稼说："许多当代著名作家是从写儿童文学起步，一旦成名，就不再染指被轻视为'小儿科'的儿童文学。但热爱祖国下一代的浩然，在从事成人文学创作之余，一直不忘为孩子写作，成为中国罕有的既写成人文学又写儿童文学，并卓有成就的'两栖作家'。"（樊发稼《浩然的快乐与苦闷》）浩然的儿童文学创作，始于60年代初。据他回忆："1961年，我跟随对外文化联络委员会的一位负责同志，到八达岭的机关农场参加劳动。在那儿，听当地老乡和一个农民出身的司机讲了几个孩子们的有趣故事，勾起了我的稚气情感和创作欲望。我就利用晚上的时间，把听来的故事和自己以往积累的一些类似素材，编织在一起，草拟出一篇名为《山洞》的小说。意外的是，这篇东西在征求意见的时候，就得到了文艺界同志的鼓励和孩子们的喜欢。于是我接着给《中国少年报》写了一篇名叫《荣荣》的儿童故事。"（《浩然儿童故事选·后记》）

《荣荣》发表后，在社会上特别是少年儿童中引起的强烈反响，是浩然始料未及的。浩然当时收到了全国各地许多小读者的来信，倾诉他们看了荣荣的故事后如何感动，怎样得到教育，还纷纷表示要向荣荣学习，当一名热爱集体、爱护弟弟妹妹的好孩子。有的农村小学校少先队，还开展了"向好孩子荣荣学习"的活动。这使浩然深受触动。从此，他更加自觉地为少年儿童写作，除了"文革"初期那五年下放劳动、完全停笔外，每年都要为孩子们写一点读物。几十年来，浩然先后出版了《小河流水》《"小管家"任少正》《翠绿色的夏天》《幼苗集》《丁香》《弟弟变成了小白兔》《大肚子蝈蝈》等18部儿童小说、故事集，出版了《欢乐的海》《小猎手》《勇敢的草原》《七岁象嫩芽一样》等儿童题材中篇小说。他的《大肚子蝈蝈》荣获共青团中央、中国文联、教育部等6家单位联合主办的第二次全国少年儿童文艺创作奖二等奖（1954—1979年），并被选入冰心、樊发稼主编的《1949—1999中国当代文学作品精选·儿童文学卷》。他晚年创作出版了三部自传体长篇小说，其中写童年和少年时代生活的《乐土》《活泉》，也属儿童文学。他的作品描绘了新中国的少年儿童热爱农村、热爱集体、热爱学习、热爱劳动、助人为乐的共产主义思想品质和道德风尚，以及勇敢、机智、勤俭、朴素的精神风貌，在青少年中有深远的影响。作家王道生说："对于'四人帮'我是怀有深仇大恨永志不忘的。但是，对于所谓江青的'大红人'———浩然，我却一直恨不起来。说老实话，在当时许许多多的老百姓都很喜爱他，不为别的，只为他写的小说。他的书一版再版，发行上千万册，他的读者和听众包括工、农、商、学、兵、男、女、老、少、外（国人）数以亿计。读他的小说、听他的书并没有领导组织计划考勤，那是老百姓真真切切自发自愿的行动。这是为什么？在我看来，他的绝大多数作品所反映的生活，是中国农民自己亲身经历的生活，不仅读得明白，而且感到亲切自然；他所刻画的人物是农民们身边的人物，读者不仅感到熟悉，而且觉得生动鲜活；他所讲述的故事勾魂摄魄，曲折动人，不仅能满足人们对美的赏悦和追求的欲望，而且健康、正派，激励人们进步向上，不会污染社会风气、引发青少年犯罪。一句话,他的作品为最广大的老百姓喜闻乐见。"(王道生《我所认识的浩然》)我收藏有一本根据浩然小说编绘的连环画《铺满阳光的路》,这本连环画,1975年印刷发行了二百万册。若在今天,这绝对是个"天文数字"。1996年冬,在河北省作协的一次会议上,我与著名评论家陈映实谈及浩然的儿童文学创作,他说:"浩然的儿童小说,都是主旋律,是教育孩子们学好的。"

浩然是一个具有高度社会责任感的作家,从不讳言文艺作品的宣传功能与教化作用。他说:"我写作儿童小说的目的很明确,就是为了给儿童少年提供点'学好'的材料。"(《浩然儿童小说选·后记》)"中国的儿童有几亿,今天的儿童具有什么样的思想品德,未来的国家就会是个什么样的面貌。通过文学艺术作品去哺育孩子们的美好的心灵,让他们能够成为无产阶级的优秀接班人,这是多么神圣的使命呀!一个作家的作品,如果能够在自己的祖国儿童一代的心田里扎下根子,伴随儿童们长大成人,那将是他艺术生命实实在在的延续,是他辛勤劳动的最高报酬,是他事业上的最可珍贵的成功!"(浩然:《多给农村的孩子写点书》)

浩然是一个成功者。2008年2月20日,他走完了自己辛勤耕耘的一生。在他的遗体告别仪式上,一名读者写在签名簿上的一句话,道出了许多人的心声:"您影响了我的整个青少年时代!"

浩然,一棵北方原野上的枣树

那天,去幼儿园接女儿,女儿要在院内的小花园玩一会儿,那里有许多健身器材,还有秋千,对孩子们颇有吸引力。而我看天色已晚,而且寒风凛冽,便急于回家。女儿不干,与我发生争执。最后我提出到院内的超市买点好吃的,然后就回家。有了这个条件,父女俩儿顺利地达成了妥协。

超市的东西颇为丰富,买什么当然还是我说了算。浏览一番,我选中了一袋由沧州凯圣枣业有限公司生产的"阿胶枣"。大红的包装颇为热烈与喜庆。一个大大的"枣"字旁边,还有如下说明:"枣,被誉为果中之王,有'青春果'、'维生素丸'之称,枣的维生素含量是苹果、柑橘的几十倍,同时又富含人体所必需的十八种氨基酸、粗纤维、有机酸及钙、磷、铁等多种微量元素。本品选取优质的正宗河北沧州金丝小枣,配以阿胶、枣花蜜,按出口生产标准和低糖精细工艺制作而成……"特别引起我注意的是,在包装正面的左上角"注册商标"处,有"浩然"两个醒目的字。这引起我的兴趣和好奇心,这里的"浩然",是不是2008年刚刚去世的著名作家浩然?厂家为什么用浩然的名字做了商标?

回到家,开袋品尝,那枣果然好吃。为了弄清楚这个商标的来历,我从网上搜索相关资料,仍然一无所获。是这家公司的董事长或总经理也名叫浩然?是作家浩然与这家枣业公司有着某种因缘,抑或是公司的负责人也有着浓浓的浩然情结?不得而知。也许,商家的意思,是吃了他们的阿胶枣,便能够像孟子所说的"我善养吾浩然之气"?若那样,不仅牵强,也有些可笑了。这种可笑,简直可与广东某饮料厂拟请浩然做的那个电视广告一比:"喝了这饮料,我可以再写一部《艳阳天》!"这样的广告,浩然是不会去做的。否则他就不是浩然了。虽然,那 100 万的报酬是颇为丰厚的,但浩然说:"我写作不是为了钱。我要那么多钱也没用。"至于《艳阳天》,那是独步千秋的毛泽东时代的奇葩,在一个物欲横流、见利忘义的年代,别说你喝一瓶"那饮料",你就是整天泡在"那饮料"的池子里洗桑拿、打扑腾,也断然写不出一部《艳阳天》。能读懂它就谢天谢地了。

请名人为商品做广告,是这些年来的时尚。"穿金猴皮鞋,走金光大道!"这个家喻户晓的广告,若是由浩然来做,倒是蛮精彩的。但留着小平头朴实如老农的作家浩然,穿的最多的还是他的农民妻子做的布鞋,大概也不曾穿过什么"金猴"。

这"浩然"牌的阿胶枣,也许就是要沾一点名人的光。把浩然与枣联系起来,倒使我自然地忆起小时候读过的浩然的小说集《春歌集》。那是一部洋溢着春天的气息、澎湃着青春的激情的短篇小说,是蒸蒸日上、春意盎然的社会主义新中国的赞歌。集子中有一篇《红枣林》,是浩然 1962 年 5 月在家乡蓟县写的。他笔下的乡亲,无论男女老幼,都洋溢着一种质朴方正之美;他笔下的乡村,也令人陶醉与神往。请看《红枣林》的开篇:

钻进红枣林,回到我久别的家乡了。

正是枣子成熟的季节,连绵十几里的红枣林,像个打扮起来的新娘子,含羞带笑,等待着迎亲的人。弯曲、交错的枝丫上,绿叶子开始脱落,缀满了一串串的果实。那果实红的像玛瑙,绿的像翡翠,半红半绿的如画如漆。在西斜的太阳照耀下,整个红枣林都闪动着霞光碧彩。

我弯腰低头地往前走。枣树枝儿茂密相连,如同伸出来的无数只手,亲热地牵扯我的衣襟;发出欢乐的喧闹声,像是对我问好。我的心,被这个珠宝般的世界迷醉了。是哪个天才的画家把它绘得这样美？是哪个巧手的姑娘把它绣得这样俊？每一颗殷红翠绿的果实上，都仿佛有家乡人的汗珠在闪耀。

浩然用饱蘸感情的笔触，写出了中国北方农村特有的美丽。这种有声有色的画面，储存在童年的脑海里，竟几十年不褪色，成为记忆中最温暖的那一部分。我对农村的美好感情，在很大程度上，是来自浩然小说的熏陶滋养。

浩然的作品，篇名往往充满诗情画意和亮丽的喜庆色彩，给人以希望，给人以联想，给人以向上的力量，如《喜鹊登枝》《杨柳风》《杏花雨》《彩霞》《艳阳天》《金光大道》。作品中的地名也是如此，充满乡土气息，洋溢着对社会主义新农村的由衷热爱，如《艳阳天》中的东山坞，《金光大道》中的芳草地。他对大地的深情甚至体现在给自己孩子取的名字中，如红野、蓝天、春水、秋川。他为自己的爱孙取名"东山"，大约也与他笔下的"东山坞"有关。芳草地更是给人以诗意的联想。网友金草在博文《苗青泉流芳草地？麦香春驻东山坞》中，有一段动人的文字："想到《金光大道》，我们眼前就是那小苗青青的新生的芳草地，那翡翠绿、深绿浅绿生机勃勃的大草甸子，那又肥又大、黄绿相杂的叶子间一个个伸着长脑袋、龇牙咧嘴乐的玉米棒子，那全靠共产党毛主席，全靠社会主义的金光大道，全靠高大泉这样的干部领头才过上好日子的大个子刘祥家里的晚饭：咸菜、豆酱、大葱，还有漆青碧绿的腌黄瓜，桌子旁边有一个大盆子，盆子里盛着小米粥，高粱秸穿成的盖帘上摆着黄澄澄的棒子面的贴饼子。他自豪这一切都是自己的土地里生长出来的，这样的菜饭嚼咬着是多么的香甜，咽下去是多么的顺溜。也许小儿会撇嘴说这不都是田间长的粗粮吗？是啊，刘祥会说，但我们这是'纯粮食'，就像小沈阳说的'纯爷们'一样儿，不掺假的！"是啊，"芳草地上草青青，人心更比花儿红"，碧草连天的芳草地，历经数十年风吹雨打、世事变迁，活在读者心中，依然是那么的青翠欲滴、生机勃勃！

据浩然回忆，在他50年代写的《金光大道》初稿中，故事发生地并不叫"芳草地"，而叫"红枣村"。这也是一个具有北方农村特色的充满喜庆色彩的名字。70年代出版的《金光大道》，依然写到了这个村庄，但已退居"配角"的位置，着墨不多。艳阳高照下的红枣，当是另一番动人的景致。

浩然在《红枣林》的结尾写道："为什么家乡的枣子最美最甜呢？啊，明白了，明白了，是家乡老一代少一代给它们灌注了心血！"偶然购得一袋"浩然"牌的金丝小枣，使我重新品味这篇曾滋养过自己幼小心灵的作品，依然是那么醇香甘美，历久弥新。我想，浩然的作品，不正像他家乡那红似玛瑙、绿如翡翠的枣子吗？这是真正的"青春果"，它根植在中国的大地，凝聚了天地之精华，沐浴了时代的风雨，包含着滋养我们身心的丰富的"微量元素"。吃了它，心明眼亮，意气风发；吃了它，情系苍生，胸有朝阳；吃了它，富贵不淫，贫贱不移，能够"养吾浩然之气"。

岁月，匆匆，匆匆；枣子，火红，火红。斯人已去，风范长存。他是一棵北方原野上的枣树，叶茂根深，硕果累累。有高照的艳阳，就有他生命的蓬勃与热烈。

一路征行诗为伴

11月26日,距世纪伟人毛泽东的诞辰恰好还有一个月。这一天,对我来说,不同寻常。

1986年的这一天,我身着肥大的草绿色军装,从家乡河北南宫市乘汽车到达古城邢台,当日傍晚转乘西去的火车,踏上从军的征程。从这天起,新的生活开始了。

我们要去的部队在陕西省延安市黄龙县瓦子街乡的山旮旯里。1948年彭德怀在这里指挥过著名的瓦子街战役。火车坐了两夜一天,下了火车,再转乘部队接应的解放牌大卡车,在滚滚黄尘中爬了多半天盘山公路,才到达营区。

这是一个临时驻扎在这里担负国防工程施工任务的部队。全营三个连队,分散在几个不同的山旮旯里。我们新兵连就在营部进行为期一个多月的强化训练。到了部队,那情景根本不是原来想象的样子。新兵的住房,是架起的木板房或临时用石头垒起的茅屋。没有床,也没有土炕,更没有垫子或草席。从山上采下一些枯草铺在潮乎乎的地上,把被褥放上去,就是床铺。战士自己动手垒的茅屋,还未晾干,又透风撒气,晚上睡觉常常要戴上大棉帽,否则很容易感冒。营房附近有条小河,洗脸、洗衣服要敲开厚厚的冰层取水。每间房住一个班的新兵,房子狭小,早晨洗漱要在室外。经常是洗完脸,随手往头上一摸,竟发现头发间结了细细的冰凌茬子。夜晚站岗,但见四面皆山,不见人烟。唯天上明月与故乡同。

在路上时,先听说我们这批新兵是去西安或宝鸡,后又听说是去渭南或汉中,再后来说去延安。我们这些没见过世面的农家娃谁也不知道到底要被拉到哪儿去,但心中共同的愿望是去个大中城市,开开眼,见见世面。对我来说,如能去延安也很高兴,那可是革命老区,是党中央、毛主席住过的革命圣地。诗人贺敬之《回延安》的诗句已经融化在我的血液中:"几回回梦里回延安,双手搂定宝塔山!"谁知一到部队,与心中的憧憬大相径庭,有几个新兵当即哭着鼻子闹回家,无疑全挨了"尅"。我倒想得开,反正穿上军装就把自己交给国家了,到哪儿就在哪儿干,面向现实,脚踏实地,决不沉沦。

记得出发时,除了带上与其他新兵一样必带的背包、挎包、水壶等军用品,我还精选了自认为重要的一些书籍,同时带上了两本自己的诗歌习作,一本《小草》,一本《春笋》,是自己装订成册的手抄诗集,还自己设计了彩色封面。

在奔赴部队的列车上,一位高中毕业后参军的同乡问:"最近没写诗?"

我说:"刚写了一首。"于是找了张纸,随手写给他看:

> 戎装西行车辚辚,
> 秋叶绕树别意深。
> 无私不洒恋家泪,
> 有志常怀报国心。
> 但使华夏国威壮,
> 不辞长做吃亏人。
> 此生愿为无名草,
> 点缀河山大地春。

幸运的是,一到部队我就遇到了知音。我的班长丁振微是河南登封人,农家子弟,只读过初中,却是一个勤奋而虔诚的写作爱好者,并有志于在军营自学成才。他像发现了"新大陆"般地对我另眼相看,当读了我的一些诗稿,并得知我参军前就在一家中央级的杂志上发表过习作时,他真诚地对我说:"你若不是我带的兵,我真的要拜你为师了!"在他的大力"举荐"下,连营首长也知道了我这个入伍没几天的"新兵蛋子"。我那首题为《从军有感》的诗,被我们新兵连那位上过大学、操一口浓重四川口音的连长抄写到营部的黑板报上,题为《从军有感》。新兵连训练结束后,即将分到老连队时,营长岳廷书紧紧拉住我的手说:"今后无论干什么工作,诗词创作也不能丢!"这句话至今言犹在耳,好在我没有辜负老首长的期望。

1987年八一建军节前夕,我将这首小诗抄下来,投寄给几百里外的《延安报》。投稿前,还特意在诗前加写了一句话作为小序:"去年11月26日,我从家乡冀南平原应征入伍,来到了向往已久的革命老区陕北。"稿子在7月31日的《延安报》"杨家岭"文艺副刊"解放军作者专页"发表了。令人不快的是,我参军后发表的第一首诗,就被责任编辑漏掉了名字。更为糟糕的是,这首诗唯一的一份剪报,后来也被弄丢了。好在我有底稿,即使遗失了底稿,自己写的一首短诗,也能默诵。这首诗后来收入我1993年出版的诗集《那个女孩喜欢雪》和2002年出版的诗集《凝思与歌唱》。2000年,在我转业到公安机关的前一年,军旅出身的书法家胡立民先生还将此诗的最后两句"此生愿为无名草,点缀河山大地春"写成条幅赠我。这幅字,连同著名作家浩然2001年题赠的"怀浩然正气,抒苍生真情",在我家的客厅里悬挂了多年。

现在看来,《从军有感》这首诗诗味无多,也缺乏新意。但这首有感而发的小诗见证了我最难忘的一段人生旅程,我永远敝帚自珍。

1986年11月26日,这一天,我离开了生我养我的故土,开始了一种全新的生活。也是从那时起,我的诗歌习作开始注入大西北粗犷豪放的军旅豪气,并陆续发表于各地报刊。参军仅仅一年多,我写的表现部队生活的歌词就登上了门槛很高的《解放军歌曲》杂志,并在军内谱曲传唱。参军的第七年,我被河北省作家协会吸收为会员。

20多年前的这一天,对于邢台市,我是一名远行的匆匆过客。那时不会想到,十几年后,我会成为这里的一名市民,更没有想到,会成为这个冀南古城的一名人民警察。

　　作为一名新战士，我只在陕北黄龙山深处生活和战斗了一年多，没有到过延安市。延安，至今仍是我无限神往的一块圣地。我想，当我有机会踏上这片红色的圣地时，她会赋予我一首真正的诗。

尧乡诗会上的将军诗人

大约在11月底,我接到河北隆尧诗词学会国印周会长的电话,邀我出席将于12月18日至19日在诗乡隆尧举行的隆尧诗词学会成立5周年庆典,我欣然允诺。

隆尧是我国现当代著名诗人青勃、尧山壁、张庞的故乡。隆尧诗词学会自2001年成立以来,以国印周、张自发等为代表的一批本土诗人把诗词事业开展的红红火火,在全国诗词界产生了较大影响。他们以会刊《尧乡诗词》(季刊)为阵地,团结和培养了一大批诗词创作人才,会员遍布全国各地。《尧乡诗词》发表的作品,也多次被《诗刊》《中华诗词》《当代人》等名刊选用。

18日早8时,我与邢台市文联主席、剧作家宋聚丰和《清风》主编、诗人王玉民老师一同乘车,前往隆尧。会议期间还要进行学术研讨、交流活动,因杂事缠身,我未及写出论文,便请辽宁省作协原副主席、著名诗人和诗评家阿红先生为庆典活动题写了贺联,带去赴会,聊表心意。阿红先生题写的是:"广辉诗词繁荣创作,精编期刊挺举尧乡。"笔力老到,颇见风骨。

在路上,我们谈到了隆尧籍的将军诗人、原北京军区政治部副主任张庞少将。听隆尧诗友说,张庞将军也要出席这次家乡的文艺盛会。张庞将军2001年以一部10100行的长诗《东方神话》(与卜宝玉合著,解放军文艺出版社出版)震动诗坛,入选中宣部、中国作协等6部门建党80周年"10部献礼文学作品",并荣获中国诗歌学会"时代放歌奖"、共青团中央"五个一工程奖"、"解放军文艺奖"等多项大奖。他2004年为纪念邓小平同志诞辰100周年而写的《看一位伟人打牌》和2005年为纪念抗日战争胜利60周年而写的《每当唱起那些老歌》发表后引起强烈反响，受到交口称赞。张庞将军是我所在的北京军区的首长。1998年前后我在驻山西运城某部任政治指导员时常在《解放军报》《战友报》上读他的诗，2000年调回团机关后又拜读过他的大著《东方神话》，心向往之，未敢打扰。我与他初有联系大约是在2003年初夏。那时我已脱下军装，转业到家乡邢台市的公安机关。将军出身农家，"躬身作犁写春秋，坦荡为纸著文章"，为人朴实真诚，热情平易，对家乡的文学事业更是给予热情关注与全力支持，德高望重，口碑甚佳。近年我们多有书来信往。我的拙著《凝思与歌唱》《心雨潇潇》曾寄给他指正，他近年出版的新著《聚焦长诗〈东方神话〉》《驻足阳光》也都寄赠于我，有时在报刊发表了新作也寄来征求意见。2005年9月我进京参加第五期全国公安文学创作研修班，已调至北京任职的原部队老首长和几个战友邀我聚会，席间谈到张庞主任常问起我，令我感动。但因学习期间日程安排甚密，未能前去拜望，我与将军只是"神交"，缘悭一面。

到达隆尧宾馆时已近9时，开幕式于9时30分开始。

隆尧县委常委、宣传部长王俊国主持了开幕式，并介绍了来宾。中国作协会员、将军诗人张庞，邢台市人大常委会主任齐耀增，中华诗词学会副会长、《中华诗词》常务副主编赵京战，《诗刊》社副社长王青风，原第二炮兵审计局长、诗人李文兴，北京市民政局副局长、北京诗词协会副会长张桂兴，原河北省文联主席、著名诗人浪波，原河北省作协主席、著名诗人、散文家尧山壁等出席了开幕式。著名诗人刘章、卞国福、张维芳等发来了贺诗、贺信。

当地党政领导致欢迎词后，张庞将军代表嘉宾讲话。他离开座位，站到主席台旁侧的话筒前发表了热情洋溢的讲话，嗓音洪亮，仪表庄严，虽身着便装，仍透着儒将的英武与洒脱。即将结束讲话时，他脱离开讲稿，即兴说："这次我来参加家乡的盛会，诗、书、话全带来了——作了一首贺诗，写了一幅书法，"他指指自己的嘴巴，接着说:"话不是绘画,而是我口中的话!"

将军幽默的话语,引起全场一片会心的笑声,随后又是一阵热烈的掌声。

10时30分全体与会人员到楼下合影。照完相,正欲上楼继续开会,看到张庞将军从不远处走来,我赶忙迎上去向将军问好,两只手紧握在一起的瞬间,他已认出了我:"是国震吧。新出的书给你带来了。"

我正在四楼参加会员代表大会时,张主任让一位部队的诗友送来了他今年由长征出版社出版的诗论集《西山论剑》。随手翻阅浏览,在《<东方神话>:书写诗坛新佳话》这篇长文中,发现了这样一段话:"《东方神话》被评论界定位为一部诗化的党史,这个定位恰如其分。即将脱下军装的基层干部刘国震在信中说,衷心祝贺你们写出了《东方神话》这样一部引起诗坛广泛注目的优秀作品,我十分关注军内外报刊对这部作品的报道和评价,为这部作品受到广泛的推崇而由衷地高兴。近年来诗界有一种不好的潮流,一些以'新潮''现代'自居的'假、小、空'之作逐渐占据诗坛,脱离现实,脱离生活,故弄玄虚,无病呻吟。而那些关注历史、关注现实、直面人生的健康清新之作却越来越少,大气磅礴的长篇政治抒情诗更是凤毛麟角。《东方神话》这样一部黄钟大吕般的长篇政治抒情诗的出现和受到充分肯定,对于诗坛来说,是一个可喜的信号,令人欣慰。"

想起来了,这是我2001年初夏确定转业待分配期间,在南宫老家的斗室里向《战友报》寄稿时,写给《东方神话》的作者之一、《战友报》副刊编辑卜宝玉的一封信。这封信与我许许多多的信件一样,未留底稿,若不是被张庞将军和卜宝玉同志在文章中引用并入书,早被我遗忘了。

看来,早在2001年,也就是隆尧诗词学会成立那年,我就与张庞老师有了"缘"。而在学会五周年庆典时首次相见,也颇有意义。

说说我的网名

春节过后,当我腾出手来开始经营我在新浪网的博客"三月雨"的时候,恰是一个春寒料峭、细雨潇潇的季节。3月3日,网友"四喜"给我留言说:"您这三月雨的名字起的可真是符合此景此情"。既然网友对这个名字感兴趣,我不妨简单说说。

你从首页可以看到,我现在的博名是"古镇三月雨"。

先说"三月雨"吧。我很喜欢"雨"这个字眼。俗话说"春雨贵如油",我在冀南农村长大,了解农民祈雨盼雨、渴望风调雨顺的心愿。小时候读朱自清的散文《春》,文中对春雨的细腻传神的描写,我至今留有美好而清晰的印象。古诗词中有关"雨"的名句很多,如"春潮带雨晚来急,野渡无人舟自横"(韦应物)、"渭城春雨浥轻尘,客舍青青柳色新"(王维)、"天街小雨润如酥,草色遥看近却无"(韩愈)、"沾衣欲湿杏花雨,吹面不寒杨柳风"(志南和尚)等等。现代人写的旧体诗词中,毛泽东的"红雨随心翻作浪,青山着意化为桥"堪称佳句。新诗中,早年读严阵的名篇《红雨》:"……一颗雨点染红一个骨朵,/一颗雨点染红一张笑脸,/二月的雨:红雨啊,/无声地,染红了江南。"那优美的意境,令人陶醉。(作家杨啸20世纪70年代写过一部中篇小说,书名也是《红雨》,被改编拍摄为同名电影,风靡一时)。李瑛20世纪70年代写的那首《雨》也是名篇,我至今记得这样精彩的几句:"满山是野草的清香,/满山是发光的新绿,/满山是喧闹的小溪。"

你仔细看看就会发现，其实我的真实名字中也含有"雨"（震），而"雨辰"（将"震"拆开）是我使用最早的笔名。我至今仍保存着读中学时自编的几本手抄诗集（都是自己的习作），封面上的署名均是"雨辰"。我生在农历三月，这也是在"雨"前冠以"三月"的原因之一。"三月雨"也就是春雨了，它的美好意境被诗圣杜甫的《春夜喜雨》写绝了："好雨知时节，当春乃发生。随风潜入夜，润物细无声。野径云俱黑，江船火独明。晓看红湿处，花重锦官城。"我读中学时写过一首习作《三月》，就表达了对阳春三月的由衷喜爱（原诗附后）。

再说"古镇"。不难看出，这是我原名的谐音，同时也象征着某种传统文化的积淀。"古镇"甚小，在它之上有"古城"，乃至"古国"，倒也符合咱草民百姓的身份。这也是我用过的笔名之一。

曾有朋友问："怎样才能方便地找到你在新浪网的博客?"我输入关键词"三月雨"，在百度搜索一点，好家伙，这词太多，不容易找到咱。于是在博名的前面加上"古镇"，这就是"古镇三月雨"的由来。

把"古镇三月雨"输入百度搜索，如果还是不行，那咱就认命，蜗居在深巷之中，做个当代隐士吧。人说"好酒不怕巷子深"，咱好酒孬酒都弄不出，就更不在乎"巷子"的深浅了。一壶清茶，自斟自饮，倒也乐在其中。

我读的第一部新诗集

  我从十六七岁开始涂鸦写诗,最早知道的中国现当代诗人的名字有郭沫若、殷夫、臧克家、贺敬之、李瑛、李季、郭小川等。而我第一次知道李瑛的名字不是因为70年代后期那篇家喻户晓并被收入高中语文课本的《一月的哀思》,而是一本名为《枣林村集》的诗集。
  李瑛是我国当代著名诗人,自20个世纪40年代中期读中学时起开始诗歌创作,已在诗坛辛勤耕耘半个多世纪,创作出版了《野战诗集》《红柳集》《红花满山》《在燃烧的战场》《战士们万岁》《美国之旅》《春的笑容》《南海》《我骄傲,我是一棵树》《生命是一片叶子》以及《李瑛抒情诗选》等诗集50多部。在当代诗坛,李瑛大概是发表年龄最长、最高产的诗人,除了"文革"初期"天下大乱"那几年与中国几乎所有的作家一样不得不封笔外,他从十六七岁写到今天,数十年诗情不衰,笔耕不辍,在新中国成立后每个历史时期均有影响广泛的代表作问世,令人称奇,被誉为"诗歌的常青树"。他的《枣林村集》,是我最早读到的一本中国新诗集。
  《枣林村集》是1972年4月由北京人民出版社出版的。这是李瑛唯一的一本表现农村生活的诗集,是诗人以通俗语言和民间谣谚入诗的一个尝试,也是诗人印数最大的一本诗集。书的版权页上未标印数,据诗人讲,印了30万册(90年代初期"汪国真热"时,有媒体称汪国真的诗集创自有新诗以来的最高发行纪录,近年出版的汪国真诗集在"作者简介"中也有类似说法,我一直心存怀疑)。此书的装帧设计在当时也是颇为精美的,封面封底带书舌、前后均有彩色环衬。封面和扉页上的"李瑛"两字均系诗人手迹。环衬后面有一插页,用红色楷体字印有"毛主席语录"两条,使这本书打上了那个年代的鲜明印记。全书共收短诗54首,每首诗前后都配有一至两幅紧贴诗歌内容的小插图。装帧与插图的作者是著名部队画家陈玉先。我家在河北农村,离县城有30多里路,平时难得去趟书店,家里也没有闲钱供我买课外读物。这本书是在北京当兵的大哥探家时带回的,也许并没给他留下什么特殊印象,却成了我的启蒙读物。我是1981年前后读到此书的,那时正读初中。可以说,我是从读这本书开始认识中国新诗的。我至今仍保存着十几岁时写的诗稿,回头看看,其中一些习作,如《沸腾的夏夜》等,有明显的模仿李瑛的痕迹。正如诗人刘向东所说:"不管你愿不愿意承认,刚学步时,你总是踩着前人的脚印走。"

多年来,我有收藏诗人出版的第一部诗集的偏爱。就拿河北诗人来说,像戴砚田的《春的儿女》、申身的《战震曲》、旭宇的《军垦新曲》、刘小放的《我乡间的妻子》、姚振函的《土地和阳光》、边国政的《爱的和弦》、刘向东的《山民》等,均有收藏。《枣林村集》虽非李瑛的第一部诗集,但因了它对我的启蒙意义,使我格外珍视。大约2003年9月,我翻检资料时,又找出了30多年前出版并在我手中保存了23年之久的《枣林村集》,重读了其中部分作品后,忽然萌生了一个想法——将诗集寄给李瑛老师,请他题签留念。当时我只知道李瑛老师曾任《解放军文艺》社社长、总政文化部长、中国文联副主席,现为中国诗歌学会副会长,却不知其具体通信地址。于是把此书连同诗人另一部出版于1984年的诗集《在燃烧的战场》寄给了他的女儿、《诗刊》副主编李小雨,写一短信说明情况,并赠我新出版的诗集《凝思与歌唱》一册。过了一段时间,在急切中等待的我终于收到了李瑛老师的来信。我欣喜地发现,李瑛老师不仅寄回了《枣林村集》和《在燃烧的战场》,还另赠了诗集《多梦的西高原》与《枣林村集》的硬壳精装本(我对比了一下,精装本定价0.60元,平装本是0.40元),均已亲笔题签。在《枣林村集》的环衬上,李瑛老师写道:"刘国震同志:这本书完全是一种探索和尝试,感谢你仍然保留了它。李瑛。二〇〇三.秋"。在《在燃烧的战场》的扉页上,李瑛老师题写道:"已是旧作,请刘国震同志教正。李瑛。二〇〇三年秋于北京"。老诗人的谦逊可见一斑。李瑛老师还附短信一封,嘱我收到后回函告知。前几年听诗人石祥老师说,李瑛老师年近八旬,早就有写字手抖的毛病,但从题签和来信的字迹看,依然流利硬朗,颇见风骨。

李瑛老师是著名诗人中在"文革"年代仍能发表作品的幸运者之一。《枣林村集》出版于70年代初期,是他即使在那个时期也仍然坚持创作的一个见证。这本书与浩然的《金光大道》(第一部)、《幼苗集》《春歌集》《杨柳风》,以及李心田的《闪闪的红星》、李云德的《沸腾的群山》、黎汝清的《海岛女民兵》、前涉的《桐柏英雄》、杨啸的《红雨》、贺敬之的《放歌集》(修订再版)、刘章的《映山红》、孙友田的《煤海放歌》等,成为"天下初定"后出版的首批文学作品,打破了"文革"几年来的沉闷气氛,是荒漠上的一片绿洲,以一股清新之气,滋润着人们焦渴的心田。四川人民出版社1979年出版的《中国文学家辞典》(现代第一分册)在李瑛词条中提到了这本书:"《枣林村集》(1972年,北京人民出版社)是他几次深入农村生活、工作的记录,是中国社会主义农村的一个缩影。"许多诗人都曾谈到李瑛作品对他们的影响与滋养。前些年,在文艺界的一次会议上,一位诗人说:"我的诗吃过李瑛老师的奶啊!"引起一片会心的笑声。这是许多人共有的心声。

李瑛的诗寓刚健于细致之中,构思精巧,热情奔放,清新优美,晚年更趋深沉、浑厚。他以一个战士诗人和时代歌手的形象,数十年如一日,忠实记录着我们这个伟大的时代。今年12月8日是诗人80寿辰,他的又一部新作《野豆荚集》已由长征出版社出版。野豆荚,一个散发着浓郁泥土气息的多么美的名字!她象征顽强不屈的生命力,象征着诗人蓬勃向上的创作激情。

"写警"的糗事

女儿刚上小学时，与别人说到我时，总爱说："我爸爸是写稿的警察"。在她看来，有抓坏蛋的警察，有指挥交通的警察，有管户口的警察，她没怎么见过我管这类事，相反倒是经常见我没日没夜地爬格子、敲键盘，自然就把我归入了这么一个"警种"——"写稿的警察"，姑且称作"写警"吧。

参加工作一晃已经二十五六年了，前十五年当军人，后十来年当警察。当兵时，不管节假日还是工作日，每天都身着军装。外出上街，即使炎热的夏天也要捂着一顶大檐帽，开始是受军容风纪的约束，久而久之也就成了习惯，头上若不顶着个帽子总感觉少了一点什么。有人笑我们"傻"，讥之为"傻大兵"，殊不知，唯其傻，才使我真正找到了当兵的感觉。这种感觉，我在基层连队当政治指导员的那两年感受尤为明显，那时，一年365天，天天和兵们搅在一起。

2001年9月转业到公安机关，成为一名人民警察，情况就不一样了。从录警，到授衔，到发警服，有一个不算短的历程。在相当长的一个时期内，没有警服，久而久之，穿便服成了习惯，也的确体验到了便服之"便"。到后来即使发了警服，因一直在机关从事文字工作，穿警服的机会也很少。特别是外出或上街，若身着警服，在熙熙攘攘的人群中，总有一种"扎眼"的感觉，举手投足都感觉受拘束，不自然。节假日若是参加文联、作协等组织的笔会和采风活动，与警务活动无关，我更是不习惯穿警服，以至于我非常熟悉的诗人王玉民、画家蔺东光都曾问我："怎么没见你穿过警服啊？"似乎颇有几分怀疑我警察身份的意味。前些年有一次去《邢台日报》送稿，当有人又说起这个话题时，日报副总编、作家杜宜民打量着我，慢条斯理地说："你们没有警服吧？"一时令我好生尴尬，心想你杜总怎么把我们"写警"当成了"协警"呢！兴许在他看来，"写稿的警察"是不发警服的，是"文职"。

2007年4月，邢台的一些作家诗人联名发起义卖售书助学活动，所售书款全部用于资助贫困学生，我应邀参加，签售自己的诗集《凝思与歌唱》。书带去的不多，倒是卖得一本没剩。省市新闻媒体和牛城的许多网络写手们都关注这一活动，相继发了不少帖子。4月8日那天是个休息日，我按习惯还是穿的便装。河北省公安厅《燕赵警视》主编贾永华看了相关报道，在我的博客留言："国震，这种活动，你咋不穿警服呢！"我明白贾主编的意思，她是让我通过这种深得人心的社会公益活动，为我们的警察和警队争得荣誉。我回复说："接受批评，下次穿！"

2008年2月27日，我进京参加将于次日在八宝山革命公墓东厅举行的著名作家浩然的遗体告别仪式，在北上的列车上接到贾主编的手机短信：春寒料峭，穿上警服棉袄吧！"这条短信我是从北京回来后才发现的，我心里明白，贾主编特意嘱我穿"警袄"，并非仅仅因为天气寒冷。"警袄"，重点不在"袄"，而在那个"警"字。那天我恰巧穿的就是"警袄"。在28日的八宝山，从全国各地赶来悼念浩然的千余人的送别队伍中，就两个人显得最为另类，一点不像"文艺界人士"：一个是着警服的我，另一个是首钢的一名保安，衣着打扮像个农民工。

在我的从警生涯中，与警服有关的"糗事"，莫过于2008年10月14日《邢台日报》"百泉"副刊在《名家新锐》专栏刊登介绍我的一篇文章《刘国震：灵魂的"凝思"与生命的"歌唱"》。这个专栏的策划者是《邢台日报》副刊部主任李瑛，文章也是他写的，同时配发了我的"人物简介"和穿警察春秋常服的一幅生活照。稿子见报后，一位朋友打电话给我："你怎么把警号安错地方啦？哈哈！"这话把我吓了一跳，心想若真是这样，可就出洋相了。赶紧找来报纸，仔细一瞅果真如此：照片上警号和警标的位置弄颠倒了，本来应该在左边的警号却被弄到了右边。我感到莫名其妙，心想我这个"写警"，虽然穿制服的时候不多，但还不至于如此"犯晕"吧。从电脑里调出原照片一比对，便发现了其中的"猫腻"：我警服上的警号并没有安错地方，是照片的电子版发到编辑部后，被编辑在修照片的软件里做了翻转，本来面朝左侧的图像变成了面朝右侧，警号也就相应地调换了方位！

你看，这就是警服与便装的不同之处。若是着便装的照片，咋翻转都"玩得转"，只要不是头朝下脚朝上就行。这警服不行，你鼠标轻点稍一翻转，就给我翻转成一桩"糗事"！

"煤矿诗人"孙友田

在新中国的诗坛上，曾经出现过"石油诗人"李季、"森林诗人"傅仇等，在我的内心，早在20多年前就把孙友田先生视为"煤矿诗人"了。

我在2009年3月写的一篇文章中，有这样一段话："在新中国文化建设的高潮中，同样是群星璀璨、群英荟萃，涌现了一大批直接从工、农、兵中成长起来的作家、诗人，如工人作家黄声孝（黄声笑）、李学鳌、胡万春、刘镇、晓凡、孙友田，农民作家王老九、浩然、苗得雨、刘章，军旅作家高玉宝、冯德英、王石祥、张永枚、宫玺、张孟良，少数民族作家玛拉沁夫等等。他们当中有许多原本文化不高，甚至是文盲或半文盲，在新中国蒸蒸日上的社会主义建设事业感召下，一边忘我工作，一边发奋自学、纵情歌唱，终于圆了自己的作家梦，为新中国的文学史册写下绚丽多姿的一页。"我提到的上述作家，只有浩然、张孟良、刘章、石祥、孙友田这几位是熟识或有过书信联系的，其中孙友田先生是我最早有过书信联系的诗人。1984年8月-1985年7月间，我参加南京青春文学院的函授学习，孙友田先生是学院聘请的辅导老师之一，曾经回信指导过我的诗歌习作（记得马绪英、文丙、叶彤、江渔、岳丹等老师，也曾批阅过我的习作）。那封短信，那12本函授教材《文艺学习》，以及那个寓意深远的"逗号"图案的校徽和结业证书，我至今珍藏着。"写诗要有自己的发现""人心要实，诗心要虚"，他关于诗的这些箴言，我至今刻骨铭心。

去年四五月间，经南京诗友胡剑明同志热心牵线，我与孙友田老师取得了联系。不久，孙老师寄来他2003年出版的《孙友田散文选》，并在扉页题签寄语："国震先生：要有一颗童心，要有一对翅膀。"这本书，我放在案头枕边，得暇便翻阅几篇，读得津津有味，让我走进了一位毕生用煤炭般火热的激情写作的老诗人的内心世界。其中的《月光启蒙》《迎接母爱》《父亲》《想起了郭小川》《十块金牌和八束鲜花》等篇什，常常让我读得泪水盈盈，浮想联翩。前不久，我在邢台的旧书摊上又淘得一本孙友田煤矿诗选集《煤海放歌》（该诗集1972年11月首版，1974年10月重印）。这本书，我早在1984年就知其名而无缘睹其真容，在20多年后的今天意外觅得，自然喜不自胜。

孙友田是在毛泽东同志延安文艺座谈会《讲话》这盏"矿灯"的照耀和指引下，毕生深入煤海，在生活的矿井里辛勤开掘光和热的诗人。他1936年出生于安徽省萧县黄口镇，1954年初中毕业时在上海《青年报》上发表诗歌处女作《祖国，只要您的手一指》。同年考取淮南煤矿学校矿山机电专业，1957年毕业后分配到江苏徐州贾汪煤矿任技术员，在矿山奋战了16年，坚持用诗歌表现新中国煤矿工人的火热生活和精神风貌，在当代文学史上树立起一座新中国矿工的英雄群像。1958年6月，江苏文艺出版社出版了他的第一部诗集《煤海短歌》，1959年加入中国作协。1960年出席了在北京召开的全国文教群英会（退休后被确认为全国劳动模范）。1965年11月，参加全国青年业余文学创作积极分子大会。1973年5月，从徐州矿务局调至江苏省文化局从事专业创作。1974年9月加入中国共产党。1979年10月，出席中国作协第四次代表大会。历任《雨花》编辑部诗歌组组长、编委，江苏省作协第一、二、三、四、五届理事（1960年-2004年间），江苏省作协专业作家、诗歌工作委员会主任，江苏省文联委员，《扬子江》诗刊执行主编，江苏省大众文学学会副会长，中国诗歌学会理事。

孙友田是新中国成立后从煤矿工人队伍中成长起来的有才华有成

就的诗人。主要著作有诗集《煤海短歌》《矿山锣鼓》《煤城春早》《石炭歌》《金色的星》,《花雨江南》《孙友田煤矿抒情诗选》《孙友田短诗选》《孙友田诗歌选》,儿童长诗《矿山鸟声》《带血的泥哨》,少儿读物《在黑宝石的家里》,以及《孙友田散文选》等10余部。中国文联出版公司1988年出版的《孙友田煤矿抒情诗选》,获第二届全国煤矿文学作品"乌金奖"一等奖。大众文艺出版社2003年出版的《孙友田诗歌选》获第五届金陵文学奖二等奖。诗歌《矿工与海》获全国煤矿文学优秀作品奖。他的散文《月光启蒙》和诗歌《去打开大自然绿色的课本》被选入江苏版小学五年级语文课本。他的名篇《大山欢笑》中的诗句"我是煤,我要燃烧",被诗评家誉为"当代矿工宣言"。2003年12月,"孙友田诗歌朗诵会"暨《孙友田诗歌选》《孙友田散文选》首发式在徐州举办,孙友田朗诵了自己的新作《最后的煤田》,天能集团所属龙固矿、沛城矿、柳新矿等8个煤矿的矿长登台向诗人献上8束鲜花。孙友田先生把它视为自己大半生致力于写煤矿诗所获得的最高奖赏。

我大约从1983年开始陆续从《诗刊》《诗神》《当代诗歌》《人民文学》《解放军文艺》《语文报》等报刊和《中国现代抒情短诗100首》《中国当代抒情短诗选》《现代诗歌名篇选读》《朗诵诗选》《中国当代诗人座右铭汇赏》等诗歌选本中接触孙友田的作品,并牢牢记住了他的名字。他的诗歌,我读过并留下深刻、清晰印象的,有《走进人民大会堂》《大山欢笑》《灯房抒情》《护城河》《西露天感怀》《矿柱林》《松木化石》《燕子矶》《神箭》《四月》《矿区同龄人》《我们走向海滨》《雨花台》《放鹤亭》《题赠绿荫文学社》等等(我订阅报刊很少,视野有限)。其中有些诗篇,特别是某些警句,至今能够默诵。我读高中时,我的同桌有一本《中国文学家辞典》(现代第一分册),里面有孙友田的小传,我看了一遍便铭记在心,直到今天,若让我给他写个五六百字的创作简历,不用查阅资料,他出版的十几部著作,我绝不会遗漏任何一部(尽管这些书大多无法觅得)。去年,我与胡剑明兄通电话时提到孙友田老师,一口气说出了他历年来出版的十几部著作的书名,令胡兄惊讶不已。我想,这是诗人的光荣，是一个写作者获得成功的标志之一。当今，不是有许多在文坛热热闹闹的"大腕"们，其名如雷贯耳，却让人记不住他一部作品乃至一句诗吗？

同住石头城并与孙友田老师交谊甚深的胡剑明兄告诉我，孙老师是个"老顽童"。看来，这位与新中国一同成长、与煤炭和矿工结下不解之缘的古稀老人，的确是"有一颗童心，有一对翅膀"，而且至今仍葆有毛泽东时代所特有的那种奉献的快乐、劳动的自豪和战斗的激情——

"我是煤，我要燃烧！"

悼念肖尹宪先生

获悉著名剧作家、长春电影制片厂资深编剧肖尹宪先生最近因病逝世的消息,深感震惊与痛惜!

他才68岁,就在4月26日,他的新浪博客"肖尹宪的杂志"还更新了一篇影评《分手之后说爱你》。4月22日,他在博客贴出《笑对痛苦,忍受过程》一文,约略透露了自己生病的消息:"各位朋友,暂别。病来如山倒,病去如抽丝。我再想活蹦乱跳也得面对痛苦了,这是一个过程,不过我会笑对。2岁、11岁、22岁……都曾经遇到人生的痛苦,都让我战胜了它们。这次也会一样。相信我,没错的。为了这一切,只好再次暂时休博。再见!再见时这个博客会更活跃。"对战胜病魔,他一如既往地充满必胜的信心。没想到,他竟这样快地离开了我们。

据媒体报道,肖尹宪先生是6月7日病逝的。想来,那段时间,正是我父亲突然病重,我在医院日夜陪护的日子。那些天,我看不到报纸,也无法上网,信息非常闭塞。这个迟来的消息,使我哀痛,使我感到人生的无常与生命的脆弱。

肖尹宪先生1942年10月1日出生于河北省定县。1964年大学毕业后任长春电影制片厂总编室编辑、编剧,从影39年,创作了一大批优秀的电影作品。由他担任责任编辑的影片《人到中年》,以及他改编、创作并投入拍摄的电影《金光大道》(上、中)、《花开花落》《药》《绿色钱包》《特高课在行动》《父亲》《大城市1990》《二小放牛郎》《小巷总理》等，都产生了广泛的影响。1975年上映的《金光大道》改编自著名作家浩然的同名小说，是肖尹宪先生从影以后的第一部作品（影片上部署名"集体改编"）。这部由我国当代电影艺术大师林农、孙羽执导，张国民、王馥荔、浦克、马精武、葛存壮等老一辈电影表演艺术家倾心打造的红色经典，把磅礴的气势与温婉的抒情完美地结合起来，轰动了70年代的中国影坛，是一部表现中国社会主义革命的不可多得的史诗性巨制。《花开花落》改编自浩然1979年发表的长篇小说《山水情》，在浩然处于人生的低谷、文艺界有些风派人物正忙着落井下石时，肖尹宪把这部作品搬上银幕，极大地增强了浩然在新的时代继续前行的信心和力量。这份深挚的友情，天地可鉴。

　　肖尹宪先生是一位硕果累累的优秀剧作家，也是一位勤奋的博客写手。他从2005年12月在新浪网开博以来，不到5年时间，就写了3900多篇，内容广泛，文笔精深。既有对电影事业发展的精辟见解、对古今中外优秀影片的点评解读，也有对时代生活的感悟、对往昔岁月的追怀，字里行间跳动着一个艺术家和爱国者的殷殷真情与拳拳丹心。肖尹宪先生是我的新浪博客开博以来最早关注并链接的网络好友之一。在数年的网络写作中，在网络这个虚拟的世界里，我们经常互访，交流心得，交换看法，相互勉励，彼此建立了很深的信任与情谊。我写的有关作家浩然的文章，他尤为关注，时常跟帖或留言、发纸条进行评论，并勉励我对浩然作品进行专题研究，提醒我将有关浩然的文章结集出版。大约两年前，他曾向我索取浩然五六十年代的小说资料，我将《新媳妇》《一匹瘦红马》等小说复印后给他寄去。他为《电影艺术》杂志撰写的长文《电影〈金光大道〉的花边旧闻》，是一份珍贵的史料，披露了许多鲜为人知而又生动有趣的逸闻，我曾分别转发在我的新浪博客和河北公安网警民博客圈。

　　肖尹宪先生一生笔耕不辍，对我国电影事业的发展做出了举世瞩目的贡献。据介绍，仅他创作并投入拍摄的影片，就有38部之多，其他领域的著述也颇丰厚。他曾在我的博客留下过大意是这样的话：浩然是一位伟大的人民大众作家，因为他跨过了一个坎，这个坎就是为谁写作，为什么写作。并不是谁都能跨越这样的坎的。我想，肖尹宪先生当是跨越了这个沟坎的为数不多的作家之一。

肖尹宪先生走了,他的作品活着。

缅怀陈超先生

10月31日凌晨，河北师范大学文学院教授、博士生导师、北京大学中国新诗研究所特聘研究员、河北省作家协会副主席陈超先生坠楼身亡，令中国诗坛震惊和痛惜！

刚开始从微信上得到传言，不敢也不愿、不忍轻易相信这个令人难以置信的消息，后来陆续看到各大媒体刊发的消息和悼念文章，才不得不接受这个残酷的事实。

陈超先生的辞世，是中国诗坛的重大损失，更是河北文坛的重大损失。他的专著《打开诗的漂流瓶：现代诗研究论集》《生命诗学论稿》《中国探索诗鉴赏辞典》《当代外国诗歌佳作导读》以及诗集《热爱，是的》《陈超诗选1980—2002》等，在中国当代诗坛和文艺批评领域，有着持久的影响力。而他以仅仅56岁的享年和那惨烈的非常规方式离世，更是令人不胜唏嘘！

我与陈超先生相识于90年代中期。那时我还在驻石家庄部队工作，有时到省作协办事，有时参加省作协组织的会议或诗人联谊活动，偶有见面与交流。记得有一次，在省作协创联部主任、《文论报》主编、诗人刘向东的办公室遇到他，我问他近来忙些什么，他叹口气说：刚从医院回来。我这才得知他的儿子患有先天性智力障碍疾病。这无疑是陈超先生内心一个无以言说的痛楚，也使我由衷地感喟家家都有一本难念的经。我的影集里，至今还保存着1996年冬省作协某次会议期间，我给他拍摄的照片。其中有一幅是在河北会堂的休息室里，他与时任中国作协副主席、河北省作协主席铁凝侃侃而谈，展望筹建河北文学馆宏伟规划的情景。1999年我的诗集《心雨潇潇》出版，我寄给他一册，后来在一次通电话时，他谈了对我这本诗集的印象与看法，具体地指出哪首诗好，给他留下深刻印象，哪首诗存在什么问题，使我真切地感受到他的热情、赤诚、谦逊，以及治学的严谨、认真。得知陈超先生辞世后，诗人臧棣说他是"一个真正懂当代诗，又宽厚善待诗人的批评家。当代诗受益于他的智慧，敏锐，精准，宽厚，而对他的回报却如此之少。"我想，这应该是许多人的共有感受。

　　自从2001年9月转业离开部队，离开省会石家庄后，十多年了，我再未与陈超先生见过面。其间偶有电话联系，大都是我向他请教一些文学理论上的问题。大约是去年吧，与供职于邯郸市公安局的刘晓宁兄通电话时说到陈超先生，得知晓宁兄与陈超先生是河北师范大学77级的同班同学。晓宁兄随后还通过QQ号发给我一组他与陈超先生在一次同学聚会时开怀畅饮的照片。我们曾相约有机会时一起赴省会拜访陈超先生，没想到，这个计划还未及实施，先生竟已溘然长逝！

　　刚才找到我已经"光荣退休"的一部旧手机，竟翻出了存贮在机子中的一条短信息，是陈超先生2012年11月7日20：57发给我的。现将短信照录于此："你好！诗集收读，有的诗有韵味，有的很机智，祝贺！陈超"

　　陈超先生说的诗集，是指我2012年9月由大众文艺出版社出版的《凝望岁月》。我曾寄去一册请他赐教。这本诗集荣获邢台市首届文艺创作繁荣奖。10月29日，《邢台日报》刚刚刊出关于获奖作品公示的公告。这个好消息还未及向陈超老师汇报，没想到他就已选择了那惊世的一跃！

　　我将永远保留那部旧手机以及陈先生的短信，作为对这位善良、朴实、博学而睿智的杰出诗歌评论家的缅怀与纪念。

李肇星：诗人外交家

在近代以来的中国政坛，出现过一些广为人知的诗人外交家，如清朝末年的著名爱国诗人黄遵宪，新中国成立后的陈毅元帅等。黄遵宪曾任驻日使馆参赞、驻英国参赞、驻美国旧金山总领事、驻新加坡总领事等职，有《人境庐诗草》传世。陈毅曾任国务院副总理、外交部部长等职，身后出版有《陈毅诗词选集》以及《陈毅诗词选集续编》等。今年4月刚刚卸任的前外交部部长李肇星，也是一位卓有成就的诗人外交家。

李肇星曾任外交部发言人、常驻联合国代表、驻美大使、副外长、外长等职，是一位活跃于国际政治舞台的著名外交家，见证并参与了中国与世界的种种风云变幻。他以幽默健谈和反应敏捷著称，善于机智、巧妙地回答记者提出的一些尖刻问题，被媒体誉为"铁嘴钢牙、鸽心鹰爪"的外交官。他自幼酷爱文学，读中学时即有诗作在报刊发表，著有散文集《彩色的土地——肯尼亚游记》和诗集《青春中国》《肇星诗百首》《李肇星诗集》等。他还编选过一中一外两个诗歌选本，印数不菲，颇具选家眼光。

在我的书架上，有一部2003年由作家出版社出版的《李肇星诗选》，是李外长签名寄赠予我的，我倍加珍视。

那是2004年夏，在与家乡一位诗人闲谈时，我们谈到了李肇星外长和他的诗。那位诗人告诉我，李外长新出版了一部诗选。我说，在邢台书店还见不到。他鼓动说："把你刚出版的诗集《凝思与歌唱》寄赠一本给李外长，他可能会回赠你一本诗选。""日理万机对一位大国的外交部部长来说，那可是一点都不夸张，我有些犹豫。但那位诗人坚持让我试试。转念一想，也没有什么不可以的，因为我了解，李肇星不仅是一位共和国的部长，还是一位真正的诗人。

我这人并不勇敢，但只要认准了可以做的事情就不再含糊。很快，我寄出了自己的诗集，并写了一封简短的信附上。

几天后，一个大雨滂沱的下午，我陪从南方回家乡的一个儿时伙伴到市公安局外事处办理出国手续，收发室的一个老同志对我说："有你的邮件，来拿吧。"走进收发室，他递给我一个挂号邮寄的大牛皮纸信封，上面"中华人民共和国外交部"几个红色大字赫然在目。后面还有"秘书处"三个手写的小字。一看信封我就明白了。

怀着激动的心情拆开邮件，果然是李肇星部长寄来的诗选。在这部装帧精美、颇为厚重的诗集扉页上，有李部长的亲笔题签："刘国震同志雅正。祝与时俱进为人民。李肇星 2004.7.7 北京"。屈指算来，从我的诗集寄出到收到李部长的回函，大约也就十多天的时间，真没想到会这么快！

李肇星1940年出生于山东省胶南县（现改为胶南市）的农家，自幼家境贫寒，经历过生活的多重磨难。他是一位热情奔放、才华横溢的诗人外交家，也是一位驰名中外的"平民部长"。为了让孩子永远记住是庄稼人的后代，永远热爱自己的故土，他为儿子取名"禾禾"。2000年3月，禾禾在美国留学时，李肇星曾以一首诗表达对儿子的嘱托："别忘了你是谁！/你是朋友的朋友，/你是亲人的亲人。/你是祖国的儿子，/这是一切的根。"（《旅美诗笺·给在美国留学的禾禾》）作为常年为国事漂泊在外的游子，他对祖国和母亲的非同一般的感情，也令人动容。他曾深有感触地说："一个人的爱国感情、维护祖国利益的决心和摆事实讲道理的态度是会得到大多数人敬重的，尽管他不见得同意你的观点。"2007年3月6日，在人民大会堂举行的中外记者招待会上，他在回答中国台湾无线卫星电视台记者的提问时，说过这样一段感人肺腑的话："我认为一个人能成为人才，最基本的一点是要像爱自己的母亲一样热爱自己的祖国。一个热爱祖国的人，也才会热爱人民，热爱自己的人民，也热爱全人类的进步事业。"1999年7月7

日,他在《接受美国记者采访后偶感》一诗中写道:"在知识面前/我实在渺小;/只因学而不厌,/自找了一点自豪。//在世界面前/我微不足道;/和祖国加在一起,/赢得了些许骄傲。"1995年7月,在催人泪下的《为娘送行》一文中,他说:"这些年,我去过不少地方,可最爱去的还是娘所居住的那方土地;参加过不少宴会,可最爱吃的还是娘给熬的米汤;听过不少豪言,可最爱听的还是娘那些家常话。对经常外出的我来说,娘是伟大祖国最可爱的一部分,是我心头最敏感的一部分。"在《诗选》的后记中,他说:"人的一生应尽量少为自己索求,而多想为祖国、人民、亲友做了些什么。""我最愿意的是继续学习和劳动,因为不仅求新知和做好事是一种幸福,而且有那么多亲人、友人、前辈、同事和素不相识的好人在启发、鼓励和帮助我。"文如其人,自古而然。听人说,李外长是一个朴实、真诚、谦和而又情感丰富细腻的性情中人。这从他的作品中可以得到印证。

论及李肇星的诗时,作家冯骥才说:"外交家们应该庆幸,因为他们之中有一位诗人,他们独特的生活才得以光彩地展示给世人;诗人们应该庆幸,因为他们之中有一位外交家,诗的天地才出现如此一块高贵而迷人的空间。"作为纵横捭阖的外交家,李肇星部长的足迹遍及全世界一百多个国家,在波诡云谲的外交生涯和纷繁复杂的国际事务中,他以一个爱国诗人的赤诚和勤奋,捉余逮闲写下的一大批寄情小札,是时代和国际风云的记录,也是他的足迹和心路历程的写真。他的诗质朴厚重、简洁明丽、内涵丰富,闪烁着哲思的光芒,荡漾着滚烫的诗情。他的诗集中不乏情真意切、意蕴悠长、耐人咀嚼的精警之作,如《重托之下》《在莫扎特和希特勒的故乡》《故乡愿》《奶娘》《梦见爷爷》《读春》等,都曾受到读者的交口称赞。作家张锲在为《李肇星诗选》撰写的序言中写道:"肇星同志的全部诗歌,都始终如一地贯穿着对祖国的忠诚、对各国人民的友善和对美好事物的追求。祖国是他的根。他的思想、感情,他在诗歌创作中所取得的灵感,以及其他的一切,都是从这条根上派生出来的。"可谓一语中的。这几句话,犹如一把开启他诗歌艺术宝库之门的钥匙,让我们走进他的心灵世界和艺术世界。

两件小事

不知咋的，忽然就想起了过去读过的两件"名人轶事"。是两个大得不能再大的人物的小得不能再小的日常琐事。

一个是关于毛泽东的。延安文艺座谈会召开前夕，中共中央主席毛泽东要做调查研究，找了许多文艺界人士谈话。一次，毛泽东在延安的窑洞里与诗人艾青交谈，谈话中，发现桌子总是摇晃，俯身一看，是因为地板不平所致。毛泽东说了声"请稍等"，就走出了窑洞。不一会儿，毛泽东手拿一个瓦片进来，把它垫在了桌子腿下，继续与艾青亲切交谈。艾青当时感慨：毛主席真不像个"大官"，在旧军队，即使一个小连长，这种事恐怕也要招呼勤务兵来干啊。时隔几十年，20世纪80年代中期，艾青还在一篇文章中提及此事，可见印象之深、感受之切。

一个是关于蒋介石的。一次，国民党总裁蒋介石召见一名国民党高级将领。谈话时，发现室内光线较暗，于是大声吆喝仆人把窗帘拉开。那名高级将领当时恰巧就坐在窗户旁边，便伸手把窗帘拉开了。蒋介石面有不悦，"语重心长"地批评道："这是仆人干的事，你这么高的阶级（军衔），是国家的栋梁，怎么能干这个呢！"

看到了吧，两个政党、两个阶级、两大阵营的不同，不仅仅体现在政治主张、治国理念上，他们的最高领袖与统帅的一举手、一投足，就画出了判断的界线。从这些不为常人所注意的细枝末节，可以约略地窥见他们代表群体、依靠力量和服务对象的不同——一个是人民大众，劳苦苍生；一个是贵族阶层，剥削阶级。

"人民，只有人民，才是创造世界历史的动力。"毛泽东一语定乾坤。

"我们是工农的子弟，我们是人民的武装，……"一支以全心全意为人民服务为宗旨的人民军队，唱着这支嘹亮的军歌，所向披靡，摧枯拉朽，一往无前。

两大阵营的博弈与较量，终于在公元1949年见了分晓。历史，永远铭记着那声穿透了时空的湘音："中国人民从此站起来了！""人民万岁！"

人民是站起来了。但历史是有反复的，敌人是会反扑的（用各种形式）。一个革命的政权，如果不能时刻保持其革命性与先进性，时刻保持和最广大的人民群众的血肉联系，时刻置于人民群众的监督之下，则发生从量变到质变的霉变，走向自己的反面，甚至在内外敌人的夹击中土崩瓦解是很有可能的。所谓"其兴也勃焉，其亡也忽焉"。

为使自己亲手缔造的党和牺牲了几千万人才建立的人民政权跳出这个历史的周期律，避免前苏联党变修国变色最终亡党亡国的悲惨结局，深谙中国历史和人类社会发展走向的毛泽东，思考、探索和奋斗了一生，并以"不惜被打个粉碎"的无私无畏的伟大气魄，在晚年进行了悲壮的一搏。

看看时下那些以让仆人打伞为荣，以强迫民女"异性洗浴"为乐的大小官僚的嘴脸吧，他们的人生轨迹与政治走向，在不知不觉中，是不是已渐趋滑向共产党当年的革命对象？

1975年，82岁高龄的毛泽东拖着病体，写给他的老战友、同样已是疾病缠身的周恩来一首《诉衷情》："当年忠贞为国筹，何曾怕断头？如今天下红遍，江山靠谁守？业未竟，身躯倦，鬓已秋。你我之辈，忍将夙愿，付与东流？"

伟人的拳拳之心与丝丝隐忧，可见一斑。他的顾虑，难道是杞人之忧吗？

那岁月，那书，那人

冯志的《敌后武工队》可能是我最早读到的一部长篇小说，印象极为深刻，甚至使我对它一直怀有一种特殊的感情。这本书与高玉宝的《高玉宝》，马忆湘的《朝阳花》，吴强的《红日》，罗广斌、杨益言的《红岩》，黎汝清的《海岛女民兵》，浩然的《春歌集》《西沙儿女》，方志敏的《可爱的中国》，陈登科的《雄鹰》，树棻的《哑巴伙计》等，伴随着我走过了难忘的童年。还有一本并不厚的书《我做学徒的时候》，印象很深却不知作者是谁（书早就遗失了），刚才"百度"了一下，得知是任东流。

《敌后武工队》描写抗日战争时期，一支活跃在冀中保定一带的八路军武装工作队神出鬼没打鬼子除汉奸的故事，歌颂了冀中军民可歌可泣的斗争生活，情节曲折动人，语言朴素、生动，很有传奇色彩。小说塑造了杨子曾、魏强、刘太生、贾正、赵庆田、辛凤鸣、汪霞、刘文彬、小秃等抗日英雄的感人形象，一些反派人物，如鬼子老松田，汉奸刘魁胜、哈巴狗（苟润田）、侯扒皮（侯鹤宜），叛徒马鸣等，也给人留下鲜明的印象。我最早知道吕正操将军的名字，也是通过这部小说。虽然吕正操并不是小说中"出场"的人物，但武工队小队长魏强与堡垒户"河套大伯"聊天时，曾谈到"冀中军区的吕司令"。

《敌后武工队》是1958年解放军文艺社出版的，一问世即受到广大读者热烈欢迎。在六七十年代，根据小说编绘的同名连环画也很流行。我小时候读到的，大约是1973年前后的重印本。这本书我保存了多年，后来被别人拿去了。90年代中后期，我从旧书摊上又购得一本，也是70年代中期重印的，与我当年读的那本不同的是，这个版本配有插图多幅。《敌后武工队》在90年代数次再版，各大新华书店有售，我之所以从旧书市场购买，就在于，只有看到那个原版封面，才倍感亲切。另一原因是，根据我的经验，就校对质量而言，70年代的旧版本绝对要比当今的新版本质量高。现在书店里摆着的某些大部头的书，印刷装潢倒是很豪华很精美，但里面错讹颇多。据说，一部长篇小说的差错，能达到一百多处甚至几百处。

妇救会主任汪霞是小说中塑造的一个美丽的女性，质朴、善良、勇敢、热情，而又贤惠、能干。她与武工队小队长魏强的爱情，给严酷的斗争生活涂抹上一缕温柔的亮色。作家将他们的爱情，描写得真挚、淳朴而又含蓄、内敛，这样写，既符合那个年代的"生活真实"，也与"十七年"时期，乃至"文革"时期的审美情趣相契合。据作家冯志说，他为汪霞取这个名字的寓意是：人民战争汪洋大海中一片美丽的霞光。而"魏强"的寓意就是：未来强大。少年的我，也是最早从这本书中，懵懵懂懂地体味"爱情"这个字眼的含义。

大约在70年代末或80年代初，著名评书演员袁阔成曾经将《敌后武工队》改编为长篇评书，在广播电台连播。当时的小伙伴们大都痴迷地收听刘兰芳播讲的《岳飞传》《杨家将》，而我却选择了收听《敌后武工队》，这是因为，越是读过的东西，越感到亲切，越有兴趣。从80年代后期开始，《敌后武工队》被几度搬上银幕和荧屏，我看过一些，质量高的不多。而有些所谓改编，已经把原著弄得面目全非甚至惨不忍睹了。

因为一部《敌后武工队》，我对冯志这个名字，早就烂熟于心。但在很长的一个时期内，我对这位作家的基本情况却是一无所知。因为，那个年代的书，只在封面和扉页戳上"冯志"两个字，是不会把作者简介、照片之类的东西印到书上的。而当时我所能看到的报刊，也很少见到有关冯志的文章或报道。直到进入90年代，在书店见到包装一新的《敌后武工队》，才对这位作家的基本信息有了个简要的了解。冯志，原名马禄祥，天津市静海县人。1938年春参加冀中抗日人民自卫军（八路军第三纵队），曾任勤务员、警卫员、班长、排长、武工队小队长、文工队长、剧社社员，1947年到华北大学中文系学习，后历任新华社河北分社记者、河北人民广播电台文艺部副主任。1958年出版他的代表作、长篇小说《敌后武工队》，1962年加入中国作家协会。从他的简历看得出，《敌后武工队》中的大部分故事情节，当为作者所亲历。即使是那些虚构和艺术加工，也有充分的生活依据。

冯志的主要作品，还有中篇小说《保定外围神八路》等。我见过一本根据《保定外围神八路》编绘的连环画《神八路》，看得出，这个中篇，很可能是《敌后武工队》的雏形。

冯志这位优秀的作家和曾经为革命出生入死、浴血奋战的共产党员，在'文化大革命'的历史背景下，因受迫害而自杀（1968年），令人痛惜。但关于他为什么受迫害以及究竟是什么人、怎样迫害他的，一直未见有具体的披露。只笼统的一句"被林彪、'四人帮'极'左'路线迫害致死"，怕是隐去了几多人性的恶。《敌后武工队》能够在"文革"时期数度再版并畅销，足以说明，即使当时的"官方"，当时的"意识形态"，也认为冯志和他的作品都是没什么问题的。那究竟是什么导致了冯志的悲剧？

去年，我应邀参加廊坊市文联举办的《张孟良文集》首发式，才得知《敌后武工队》的责任编辑是老作家张孟良（那个年代的书，一般不把责任编辑的名字印上去）。冯志与张孟良同为静海县人，都是穷苦出身、父母早亡的孤儿，在旧时代历尽生活的磨难，投身共产党毛主席领导的革命后才实现了自己的人生价值，并在50年代成为全国知名的作家。冯志生于1923年，只比张孟良年长5岁，若今天还健在，也该是硕果累累了。

为詹其雄喝彩

8月25日凌晨,被日本在我国钓鱼岛海域非法抓扣的中国渔船船长詹其雄搭乘中国政府派出的包机安全返抵福州。

詹其雄在被日本以强盗逻辑非法拘留的17个日夜里,正气凛然,不屈不挠,以其非凡的胆略和民族气节,赢得了亿万中华儿女的敬佩和一切有正义感的人们的赞赏。

据新加坡《联合早报》报道,中国船长詹其雄在被日本非法拘留期间表现非凡:"詹其雄面对检方刑调,至今仍坚持认为自己无罪,因为钓鱼岛是中国领土,自己在钓鱼岛海域捕鱼作业是正当的。""詹其雄承认在船只相撞中确有过错,但否认'故意冲撞'的日方指控。由此也使此案陷入僵局。""此间,日方又多次告示詹其雄如不认罪,此案最高可判刑三年或罚款50万日元,但詹其雄回答说:'如我认罪,将会成为中华民族的千古罪人!'"

被非法拘留期间,日方不断逼迫詹其雄承认进入了日本的领海,都被他坚决拒绝了。面对威逼、恐吓与利诱,詹其雄不畏强暴、头脑冷静、立场坚定,时刻不忘维护祖国的尊严和人民的利益,表现了铁骨铮铮的浩然正气,担当得起'民族英雄'的称号。

詹其雄归来后接受记者采访时,表现依然可圈可点:"日方抓扣我是非法的。钓鱼岛是中国领土,我坚决支持政府的立场。"当记者问,回家后第一件想做的事是什么时,詹其雄脱口而出:"想去打鱼。还要去钓鱼岛打鱼!"

詹其雄，好样的！

这样的人民，才是我们党、政府和军队的靠山、底气和力量源泉。

如果你是一名正直的爱国的中国人，请为我们的同胞——船长詹其雄喝彩！

火红的柿子炽热的情

《散文百家》主编、作家贾兴安在《有关文学的简单思考》一文中说:"去年深秋,在大别山的新县召开的一次散文笔会上,我听到了一首在当地流传甚广的'情歌',当时的感觉不是震动而是震撼,连忙记了下来:'十八大姐等情郎,夜夜想得脸焦黄,打开枕头看一看,眼泪发芽二寸长,床下落个养鱼塘。'我被这首'诗'惊人的想象和夸张所感动,这是我以往文学语汇中没有的,我们的诗或者说文学又有多少超过了它?在这种诗风的熏陶下,南阳的著名诗人陈有才在50年代就成为我国诗坛颇具影响的'农民诗人'之一。在与他深谈之后我又研读了他的诗,使我这个如今不大爱读诗的人也对诗有了重新的认识。'九月柿子红,树树挂灯笼'是浪波的诗作多年间留在我脑海里的句子,居然使我至今不忘。"

浪波原名潘培铭,1937年生于河北平乡县霍洪村,20世纪50年代开始发表作品,与清河县的石祥、隆尧县的尧山壁,是新中国成立后从邢台走向河北、走向全国的第一代诗人。80年代以来,浪波历任邢台地区文联主席、中共河北省委宣传部文艺处处长、河北省文联主席和党组书记等职,出版有《花与山泉》《乡情》《爱之河》《神游》《故土》《文谈诗话》《文谭百题》《艺文杂俎》等诗歌、文论、随笔专著10余种。贾兴安文中提到的诗句"九月柿子红,树树挂灯笼"出自浪波的短诗《九月柿子红》,全诗如下:

> 九月柿子红，
>
> 树树挂灯笼；
>
> 红灯千万盏，
>
> 满山香气浓！
>
> 柿子甜又香，
>
> 村姑唤客尝；
>
> 吃口红柿子，
>
> 终生爱太行。

这首充满乡土气息和民歌风味的短诗，写于50多年前，是浪波的组诗《太行新歌谣》中的一首，被收入他的《春华秋叶》《故土》等诗集。写这首诗时，作者大约还是个中学生。50年后的今天，重读这首诗，很多人仍为其真挚、炽热的情感和淳朴明澈的诗风所打动。

如果说，浪波后期的诗歌呈现出凝重、深沉、豪放、壮美的风格，读来大气磅礴、音韵铿锵，那么，诗人早期的诗作，则是另一番景象与韵致。他的诗集《故土》中的第四辑《乡情》所收的作品，写于1956-1966年，这十年，正是诗人"十八十九爱唱歌"的青春岁月。风华正茂的浪波伴着新生的人民共和国前进的步伐，放声歌唱，走向诗坛。如《清泉清》《蓝蓝的豆花》《枣园情》《画中行》《蛙声十里》等篇什，以如火的激情歌唱土地、歌唱劳动、歌唱青春、歌唱爱情，洋溢着收获的喜悦，流动着沃野的清香。这些作品从古典诗词与民歌里汲取了营养，追求诗的音乐美、绘画美、建筑美，欢快如泉水叮咚，优美似山花摇曳，清新明丽，意趣盎然，情景交融，易记可诵。这些洋溢着时代气息、散发着泥土芳香的诗篇，表现了诗人热爱家乡、钟情太行的赤子情肠。正如诗人所说："我是谁/我是一块会唱歌的泥土/因此我的歌声里总带着土色土香/那是田野的风时时在胸中吹拂/我的心弦便随着土地的脉搏震颤。"

邢襄大地孕育出的红柿子，味道甘美，营养丰富，也是太行秋色的一道迷人景观。在浪波的早期诗作中，写于1965年的《九月色彩》也格外动人："要用最强烈的色彩，/来描绘山里的秋天；/柿子红了，如燎原野火，/一夜间红透重重山川！//红的树，红的河，红的山，/火红火红的丰收年；/一坡坡，一场场，一院院，/映红白云映红了天。//汽车载，马车拉，毛驴驮，/船儿装，筐儿背，担儿担……/流水中也带着七分香，/空气里也含着三分甜。//柿子红了，红遍山川，/山披红锦，水漾红涟；/吃一颗红透的红柿子，/管保你白发变红颜！"火红的岁月，秀丽的山川，让人心驰神往，流连忘返；香甜的柿子，滚烫的诗句，令人馋涎欲滴，回味无穷。

浪波是我喜爱和敬重的诗坛前辈，他自邢台起步走向全国，离开邢台后，数十年来情系太行，乡音不改，一直与家乡保持着千丝万缕的联系，对家乡的文艺事业给予热情的帮助与支持。前些年，我写过他的专访，也评过他的诗作，发表在《共产党员》《燕赵晚报》《邢台日报》《牛城晚报》《瓯江警声》等报刊。他也多次将我的诗编发在河北省文联主办的《当代人》杂志，并写信对我的习作给予指导，提出中肯的修改意见。2007年我们邢台诗词协会创办《百泉诗词》杂志，浪波老师给予热心支持，并应邀撰写了发刊词。最新近的一次相见，还是3年前在隆尧县诗词协会建会5周年的庆典上。虎年春节前夕，我意外地收到了浪波老师寄来的一幅他手书的条幅，内容正是那首抒写太行风情、讴歌时代生活的《九月柿子红》。诗的后面，浪波老师还以小楷作注："此诗作于五十年前彼时正值韶年未脱稚气不谙音律随口而出然皆真情非造作者可为也余不善书字拙不敢示人以诗赠之国震诗友茶余一粲己丑岁尾浪波"。老诗人虚怀若谷，令人感喟。

作为一名邢襄大地的赤子，我十分喜爱和珍视这帧讴歌太行风情的艺术珍品，十分感念浪波前辈寄予的深情厚谊。

年终岁尾，时令正寒，雨雪蒙蒙。远方飞鸿忽至，犹如一树火红的太行柿子，滋养着心脾，烛照着岁月，温暖着人生。

蓝蓝的诗情,蓝得像火

近日收到原河北省文联主席、著名诗人浪波寄赠的诗集《故土》。这是诗人从事诗歌创作以来的一个精选本,所选作品起于1956年,止于1999年,时间跨度近半个世纪。

诗集厚重、大气,装帧朴素而典雅,与浪波诗的风格很吻合。浪波原名潘培铭,1937年生于河北平乡县,与清河县的石祥、隆尧县的尧山壁,是新中国成立后从邢台走向河北、走向全国的第一代诗人。

浪波老师的诗,我大都拜读过。他的一些诗,是常读常新的。拆开信封,我随手一翻,就翻到一首《蓝蓝的豆花》:

蓝蓝的豆花,
蓝得像火;
蓝的豆花上,
一只叫蝈蝈。

扬水站的姑娘,
拦住赶集的小伙儿:
"请你猜一猜,
它唱的是什么?"

"我不知道它在唱什么,
只听见它在叫哥哥!"
小伙儿跳下自行车,
手捧清水慢慢喝。

姑娘笑着摇摇头,
态度大方又磊落:
"山前大道你不走,
为啥山后来爬坡?"

小伙儿忽地脸红了,
两只大手没处搁:
"我……怕是迷了路,
都是蝈蝈惹的祸……"

一只叫蝈蝈,
落在大豆棵;
蓝蓝的豆花,
蓝得像火。

  这首短诗,从古典诗词与民歌里汲取了营养,欢快如泉水叮咚,优美似山花摇曳,有情节,有画面,有人物,有对话,写得轻松幽默,颇有情趣,耐人寻味。诗写于1960年代,更见其可贵。
  二十世纪五六十年代,也正是诗人"十八十九爱唱歌"的青春岁月吧?歌唱土地,歌唱劳动,歌唱青春,歌唱爱情,蓝蓝的诗情,蓝得像火!
  有人说,诗人就像一群长不大的孩子。我说,诗人,不也像一群快乐的蝈蝈?在广袤的大地,在无边的原野,纵情歌唱,不知疲倦。那歌声,洋溢着收获的喜悦,流动着沃野的清香。
  再如《清泉清》:

清泉清清绕青山，
青山青青落山泉；
泉边是谁撒渔网？
何人山上甩响鞭？
——渔家女，
小羊倌。

羊儿半山云半山，
白云漂在水中天；
鱼儿一网银一网，
银鳞辉映山外山。
——山绵绵，
水潺潺。

潺潺流水声潺潺，
青山绵绵意绵绵；
鱼儿恋的滔滔水，
羊儿爱的青青山。
——情相连，
意相牵。

山有情意水有缘，
羊儿跳跃鱼儿欢；
相爱先须心相印，
眼波传神水波间……
——渔歌脆，
牧歌甜。

  这首诗写得极具音乐美、绘画美、视觉美，情景交融，易记可诵。这是一首典型的新格律体。近些年来，无论评论家还是诗人，大都忽视了新诗的诗体建设，不顾及中国人民的阅读习惯，新诗越写越散漫无序，失去了诗的独特魅力，也失去了应有的读者。更有甚者，食洋不化，走向怪诞、晦涩，以为时尚。好在还有河北的刘章等老一辈诗人在为新诗的格律化（即"白话律"）惨淡经营、大声疾呼，还有安徽的陶保玺等诗歌理论家在为新诗的诗体建设探赜索隐、苦心孤诣，也有大连的宁明、北京的高昌等年轻诗人躬身实践，大胆尝试。浪波的诗歌创作是极为重视诗体建设并取得了可喜成果的，这种探索与尝试起于上世纪50年代中期诗人创作伊始，成熟于80年代中期。我想，今后写中国诗歌史，论及新诗的诗体建设，浪波的探索与贡献，当不会被忽视。浪波这首《清泉清》能从古典的词曲小令中找到它的影子，可以说一点都不"时髦"，但你不能否认它是美的，美的语言，美的意境，美的韵律，美的感情，美的色彩……姑娘们打扮爱追求时髦，但你时髦的目的，还不是为了一个"美"吗？

新时期以来，浪波的诗风趋向凝重、深沉、豪放、壮美，读来大气磅礴，音韵铿锵。如《愚公》：

> 太行王屋万仞，巍峨耸峙门前，
> 开辟千里通途，你毅然扛起扁担。
> 担山担水担日月，自知任重道远，
> 代代传递，从你的肩，到我的肩……
>
> 中华民族在负重前进，历尽艰难，
> 不屈的肩膀是昨日和今日的支点。
> 担起希望与未来，放眼前程无限，
> 幸有它撑脊梁，我们才立地顶天！

再如《致昆仑》：

> 扑向你，扑向你，我喊一声母亲！
> 母亲哟，哺我育我的不朽的昆仑；
> 左黄河，右长江，该是两条乳腺，

> 汹涌奔腾，把厚爱赐予代代儿孙。
>
> 万古雪崖，千里白发，一腔丹忱，
> 点滴尽付于北国田畴，江南园林……
> 我知道我是喝你的奶汁长大成人，
> 我懂得我也该和你一样无私献身！

两首诗，表现的都是诗人崇高的社会责任感和历史使命感，是思国忧民的大情感、大胸襟、大境界，洋溢着炽热的爱国主义精神。诗的体式亦独具特色：诗行长，含"子句"，全行字数大体相当，排列整齐，诗面呈长方形犹如稻田。这种诗的构建形式也是浪波所独创，被诗人申身誉为"稻田式格律体"。

"一杯雨前的碧螺/要你细细地品/从微微的苦涩里/体味清醇甘洌……//人生是一杯碧螺/爱情是一杯碧螺/诗也是一杯碧螺/甘苦唯我自知"（浪波：《读诗》）。《故土》是一片丰腴的热土，半个世纪的耕耘硕果飘香；《故土》是一杯雨前的碧螺，让你在细品与体味中净心妙悟……

爱是秋月洁如冰

惦念，惦念，惦念你直到永远，
人们常说，先走是福，后走痛苦，
我愿先走一步，
又怕你吃不好别人做的饭……

老诗人刘章读到这质朴无华的诗句，不禁潸然泪下。

这几句诗，出自刘章夫人徐贞的抒情诗《惦念》。在2008年广东《老人报》举办的"黄昏恋"诗歌大赛中，这首诗荣获一等奖。2009年岁末，银河出版社出版的刘章与夫人徐贞的金婚纪念诗集《春花秋月》，收入了这首感人肺腑的《惦念》。

徐贞本是燕山深处的农家女，幼时只读过几年小学，不是作家也不是诗人，却写出了许多作家与诗人写不出的佳句。这诗句，不是刻意制作的，而是从一颗洋溢着真爱的心田里流淌出来的。这爱，是春花，灿似火，是秋月，洁如冰。

近年来，刘章老师每有新著问世，总是惠赠于我。如散文《情韵集》《刘章随笔》，如诗歌《太行风景》《刘章诗词》《刘章新诗》《刘章自选诗》《金银花集》《行吟集》，如他们一家人（刘章老师的三个儿子均能诗善文，尤以长子向东成就显著）的诗文合集《亲情集》，他与文朋诗友的唱和赠答《友情集》，还有徐贞阿姨2004年出版的纪实散文集《人生一本账》等等，我均有收藏。或置于案头，或放在枕边,或存于书橱,每天陪伴着我平淡而不乏诗意的人生。春节前,我收到刘章老师寄来的诗集《百读刘章》(沈云著)和一本他主编的《燕赵诗词》。春节刚过,又读到了他托诗人、《百泉诗词》常务副主编范峻海捎来的诗集《春花秋月》。

《春花秋月》收入刘章诗作122首和徐贞诗作20首,插页有贺诗、贺画、贺联和彩照多幅,印制精美,文图并茂。"合影金婚照,题诗唱晚晴。夕阳红胜火,秋月洁如冰。"刘章老师的这首《题金婚合影》,表达了一对相依相伴走过半个世纪风雨人生的恩爱夫妻所特有的从容、乐观与自豪、欣慰。夫唱妇随,琴瑟合鸣,白头偕老,花好月圆。这是一本能够让人读出爱的真谛与人间真情的书,能够让人品出生活况味、悟出人生哲理的书,一部能够陶冶情操、净化心灵的书,一部令人深深感动、久久回味的书。为夫为妻之道,家庭和谐之道,尽在诗中。作为诗人的妻子也是诗人的"母亲",五十年来,徐贞收获了大量的赞美诗,这无疑是常人所难以享有的幸福与荣誉。而为徐贞写下百余首新旧诗词、九篇散文的刘章,该是中国文坛为妻子赋诗最多的诗人。乡情、亲情、爱情,构成了刘章诗歌艺术世界里的绚丽彩虹,令人迷醉与神往。这其中不乏熠熠生辉的爱的佳构:《妻子》被选入深受读者喜爱的《青春诗历》等精美选本,《执手霜风吹鬓影》被选入《中华人民共和国五十年名作文库/诗歌卷》《中华诗歌百年精华》和《中国当代爱情诗三百首》,散文《归家忆》被选入大学中文系教材。徐贞是一位贤妻良母型的女性,身上集中了勤劳、节俭、善良、热诚等中国妇女的传统美德,是刘章生活与事业上须臾不可离开的伴侣与助手。刘章在《妻子》一诗中称赞她为"内政、外交全权,放心的家庭总理"。十年前刘章大病一场,做了手术,此后身体一直虚弱,常年服药,却笔耕不辍,新著一本接一本地问世。他写字手抖,手稿中有些字迹编辑难以辨认。为了支持丈夫写作,徐贞以花甲之年学会拼音打字,于小小键盘上为刘章敲打出数十万字的诗文,在文坛传为佳话。在附于书后的万字长文《心之爱》中,刘章深情地写道:"人生如白驹过隙,转眼白头。我发现,对别的女性,我有过美的欣赏,但那不是爱,在我的骨子里,我爱的只有她一个人。……没有徐贞便没有我温馨的家庭，没有我事业的成功。她是我的梯子，她是我的守护神。"此言不虚。

"万夫揭红盖，几对共白头？"（刘章：《登华夏第一洞房》）穿越50年风霜雨雪，刘章夫妇相依相挽，走过春云夏雨，走进金色秋天，双鸟齐鸣，白头偕老，成为令人羡慕钦敬的恩爱伉俪。正如他的诗所写的那样："陈年老酒味醇真，入海江河逐日深。爱到暮年情更烈，胶漆牢固胜新婚。"他在《春花秋月》的序言中说："如果每对夫妻都像我们一样，青春结发，不离不弃，恋到暮年，家庭稳固，社会和谐，人之福也，国之幸也。"诚哉斯言，善哉斯言！这发自内心的话语，与他的诗一样质朴动人。

刘章属虎，徐贞属马，著名书法家黄绮曾有"虎马同林"条幅相赠。今年是刘章老师的本命年，也是"虎马同林"的金婚大喜，就让我借用著名诗人杨金亭的贺诗，来表达一个晚辈的祝福吧——

    风雨纵横乐此生，山田相伴砚田耕。
    著作等身金婚过，牵手还期钻石盟。

拍电视剧？你拉倒吧！

我们先看看今日《牛城晚报》"娱乐"版的一则题为"两部反映汶川大地震的电视剧筹拍"的新闻："以汶川大地震为背景拍摄的电视剧《震撼世界的七日》预计6月5日正式开拍，近百位明星不计片酬，义务要求加盟拍摄，据悉该剧将于20天内完成。另一部名为《里氏8.0》的电视剧正在筹拍，将全景反映四川地震，预算投入3000万元，预计将在央视一套播出。（本报综合消息）"。

我不明白，在汶川大地震的抗震救灾工作尚在紧张进行的时刻，在广大灾民的衣食住行尚未完全妥善解决的时候，在千千万万死里逃生的灾民对那场惨绝人寰的灾难还心有余悸、还没有从痛失亲人的阴影和伤痛中走出来的时候，有什么必要这么急急忙忙地用电视剧这种艺术形式来再现这场尚未完全结束的灾难？而且是不惜血本、争先恐后，数个剧组暗中较劲地一哄而上？

如果你是为了尽快地把抗震救灾中的感人故事和人物告诉观众，那么，这个重任已由众多的电视台、广播电台、报纸、期刊、互联网等等媒体出色地担当了起来。如果你是想用炒作与煽情的手段赚取观众的眼泪，那么，你真的不知道，在这场突如其来的灾难中，我们的人民已流了太多的泪水？如果你是想借用这个千载难逢、举世瞩目的重大题材打造一部艺术的精品，从而为你赢得更大的声誉和利益，那么，你应该懂得，艺术精品的出现，需要时间，需要沉淀，需要精雕细琢，而最忌急功近利。以如此罕见的速度摄制一部电视剧，很难避免粗制滥造的流弊。如果你制作这部电视剧的着眼点是在经济效益和票房价值方面,那么,我要提醒你,这种无异于"发国难财"的不良行径,必遭国人特别是四川灾民的唾弃。

对这场灾难的反思和认识,现在还远远不够,还需要时间。地震中已暴露出来的一些敏感性问题,一些灾民(主要是死难学生的家长)反映强烈、国人密切关注的问题,如教学楼是否存在豆腐渣工程等问题,现在有关部门正介入调查,还没有结论。报道说电视剧"将全景反映四川地震",请问你怎么个"全景"法?这些矛盾与冲突你是反映还是回避?如果回避矛盾,只一味自然主义地展示灾难或浮泛地歌颂好人好事,剧中又何言深刻与真实?还有,作为这次救灾工作的最大亮点,即温家宝总理在一线指挥救灾的情节,剧中是否正面表现?现在又有谁能成功地饰演好这个角色?而我们国家是有规定的,尚健在的党和国家领导人的形象,原则上不许出现在电影、电视剧等艺术作品中。我的编导大人呀,这些你想过没有?你是不是想"吃热豆腐"的心有点太急了呢?不要担心时过境迁了就没人看。不会的。请问,《泰坦尼克号》是沉船事件多少年后才拍摄的?《战洪图》是洪水消退后多少年才拍摄的?《南京大屠杀》是恶魔屠城多少年后才拍摄的?以我看呀,在汶川大地震10周年、20周年甚至30周年时再来创作这个作品,也未必就晚。那样也许更有意义,把我们这个时代所经历的灾难与感动,告诉后来的人们。相反,如果在1935年召开遵义会议时就筹拍电影《长征》,倒是有点滑稽。

我们的人民还在受难,还在遭罪,当务之急是用我们切实的工作和关爱来帮助他们早日走出困境,而不是急于把这种灾难搬到荧屏上"娱乐"之。在这国难当头的关口,千千万万的并无"特殊"地位与"特殊"收入的共产党员,在一次次为灾区捐款后,又慷慨解囊为国分忧,交上一份份"特殊"的党费。你与其投入3000万元的资金来拍抗灾的电视剧,倒不如把这笔钱捐给国家用于抗灾救民,以解燃眉之急。

现在就拍汶川地震的电视剧?你拉倒吧!

郭沫若为《艳阳天》题写过书名吗?

浩然之子梁秋川同志说他看到一篇文章,文中提到他父亲的长篇小说《艳阳天》是由郭沫若题写书名。他不知这个说法确否,想听听我的意见,并让我帮他考证一下。

这个问题考证起来的确有难度。最大的不利因素是浩然和郭沫若这两个当事人均已作古,而秋川也不曾听他父亲提到过此事。浩然留下的日记,也没有关于此事的记述。再就是,《艳阳天》的版本很多,问世几十年来多次再版。《艳阳天》的最早版本,是作家出版社1964年9月出版的(第一卷,上下两册),此后在1965年、1966年、1972年、1973年、1974年、1975年、1976年、1994年、1995年、2005年、2009年、2010年、2013年、2014年多次再版、重印。《艳阳天》的最新版本为人民文学出版社中国当代长篇小说"朝内166人文文库"之一种,2013年一版一印,2014年6月二印。特别是70年代,各地许多出版社都租纸型印行,要收集全这些版本很难,而那时的书,不同于现在,书名题字者是谁,一般是不会标注在书上的。例如,浩然1973年出版的短篇小说集《杨柳风》和儿童文学集《幼苗集》,书名均系浩然自己题写,浩然的日记中对此有明确记载,但两本书中都没有注明。浩然1973年出版的短篇小说选集《春歌集》和先后出版于1972年、1974年、1994年的长篇小说《金光大道》,书名也看得出是浩然所题写,但这几种版本的书上都没有注明。

"文革大革命"中,浩然曾陪同邓小平、郭沫若等会见外国作家代表团（陪同邓小平会见外宾是在70年代初邓小平复出伊始）。但秋川认为，他父亲请郭沫若题写书名的可能性不大。我则觉得，既然有人这样说，而且写了文章在媒体发表，就事出有因。而书名题字，未必是作者自己请人题写的，有时，出版社也会出面做这种事。

经从网络检索资料，郭沫若为《艳阳天》题写书名一说，来自署名周文慧的文章《几度风雨艳阳天——<艳阳天>创作、影响史话》。此文最初发于哪家报刊有待考证，已被中国作家网、凤凰网等多家知名网站转载，并被收入樊星主编的《永远的红色经典——红色经典创作影响史话》一书（长江文艺出版社2008年11月版）。文中是这样说的："《艳阳天》的书名由郭沫若题写，当时的发行量曾经达到了500多万册，并曾在日本翻译出版。"《深圳晚报》2011年11月6日A25版"阅读周刊/周视点"刊载的一份关于浩然的资料中（李芹整理），也沿用了"《艳阳天》的书名由郭沫若题写"这一说法。凤凰网同日转载了此文。

我收藏有小说《艳阳天》的最早版本（第一卷的上册，作家出版社1964年9月版）。这个版本的封面画作者署名溪水，书名题字是谁，没有标明。但从字迹看，不像是出自郭沫若之手，而像是浩然本人的手迹。长春电影制片厂1973年摄制的彩色故事影片《艳阳天》，片名题字与1964年版《艳阳天》的书名题字相同。人民文学出版社1966年、1972年、1973年、1974年印行的《艳阳天》，都是选用的与1964年版一样的封面和书名题字，只是封面画的底色有变化，有白色、淡黄色、绿色、蓝色、大红色和橘红色等。1976年6月人民文学出版社再版《艳阳天》，换了新的封面，封面设计和插图均为著名画家方增先所为，书名题字也与以往的版本不同，但没有注明是谁。从字迹看，基本排除了是郭沫若所题，是不是出自方增先之手，有待考证。人民文学出版社2005年版的"中国当代长篇小说藏本"《艳阳天》，沿用了1976年版的封面题字。人民文学出版社1995年版的《艳阳天》，换了不同于以往的新的书名题字，而且注明了"封面题字：浩然"。

我收藏有河北人民出版社1973年版的八场话剧剧本《艳阳天》，

封面题字是谁也没有注明，而且不同于以往任何版本的小说《艳阳天》的书名题字。从字体看，像是出自舒同之手，不能确认。但可以排除是郭沫若所写。

人民文学出版社 1975 年 5 月出版的电影文学剧本《艳阳天》，封面上的"艳阳天"三字倒是很像郭沫若的字迹。究竟是不是，尚需进一步考证，寻找确凿的证据（这个版本只注明封面设计：文国璋，但没有标明书名题字是谁）。河北书法家胡湛同志看了电影文学剧本《艳阳天》的封面书影后，对我说："电影剧本书名题字是典型郭沫若风格，可以肯定是郭老的字。"

长篇小说《艳阳天》的书目题字究竟出自谁人之手？为求得真相，找到确切的依据，我请教了浩然先生的一些老友。正在写这篇短文时，长篇小说《金光大道》的插图作者、著名画家李焙戈先生通过 QQ 号给我留言：1971 年冬，浩然和诗人李学鳌住在朝阳门内人民文学出版社写作，一天晚上，我到人民文学出版社去跟浩然谈插图问题，两人正在喝竹叶青，谈及《艳阳天》封面字，浩然说是他自己写的。李焙戈先生还证实，长篇小说《金光大道》的书名，也出自浩然之手。

现在，有一点可以肯定了：《几度风雨艳阳天——<艳阳天>创作、影响史话》一文说"《艳阳天》的书名由郭沫若题写"，这个表述是不准确的。因为结合上下文，这里说的《艳阳天》，显然是指浩然的长篇小说原著，而非其他改编本。

浩然躲过了一场大祸

1976年9月9日,中国人民的伟大领袖和导师毛泽东主席与世长辞。

在新华社当日播发的《毛泽东主席治丧委员会名单》电讯中(刊于9月10日《人民日报》),时年44岁的作家浩然的名字赫然在内。

在200多名治丧委员当中,虽然有杰出的现代作家沈雁冰(茅盾)、有著名演员浩亮(钱浩梁)、刘庆棠,可以称其为"文艺界人士",但沈雁冰当时的职务是全国政协副主席,浩亮和刘庆棠当时已经担任国家文化部副部长,他们显然是以"官员"而非艺术家的身份跻身治丧委员会的。而浩然,除了头上那"第四届全国人大代表"和"中共十大代表"的光环,就只剩下一个"农民作家"的头衔了,因而,他成为毛泽东主席治丧委员会中唯一一名以作家身份承担这份光荣使命的人。

9日傍晚,在防震棚里从半导体收音机中听到新华社播发的这个名单后,浩然心潮波涌,一夜没有入睡。他伴着止不住的泪水,在日记本上写下了这样一段话:

下午北京评剧团的几位同志来找我,研究修改《百花川》剧本的方案。防震小屋里没有桌椅,也没有床铺,容不下许多人,就把大家带到楼上的会议室。一进门,只见局里的吴林泉、石敬野、耿冬辰和田蓝几位领导同志,呆坐在那儿,一个个泪流满面,我这才得知伟大领袖毛主席逝世了!

多灾多难的中国人民呀,今年是最多灾多难的一年。周总理离开了我们,朱老总离开了我们,毛主席又离开我们。漫长的革命道路,八亿人将怎样走下去?

我是一个极普通的共产党员。一九四六年参加革命活动,至今已整整三十年。在这三十年里,我从一个无知的农村孩子,在生活实践中逐渐信奉起马列主义、敬仰起毛泽东的领导,一步一步地走到今天。今天比三十年前是先进了,可是还有很长的路要我走完。我又怎么走下去呢?

从9月11日到18日,作为毛主席治丧委员会的成员,浩然全程参加了在人民大会堂为毛主席守灵和在天安门广场举行的毛主席追悼大会。

20年后,1996年7月,年逾花甲的浩然忆及当年的情景,在京东三河市他的"泥土巢"里,写下了一篇散文《我给毛主席守灵》。此文真实地记述了为毛主席治丧期间,浩然的所见、所闻、所感、所思,是一份不可多得的珍贵史料。其中的一个细节,披露了一个鲜为人知的史实——

18日下午3时,治丧委员会的全体成员登上了天安门前金水桥上临时搭起的台子,百万人集聚在天安门广场和更远的道路上,举行了最隆重,同时也是最令人悲痛的追悼大会。

我按定下的钟点赶到天安门。金水桥被搭在台下,我被引上台子之前,从右边的原有观礼台上步行到追悼会场的台上。只见原观礼台的休息室里坐满参加会议的人。他们都默默地坐着不动,见了熟面孔,也只有点头示意。这时我遇上了当时安排在中央宣传部工作的著名诗人袁水拍。他在抗日时期,曾以"马凡陀"的笔名,在四川省成都文坛上发表政治讽刺诗歌,名噪一时。"文化大革命"以前,他仍然活跃在文艺界。似乎与"马铁丁"的作者之一陈笑雨在《人民日报》的文艺部共事。"文革"开始他好像下了五七干校,最近又被调到中央。他似乎被安排到国务院文化部,跟于会泳、刘庆棠和钱浩梁在一起，也许在宣传部副部长的爵位上。我跟他在一些文学集会的场面常见面。见了面，点点头，说几句"好天气"的应酬话，没有过多的交谈。这一次偶然见了面，而且是在这样场面，只能点下头而已。他却颇有兴致，好似在等着我，有要紧的重要事与我交谈。他见我从他身边走过，立刻就站起身，追赶上我。我只好站住，跟他到门口处站住。

他对我说："我想打电话，跟你商量商量，又觉得当面跟你说说好……"

我问他："什么事情呢？"

他立刻做了个痛苦的表情，说："这一阵子，江青同志一定很难过……我想由你挑头，在文艺界征求一下意见，然后，大家联名给她写封信，慰问慰问她。我们向她表表决心。你看怎么样啊？"

我听了他的话，不由得心里打个转：对江青我躲都躲不开她，哪能主动找她，送货上门呢？要是回绝他的要求，不知他心里怎么想的，不好对他讲心里话，免得招来麻烦。我那时的脑瓜好使，立刻就巧妙地回答他："让大家分头给她写，安慰安慰她，这样的信更多一些。这不更好吗？"

我没有等他回答，收住话，扭头就奔向会场。

浩然留下的这段文字，对于研究浩然其人其文，乃至对于客观认识和审视那段难忘的历史，都具有不可忽视的参考价值。

浩然机智地谢绝了袁水拍让他组织文艺界人士联名给江青写"慰问信""表决心"的提议，不仅使他避免了一场政治灾祸，也保护了一大批文艺界人士。可以想见，假如浩然当时做了这件事，哪怕只是例行公事地敷衍应付一下，在粉碎"四人帮"后开始的"揭批查"运动中，这件事一定会被揪住不放，而且极有可能被定性为"在文艺界招降纳叛，向叛徒江青写劝进书、效忠信，积极参与'四人帮'篡党夺权的阴谋活动"。所有参与签名的人都会受到牵连与审查。

这绝非危言耸听。请看当年那几个江青身边的文艺界的风云人物,在1976年10月后的结局——

于会泳,中共十届中央委员、文化部部长,著名作曲家,革命现代京剧《智取威虎山》的作曲。被开除党籍,撤销党内外一切职务。1977年8月,在接受隔离审查期间服毒自杀。

刘庆棠,中共十届中央委员,文化部副部长,芭蕾舞剧《红色娘子军》中"男一号"洪常青的扮演者。被开除党籍,判处有期徒刑17年。出狱后,妻离子散,无家可归。

浩亮(钱浩梁),中共十届中央委员,文化部副部长,著名京剧表演艺术家,《红灯记》中"男一号"李玉和的扮演者。经过长达5年的隔离审查,被定为"犯有严重政治错误",免予起诉,开除党籍,降一级工资。

相比这3人,只当了几个月文化部副部长的袁水拍的结局还算是较为幸运的:因与"四人帮"有牵连,被停职审查,1982年抑郁而终。

浩然躲过了一场"大祸","小灾"还是未能幸免。1978年,在第五届全国人民代表大会开幕式上,被取消了全国人大代表的资格。1977年和1978年,被全国多家报刊集中批判。此后几十年,一直饱受争议。

但浩然是一个心无旁骛的本真的农民作家,一个有志气有正气的共产党员,一个本分的宽厚善良的人。在历经一个个无法逃避的政治风浪后,他总结了经验教训,"重新认识历史、重新认识生活、重新认识文学,重新认识自己",而且"甘于寂寞,安于贫困,深入生活,埋头苦写",终于凭自己的执着、勤奋与赤诚,东山再起,取得了新的创作成就,并最终赢得了党和人民给他的盖棺定论——"忠诚的共产主义文艺战士"、"中国共产党的优秀党员"(见2008年2月浩然同志治丧委员会发布的《浩然同志生平》)。

了解浩然人品的著名诗人刘章,在浩然逝世的当天,就写了一首题为《哭浩然》的悼诗,发表在2008年2月22日的《中国文化报》上。其中有这样的诗句——

倾心血汗水,化作好收成,
你浩然赢得天下名,
招来损,招来棒,招来捧,
招来东西南北风。

你是疾风里的劲草,
守一颗良心,宠辱不惊,
不卖身投靠,不卖友求荣,
也不低头于中伤和嘲讽。

这是浩然人格的真实写照。

也为浩然说几句话

有关浩然的种种争议,在报刊上已热闹了不短的一段时间了。因了自己从不爱参与文艺圈内种种论争的固有秉性,所以虽对这些争论颇为关注且有自己固定的看法,却一直没有写下片言只语来参与"争鸣"。但读了陈冲先生《翻出一张旧报纸》一文(载于1999年7月29日《文论报》),我再也沉不住气了,觉得有必要站出来说几句公道话——不只是为了浩然,也不仅仅是为了一部《金光大道》。

从陈冲先生此文及此前的《作为"首级"的人头》(载1995年5月15日《文论报》)来看,陈冲先生对浩然的作品和人品都是持完全否定的态度的。浩然究竟是怎样一个人?先不妨谈谈我的看法。浩然是新中国成立后成长起来的一位勤奋、多产、有才华、有成就且产生了广泛社会影响的重要作家。在中国当代文坛上,浩然当之无愧地跻身于优秀作家的行列,这应是不争的事实。只要不是心存偏见的偏执狂,都应该承认这一点。浩然是一位真实意义上的作家,始终靠作品立世安身。写于"十七年"间的《喜鹊登枝》等百余个散发着泥土气息的短篇小说和表现社会风云的长篇巨著《艳阳天》,写于新时期的《浮云》《弯弯的月亮河》《老人和树》《山水情》《苍生》《乡俗三部曲》等中、长篇小说,还有《大肚子蝈蝈》《红果蜜》等一批儿童文学作品,都已产生了广泛的影响,深受读者的喜爱。浩然对于中国农民的深沉质朴的感情,新时期以来他的"甘于寂寞、安于贫困、深入农村、埋头苦写"的执着精神,令人感佩和赞赏。浩然以"写农民、为农民写"为己任,其刻画和描写中国农村和农民的深度和广度,在同辈作家中可以说少有出其右者。80年代中期以后,他以花甲之年和多病之躯,毅然舍弃京城的安逸与舒适,扎根基层,筹建三河县文联,创办并主编《苍生文学》杂志,不惜牺牲自己的创作,实施"文艺绿化工程",全力扶植和培养农村文学青年,为繁荣社会主义文艺百花园倾注了大量心血,更是有目共睹,有口皆碑的。试问那些总爱对这位农民作家说三道四、吹毛求疵的人,为什么对此总是极力回避而不肯正视?他们自己是否又能够做到这些?

有些人对浩然言出不恭,大概主要还是对浩然"文革"时期的那段经历耿耿于怀,"念念不忘"。正如陈冲先生津津乐道的所谓"浩然的事"。毋庸讳言,十年"文革"时期,浩然在创作上身不由己地走过一段弯路,他在那个特定历史时期创作发表的某些作品,不可避免地打上了那个时代的印记,在创作思想和创作方法上也难免受到当时一些错误思潮的影响。这是时代的局限,应该历史地看待和分析。公正地说,"文革"十年当中发表的比浩然的作品要糟得多的文字赝品是为数不少的,走过弯路甚至写过一些有错误倾向作品的作家也绝不只是浩然一个。为什么单单抓住浩然不放,于"文革"结束二十多年后仍苛求于他?浩然倾注大量心血和精力描写新中国成立初期的农村生活,对歌颂造反夺权的"文革"热门题材不感兴趣,这在当时已十分难得。尤为可贵的是,历史已证明浩然是一个没有政治野心的正派的好人,他始终是一个真实意义上的作家。众所周知,作为受到江青青睐的"座上文人",大红大紫的浩然如果是一个趋炎附势、官迷心窍的人,未必爬不上文化部长的宝座。如果是那样,浩然就不是今天的浩然了,他的历史就是另外一种写法了。好在浩然头脑清醒、人品端正,只想做一个为农民树碑立传的真正作家。时下的某些热衷于争名逐利而又自视清高、对浩然指手画脚的文人如果有了当年浩然那样的"机遇",能否有浩然那样的正直和骨气,不为高官厚禄所动?我看很值得怀疑。

"文革"是中国文坛的一次浩劫,也是中华民族的不幸,值得吸取的教训实在太多了。浩然归根到底也是一个受害者。如果说他有错误（"文革"十年，连我们党都犯了错误），历史证明他已诚恳地认识和改正了，经过反思与阵痛，加上不懈的追求和拼搏，他在创作上又有了新的收获与突破，完成了中外瞩目的"第二次崛起"。这实在是难能可贵的。陈冲先生的文章字里行间充满对"文革"的怨愤情绪，这是可以理解的，但把否定"文革"、否定极"左"思潮变为大肆挞伐作家浩然，就未免滑稽了，难道就因为浩然在百花凋零的70年代仍能发表一些作品？也许浩然的屡遭非议正在这里：许多作家都倒霉了，你仍然在文坛独领风骚。如果你也和老舍、巴金、傅雷、赵树理们一样被批斗、被殴打，乃至被残酷迫害致死，该是多么得公道合理啊，大家心理平衡了，谁还有兴趣攻讦你浩然？哪怕你在历次运动中也曾起劲地整人，只要你最终也被打倒了，大家便可谅解，你便是无上光荣的"文革"受害者！相反，即使你老老实实从不整人，但你没被打倒，你便是"文革"的受益者，"文革"被否定了，不骂你骂谁？呜呼！可悲可怜的文人心态！但是，我要问："文革"十年，在遭受灭顶之灾的中国文艺园林中有幸保留下浩然这棵虽有所扭曲但仍不失葱茏茂盛的绿树，使千百万青少年除了"消受"铺天盖地的大字报、大批判和"语录歌"之余还能有文学作品可读，还能啜饮一些文学艺术的甘露，是祸耶？是福耶？我要说，这是中国文坛不幸之中的大幸！

陈冲先生指责浩然，在很大程度上是因了浩然曾在70年代创作出版长篇小说《金光大道》。《金光大道》因其成书年代而存在明显的缺陷，但对它是否可以全盘否定还须研究，还有待历史的检验，过于匆忙地"盖棺论定"未必恰当。尽管陈冲先生不愿承认它是小说，并"上纲上线"到一旦把它当成小说对待，"人头就有成为'首级'的危险"，但《金光大道》在70年代作为小说曾产生广泛的社会影响，却是客观事实。到了90年代它仍能一字不改地再版，更能说明一些问题（"文革"十年当中创作出版的长篇小说，在"文革"结束后于新时期尚能再版的，迄今为止，似乎只有《金光大道》和郭澄清的《大刀记》。其中表现新中国成立以后社会生活的，只《金光大道》一部）。陈冲先生可以不喜欢这部小说，但作为文艺批评，他全盘否定这部作品的论据和论证方法却是站不住脚的，没有令人信服的艺术分析，只有耸人听闻的大帽子。陈先生认为《金光大道》没有认识价值，"只是图解了一个误国殃民的政策"。说《金光大道》只是"图解政策"（这个说法的正误姑且不论），试问图解的是什么"政策"？《金光大道》是描写50年代初期中国农村的合作化运动，表现几亿农民响应党的号召，发展集体经济，走组织起来、互助合作、共同富裕的社会主义道路的一部小说。这就是它表现的最大"政策"。说这个政策是"误国殃民"，那么是谁在误国？谁在殃民？是合作化运动还是社会主义制度？这个政策又是谁制定和领导推行的？说合作化运动或社会主义是"误国殃民"，中共党史上没有做过这样的结论，中共十一届六中全会通过的《关于建国以来党的若干历史问题的决议》也没做这样的结论，相信历史也不会做出这样的结论，因为它不符合实际。陈冲先生信口做出这样的结论，口气大得惊人，帽子也大得惊人。为否定一部小说而随便发表与党中央不一致的言论，这难道是一个严肃的作家应有的态度吗？党性哪里去了？作家的社会责任感、历史责任感哪里去了？陈冲先生为否定《金光大道》，还提出了一条"妙论"：1975年《金光大道》"天马行空闪耀辉煌之时"，正是张志新烈士被割断喉管残酷杀害之际。这是一种什么样的逻辑？笔者不得不佩服陈先生"联想"的丰富。那么，我们不妨再作一点"联想"：1975年前后中国大陆的文艺园地还曾出版或上演过哪些作品？笔者手头没有相关资料，仅凭记忆也可列出下列篇目：李心田的小说《闪闪的红星》和由王愿坚、陆柱国改编的同名电影，黎汝清的长篇小说《万山红遍》，郭澄清的长篇小说《大刀记》（稍后也改编为电影，小说又于90年代中期再版），李云德的长篇小说《沸腾的群山》，前涉执笔的长篇小说《桐柏英雄》（80年代初改编拍摄为电影《小花》），此外还有电影《创业》《海霞》《车轮滚滚》《难忘的战斗》以及为纪念红军长征胜利40周年而重新排练演出的《长征组歌》等等。这些作品在当时都曾产生较大的影响，甚至成为家喻户晓的热点，到今天也仍被认为是优秀的或较为优秀的。如果按照陈冲先生的逻辑，这些作品也应该统统予以"封杀"，因为它们问世和风光之际，正是张志新被杀害之时。我们还可以更进一步地作一点"联想"：就在粉碎"四人帮"以后到党的十一届三中全会召开以前的两年间（1976年10月—1978年12月），我们的专政机关还错杀了另一位反对极"左"政治的勇士史云峰。那么，是不是这两年间发表或上演的有影响的作品也应在"封杀"之列？这些人的死能由浩然来负责吗？为什么怀念他们就必须忘掉乃至仇视浩然？在《翻》文提到张志新时，陈冲先生还引用了韩瀚的名诗《重量》："她把带血的头颅/放在生命的天平上/让所有的苟活者/都失去了——重量。"陈冲先生进而发问："这架天平能不能称出浩然们的重量？"言辞之尖刻，几近诋毁。陈冲先生无疑已将浩然列入了"苟活者"的行列，因为浩然没有像张志新那样被割喉管。但不知这里的"浩然们"是否也包括陈冲先生自己？如果不包括，那是不公允的，因为陈先生与浩然一样，也是一位作家，而且也没有被割喉管。时下文人爱在报刊上"打仗"，我看原因之一就是某些人借助当今宽松的社会环境大讲不负责任之语。近年来，海淫海盗、庸俗下流的所谓"小说"满天飞，甚至有些作家为敛财不惜化名大写黄色小说，我们的舆论媒体表现得相当宽容和麻木，少有人予以严肃有力的抨击和鞭笞。而一部《金光大道》的再版，竟惹得一些人坐卧不安、如临大敌，这岂非咄咄怪事！

　　从陈冲先生的文章看，他似乎非常痛恨"文革"，很注意警觉"文革"灾难的卷土重来。然而，无限上纲、乱扣帽子，因为一篇作品而全盘否定进而"一棍子打死"一位作家，这不正是"文革"期间司空见惯的事情吗？这恰是需要警惕的"文革"遗风，陈冲先生为什么就没有意识到这一点，进而从中汲取应有的教训呢？看来，警惕"文革"悲剧的重演，绝不是杞人忧天，更不是危言耸听。这也正是笔者站出来说几句话的动因。

"气愤"

在巴东警方有关"邓玉娇事件"的案情通报中,有这样的表述:邓贵大、黄德智等人要求正在洗衣服的邓玉娇为其提供"特殊服务",邓玉娇明确告诉他们,她不是做"特殊服务"的。这时,黄德智气愤地说:"这里是服务场所,你不做服务,在这里干什么!"

在邓贵大们看来,服务就是"特殊服务"。不管你姓良姓娼(注意,在中国姓娼名义上是非法的,因为我们的国体姓"社",卖淫狎妓之类的词汇,只能以"特服"等特色语言代之),我甩出了一沓钞票,你就得乖乖地给我脱裤子。否则,大爷就要"气愤",就要用象征着"先富阶层"的那叠钞票击你的顶掌你的嘴,进而以三强对一弱的绝对优势,实施"铁壁合围",使你插翅难逃,以霸王硬上弓的方式,强制"服务"。而对这一事实清楚、性质明确的逼良为娼案,或曰强奸案,巴东警方的案情通报之措辞也颇为讲究,颇能彰显其立场,想必是做过一番"拈断数茎须"的"推敲"功夫的。你看,面对守身如玉的烈女,急于猎色的镇政府干部不是气急败坏,也不是恼羞成怒,而是"气愤",只差一点就成革命义愤了,只可惜,纳税人用血汗钱养着的这些"公仆",要"革"的,是人家姑娘裤腰带的"命"。邓贵大是"革命尚未成功",就"以身殉职"了(殉的是"招娼引资"之职)。中国有句老话,叫"死者为大",所以,与邓贵大志同道合者,难免以一种兔死狐悲的心绪,对其寄予些许同情。但中国又有一句老话,叫作"人固有一死,或重于泰山,或轻于鸿毛"。人民领袖毛泽东则指出:"为人民利益而死,就比泰山还重。替法西斯卖力,替剥削人民压迫人民的人去死,就比鸿毛还轻。"邓贵大是因了自己膨胀而不安分的"前列腺"和体内过剩的荷尔蒙,把一名不肯当婊子的民女"压迫"在沙发上而死的,他的死,能重过一根鸡毛吗?

邓贵大们的"气愤"也颇为发人深省。作为国家公务人员,很有可能还挂着个共产党员的牌牌儿,国家驻外大使馆无端被炸,他们不气愤;"藏独""台独"分子倒行逆施,他们不气愤;黑砖窑黑煤窑老板残酷血腥地剥削与压榨,他们不气愤;黑社会恶势力欺压百姓横行乡里,他们不气愤;不法之徒坑蒙拐骗作奸犯科、欺行霸市,他们不气愤;革命先烈爱国志士被污蔑被恶搞被毁掉陵墓,他们不气愤;汉奸文人无良学者大肆发表卖国言论,疯狂攻击新中国丑化人民领袖,他们不气愤;外国老板在中国的大地上强令中国工人集体下跪,他们不气愤;贪腐分子"一顿饭一头牛"妻妾成群、荒淫无度,他们不气愤——而一个21岁的女孩子,只想堂堂正正、干干净净地做人,而不肯为了那一叠肮脏的钞票让流氓奸污糟蹋,他们就"气愤"了!

有人说,邓贵大等人虽然生活作风上不够检点乃至比较糜烂,但政治大节上总还是不错的吧,比如,作为镇政府的招商办主任,他是拥护改革开放的,因而也是拥护中国特色社会主义理论的。此等说法,纯属扯淡。这等泼皮无赖,懂得什么改革开放,哪还有丝毫政治大节。在他们的潜意识里,改革就是改掉中华民族自尊自强自爱自重的高洁节操和传统美德,开放就是为了"建设经济强县"而开放女人的裤腰带。为了吸引外资,用诱骗挟持来的十三四岁的"书包妹"来款待外商,以满足其"破处尝鲜"的兽欲,可能会被他们视为富有开拓精神的伟大创举。可以说,改革开放的名声,就是被这等"歪嘴和尚"弄坏的。"特色理论"是说过"让一部分人先富起来",但同时又要求"先富的带动后富的,最终达到共同富裕"。邓贵大们是"先富起来"了,至于用什么手段"先富"的,老百姓没有追究也就罢了,可他们是怎样"带动"那些"后富"者的呢?就是拿着人民的血汗钱，欺辱奸污穷人家的女儿？

"旧社会鞭子抽我身，母亲只会泪淋淋。共产党号召我闹革命，夺过鞭子揍敌人！"这是歌曲《唱支山歌给党听》中家喻户晓的歌词。在巴东的雄风宾馆梦幻城，抽在民女邓玉娇脸上的，虽不是鞭子，却是比鞭子更强势更有威力的钞票。这不是一般的钞票，而是被称为"人民币"的1949年人民当家做主后的通行货币。那个号召人民闹革命、推翻剥削阶级和腐朽黑暗制度的人民领袖的头像，被作为中华第一伟男儿印在了上面，作为我们人民民主专政的国家的象征。但是，如今，却发生了"公仆"用人民币抽打"主人"的事件，若伟人九泉下有知，该会怎样震惊、震怒于我们党员干部队伍的蜕化堕落？如果伟人能重生，他会说些什么，做些什么？

说到伟人的震怒，倒让我联想起40年代发生在陕甘宁边区的一桩历史旧案。一名叫肖玉璧的领导干部，生活腐化堕落，利用职权大肆贪污受贿，被揭发后，他自知罪虐深重，却依仗着与毛泽东主席熟悉，企图让领袖替他说情，从而逃避法律的制裁。此人自恃对革命有功，见毛泽东不为所动，竟撕开衣襟，激动地嚷嚷："主席，您替我数一数，看看我身上为革命落下了多少块伤疤！"毛泽东气愤地拍案而起："我不识数！"最终，这名干部被依法判处死刑。

这也是一种"气愤"，伟人的这种"气愤"，让老百姓肃然起敬，扬眉吐气；让当权者克己奉公，不敢伸手。

两种"气愤"，天壤之别。邓贵大们要"气愤"就由他们去吧，否则，一旦人民群众"气愤"起来，事情就不好办了。这个简单的道理，巴东知否？

为什么诋毁钱学森？

10月31日，被誉为"中国航天之父"的杰出科学家钱学森同志逝世，举国哀悼。新华社和中央电视台新闻联播播发的消息，给予钱老崇高的评价："中国共产党的优秀党员，忠诚的共产主义战士，享誉海内外的杰出科学家和我国航天事业的奠基人。"这个评价，钱老当之无愧。

然而，在众多的悼念之声中，也出现了一些杂音。极少数匍匐于外国资本的脚下而又自命清高的酸臭文人，以悼念为名，行污蔑之实，阴阳怪气，摇唇鼓舌，对钱老极尽讽刺贬损之能事。把这等文章揣摩一番，不难发现他们嫉恨钱老的原因所在——

他不该在新中国百废待兴而又一穷二白的50年代初，毅然放弃在美国的优厚待遇，冲破重重艰难险阻回到祖国，与站起来的几亿中国人民一道艰苦创业，为祖国的强大与崛起发挥自己的聪明才智。这种抉择，一个字：傻。

他不该把自己对祖国和人民的卓越贡献，在自然科学上的杰出成就，看作"我只是按照毛主席、周总理的教导，做了一点应做的工作"。他一生获得荣誉无数，但直至今天，仍然视自己"能成为一名共产党员"为最大荣耀，为自己的名字能与雷锋、焦裕禄、王进喜等优秀共产党员和劳动人民中的先进代表连在一起而激动不已。在国内国际非毛反共反华甚嚣尘上，肆意诋毁、污蔑社会主义新中国，别有用心地恶搞革命先驱和英模人物的"潮流"中，这种意识，两个字：迂腐。

他不该说什么"自己姓钱不爱钱"。这与真正的共产党人所敬仰、假共产党员和一切反动派所恐惧的人民领袖毛泽东气味相投。他不仅不依仗自己得天独厚的优势"先富起来"，而且还捐出了自己应得的几百万元资金和几处房产，坚持住在陈旧简陋的老宅里。此等追求，三个字：死脑筋。

他不该以劳动人民为重，视功名利禄为轻，多次宣称："我不稀罕那些外国的荣誉头衔！""我作为一名技术工作者，活着的目的就是为人民服务，如果人民最后对我的工作满意的话，那才是最高奖赏。"尤其不能容忍的是，当买办"精英"们对社会主义公有制经济大肆叫嚣要"杀开一条血路"的时候，他作为国内国际影响深远、德高望重的大知识分子，竟公然表示："如果丢掉了毛泽东思想和公有制，中国就完蛋了！"如此直言无忌，四个字：不识时务。

伟人有言：世界上没有无缘无故的爱，也没有无缘无故的恨。归根结底，某些视人民大众为草芥、坚持反动的卖国立场的崇洋鹦鹉之所以嫉恨为我们中华民族的崛起立下了不朽功勋的钱学森同志，就在于，党中央和中国人民给予钱老的崇高评价，是名副其实而非欺世盗名的——中国共产党的优秀党员、忠诚的共产主义战士！

这个"的哥",好样的!

这是一个真实的故事:一位50多岁的北京"的哥"在北京五道口大学区附近拉活,一个会讲中国话的美国青年上了他的车,发现车上挂着一幅小型的毛主席像和车队配发的共产党员驾驶员团队的挂牌。这个美国人非常不满,蛮横地叫嚷:"你把这两样东西收起来!"的哥问:"为什么?"美国人答:"共产党不好,毛泽东不好!"的哥十分气愤,回敬道:"你没有资格评价共产党和毛主席!滚下去!"美国人自知理亏,悻悻而去。

这个的哥是好样的!他回敬那个美国人的话,听了让人提气,像一个堂堂正正的中国公民说的话,像已经站立起来的中国人民说的话,像一名中国共产党党员说的话。

如果一个人跑到另一个人的家中,看到人家的墙壁上张挂着这家人敬重的先人或长者的画像,以自己不喜欢为由,要人家摘下来,那么,此人不是精神不正常,就是吃饱了撑的,存心找抽。

那个美国年轻人,就是个存心找抽的主儿。他没有挨抽,只是被驱赶下车,说明中华民族是一个礼仪之邦文明古国,他若是在别的国家胆敢如此撒野,恐怕就不只是被赶下车的事了。

出租车司机在自己驾驶的车上悬挂什么东西,只要不是非法的违禁的物品,就是交通警察也无权干涉。何况,这个中国公民和中国共产党的党员,他在自己车上悬挂的不是什么违禁物品,而是这个国家的缔造者的肖像,是领导着这个国家的中国共产党的缔造者的肖像,是这个国家的执政党党员驾驶员团队的标志。一个客居异国他乡的外国人，只有遵守、尊重这个国家的法律法规和民族习惯的义务，而没有颐指气使、指手画脚、盛气凌人的权利。美国一贯标榜他们是一个崇尚民主、自由和保障人权的国度，而他所教育出来的子民表现出的对他人合法权益和自由的粗暴干涉以及蛮横霸道的嘴脸，让人不能不对他们的虚伪性保持应有的警觉与质疑。

那名美国人对中国共产党和他的领袖毛泽东不喜欢乃至恐惧或许是真的。因为，正是这个人，在60年前，向全世界庄严宣告"中国人民从此站立起来了！"也正是这个人，在20世纪50年代初的那场全世界瞩目的战争中，让那个企图将新生的人民共和国扼杀在摇篮中的西方大国丢尽了颜面，让遍及全球的炎黄子孙一洗"东亚病夫"的耻辱而扬眉吐气。从此，"西方列强在东方海岸架几门大炮就能征服一个国家的时代一去不复返了"！（彭德怀语）如今，他虽然早已仙逝，但用他的思想武装起来的人民，在他的精神、气节和意志感召下的人民，既已站起，就决不会再向任何强权与邪恶低下他们高贵的头颅！

那名美国青年之所以敢如此嚣张，与这些年来某些国人在他们面前的卑躬屈膝、奴颜媚骨的丑态有关。正是这种民族气节的部分丧失，助长了他们的帝国主义和霸权主义意识，使他们产生了错觉，在潜在的意识中，把中国当成了他们的附庸与殖民地，把中国人民当成了他们随意使唤指斥的奴仆。试想，假如那名的哥当时唯唯诺诺，乖乖地按他的要求收起领袖画像和党员团队的挂牌，这名自命不凡、乳臭未干的外国佬得意扬扬之余，会一路膨胀下去，也许有一天，他会以一副不可一世的姿态，对我们的党和国家领导人说："把天安门上的毛泽东像摘掉，因为我们美国人不喜欢他！"

"你没有资格评价共产党和毛主席！滚下去！"北京的哥这掷地有声、浩然正气的回答，给那个外国人注射了一针清醒剂。他昭示：如今的首都北京，已不是60多年前的北平；如今的共产党员团队驾驶员，已不是在烈日和暴雨下终日为挣几两"嚼谷"而苟活的"骆驼祥子"！

对于那些企图骑在我们头上指手画脚、作威作福的外来势力以及他们在国内豢养的应声虫们，站起来的中国和中国人民，只能给他以这样的回答——

"滚下去！"

这个细节震撼了我

从图书馆借了北京出版社 1979 年 7 月出版的一本书，名曰《科学的春天》。这是一本报告文学集，被"报告"的主人公，全是中国比较著名的科学家，如童第周、华罗庚、钱三强、林巧稚等等。这是一本在 70 年代末、80 年代初很流行的书。"科学的春天"这个书名，来源于郭沫若同志在全国科学大会闭幕式上的那篇讲话。这篇热情洋溢的讲话，被作为书的序言置于卷首，也曾被收入中学语文课本。讲话中有一段话广为流传："只有社会主义才能解放科学，也只有在科学的基础上才能建设社会主义。科学需要社会主义，社会主义更需要科学。"我最初读到这段话，是在 1980 年，至今记着。这大约就是真理的魅力。

我发现，这部书在图书馆的书架上已经沉睡了 30 年，我是第一个借阅者。今天就到了应该还书的日期了，因为杂事缠身，我竟只读了其中一篇——作家理由采写我国著名妇产科专家林巧稚的报告文学《她有多少孩子》。作为中国现代妇产科学的主要开拓者和奠基人之一，林巧稚（1901-1983）的一生颇具传奇色彩。她在产房里度过了 50 多个春秋，亲自接生了 5 万多婴儿，自己却终身不曾婚育！

读《她有多少孩子》，感人之处俯拾即是。其中一个细节，深深地震撼了我——

一个孕妇前来就医，以前生过几胎，一个也没活，弄不清是什么原因。孕妇说着自己的产历,滴滴答答地流着眼泪。她理解这个母亲的心情,那时的妇女如果没有孩子,在家庭里就没有地位。她精心地照顾着产妇,孩子生下来了,是个漂亮的男孩。生下来就发烧,"哇哇"哭叫。办法都用尽了,还是不见好。她给孩子轻轻地按摩脑门,那个小家伙伸出小手握住她的指头,静静地睡了。她不忍心把手指抽出来,在孩子身旁蹲了几个小时。护士来叫她去吃晚饭,值班医生来找她接替工作,她一动也不动。她悄声说:"我一动会把孩子惊醒。只要他能睡好,就有活的希望……"

我想,如果新招录的医务人员搞上岗前培训,不必那么烦琐,把这个细节读懂吃透,并记住一个伟大的名字——林巧稚,足矣。

乱开药方

"三鹿奶粉"出事,举世哗然。

民以食为天,不管是谁,对这种关乎饮食安全的事,都不能不关心。

许多人在反思这些恶劣事件频发的社会根源,以求"引起疗救的注意"。对症下药才是关键。

各路人马都在"开药方"。这些"药方",其实也和奶粉一样,有真假优劣之分,还有的,就像三鹿奶粉掺入了三聚氰胺一样,掺杂着种种毒素。这种塞入了个人私货的所谓"药方",是治不了病的。

云南的一个教授,也在他的博客贴出了一剂"药方",名曰《人心坏了,何以救心?》。人家毕竟是教授啊,对病人的症状看得还是比较清楚准确的,比如人家看到了——

这次"奶粉危机"的几个特点,一是"行业行为",不是三鹿一家,而是涉及了22个牌子的奶粉企业,大多为名牌;二是它以有毒化学品渗入,迎合检验,制造假蛋白,它摧毁的是人们对"检验食品"的信心,防不胜防;三是它公然把罪恶的黑手伸向了婴幼儿,其残酷与卑劣在世界文明史上也属罕见!

三鹿最初的"道歉",没有获得人们的认可,他们试图一推了之,甚至想把这场灾难推给无辜的奶农。试想,没有精通化学物品的"专家"参与,没有企业的通力合作,这种慢性致毒物,能在22家企业大行其道吗？干这事的人，人心已坏，坏到不知道自己坏的程度了，是不可救药的坏。因此才会有那样一个"道歉"！

当前中国社会的道德失守，人心变坏，是触目惊心的。重要表现就是普遍而深度的"造假"，还有什么领域没有假货呢？无论精神还是物质层面。连全世界关注的重大活动也可以造假，并且这种造假得到了广泛的认同。从价值观上说，人心之坏，坏在上上下下自觉不自觉地认可了"为达目的，不择手段"，并且，人们在欣赏各种"手段"的奇妙与智慧。只要能发财、发展、发达，只要能"发"，就鼓掌欢呼，就钦佩，就仿效，哪管它自然破坏、生命毁弃、良知丧失。"不管……，只要……"已经成为一种思维模式，一种普遍接受的社会心理。

赵本山的小品《卖拐》连续三年在中央电视台春节晚会上出现，受到热捧，获了大奖。此小品价值观完全颠倒，歌颂的是"忽悠"，也就是用计谋骗人得利，人们陶醉在剧情设计的"手段高明"，欣赏着赵本山所演角色的"才华"，嘲笑着范伟角色的"老实"。连续三年在中央台出现的这一现象表明，社会心理已经普遍恶性变化，人们对忽悠、骗人、造假，不仅习以为常，而且认可了、欣赏了、佩服了。歌颂、欣赏"卖拐"，就是歌颂、欣赏"为达目的，不择手段"！

应该说，这位教授对"病况"的描述还是有见地的。但遗憾的是，诊病之后，他对病因的分析以及所开药方，就很拙劣了。他把这种社会病况的原因归结为：1."我们这个民族没有宗教"，而"宗教与'心'离得最近"，能够"救心"；2.是"文革"造成的，因为"法律是现实中制约恶行的利器"，而"文革"时崇尚"和尚打伞，无法无天"；3.对"为达目的，不择手段"重利轻义的行为，孔子创办的儒家学说是蔑视与痛斥的。而"文革"中，"广泛地糟践孔夫子，称为'孔老二'，至今在民众中，在许多老板心里，孔夫子连同他的修身伦理早已消失了踪影。"

显然，按照这位教授的药方，这一切"祸根"都是"文革"造成的，因而只要彻底否定"文革"，大量引进各国的宗教，再把孔夫子请回来，用宗教"因果报应"的思想和孔孟之道武装全国人民的头脑，再辅之以林林总总的法律法规，就把一切都"搞定"了。

但他忽视或者说故意回避了一个最基本的问题：既然这一切都是"文革"造成的，那为什么在长达十年之久的"文革"时期（1966——1976），从未发生过这类"毒奶粉"事件，而在"文革"结束30多年后，在"文革"被彻底否定28年后（1981年中共十一届六中全会所作的《关于建国以来党的若干历史问题的决议》，有彻底否定"文革"的论述），在各类宗教又受到政府允许与尊重（看看遍布神州的香火缭绕的寺院与庙宇吧），孔夫子又被尊为伟大思想家、教育家和"圣人"，各类法律法规多如牛毛的今天，却频频发生呢？"文革"时期推崇的核心价值观是"斗私批修""继续革命"，毛泽东的《为人民服务》《纪念白求恩》《愚公移山》（时称"老三篇"）等宣扬"毫不利己、专门利人"的共产主义道德风尚的经典著作深入人心，受到国人宗教般的推崇与信仰，成为共产党人的行为准则和修身励志的"圣经"（雷锋就是读着这些著作、在毛泽东思想的阳光雨露滋润下成长起来的"全心全意为人民服务"的时代楷模）。把当今发生的这些剥削阶级思想造就的，以见利忘义、唯利是图、"一切向钱看"为特征的丑恶现象归咎于30年前的"文革"，如此颠倒是非，混淆视听，脸皮委实是太厚了点，也太低估人民群众的智商了。

尤为滑稽的是，那位教授抨击了赵本山的小品《卖拐》，却没有过过脑子：这个小品是什么时代的产物，又是反映的哪个时代的生活？毛泽东时代的文艺舞台上有这种货色吗？在一篇以反思"奶粉事件"为名、以诋毁共产党第一代领导核心毛泽东为实的文章里，弄进来这个玩意，恰是弄巧成拙的败笔。

在一个不能迷信"名牌奶粉"的时代，自然也不能迷信"名牌教授"。其实啊，现在有些教授说的那话，还不如我们村那个没上过几天学的放羊娃狗蛋有水平。

但那些"精英"也绝非都是"白吃干饭"的，他们非常明白：在中国，要想最终搞垮共产党，彻底搞垮社会主义，必须挖掉毛泽东这座大山。而要打击毛泽东，拿"文革"当炮弹则是当下最具杀伤力而又没有风险的。

精英"卖拐"，其"忽悠"的水平堪与老赵比肩。中国人，要警惕啊！

当时匆匆读了那位教授的文章后，针对他的"儒教救心"说，我就随手跟帖留言，表示了异议。现粘贴过来，立此存照——

"文革"时期，是批孔最厉害的时期，但那时的食品可以放心地食用，从未出过类似"毒奶粉"的事件。因为那时毛泽东"为人民服务"的思想观念深入人心。"文革"结束30多年了，主流媒体的"尊孔"宣传也已搞了30年了，这些年，孔孟的著作哪家书店都有，央视"百家讲坛"也一度热播，为什么反而经常出现天怒人怨的假冒伪劣商品和有毒食品事件？

我们否定"文革"中的错误做法时，把那个时代好的东西也一概"彻底否定"了，造成国人思想混乱、信仰危机，转而信奉"金钱万能"，为敛财不择手段。这才是问题的实质所在。

哀思绵绵送浩然

2008年2月28日，忠诚的共产主义文艺战士、中国共产党的优秀党员、原北京市作家协会主席、中国作协全委会委员、第四届全国人大代表、第九届全国政协委员、中共十大代表、著名作家浩然的遗体告别仪式在北京八宝山革命公墓东厅举行。

27日上午，处理完手头的一些工作，我匆匆登上了北上的列车，去与敬爱的浩然老师做最后的告别。因事不能前去的河北省公安厅《燕赵警视》杂志主编贾永华、公安作家梁桐纲等特意叮嘱我，带去他们对浩然老师的哀悼之情和对其亲属的慰问。

诗人国印周得知我进京为浩然老师送行，立即赋《送浩然》诗一首，用手机短信发给我："浩然乘鹤去，文苑折风旄。泪洒燕山雨，哀思东海涛。田丰谁作曲，粳熟怎成醪。磊落斯人逝，千秋任贬褒！"《牛城晚报》编辑、青年作家董保纲发短信说："请代表我以及牛城文友向浩然先生寄托哀思！"

进京后，我和原沈阳军区创作室副主任、著名军旅诗人、散文家胡世宗相约28日9时左右在八宝山革命公墓东厅门口会面。次日9时许我乘车赶到时，他已等候在第三休息室。这是我们初次晤面，但彼此一见如故，全无隔膜之感。

告别仪式原定在上午10时开始。但9时许，来自全国各地的浩然先生生前好友和自发前来送别的各界群众就已陆续赶到，在门外台阶下，排成了一条长长的队伍。

中国作协主席、著名女作家、中共中央候补委员铁凝来了，中国作协党组书记金炳华、副主席陈建功来了。

著名儿童文学作家、文学评论家樊发稼来了，解放军出版社副社长、著名军旅诗人峭岩来了。电影《金光大道》《花开花落》的编剧、长影资深剧作家肖尹宪特拟挽联："纷繁盛华似为霞恰如金镶玉，零落成尘碾作泥犹有香如故"，为自己情同手足的老朋友做最后的送别。胡世宗先生告诉我，他与浩然有30多年的深情厚谊，他的八卷本《胡世宗日记》中，有关浩然的内容就占了八万多字。我向他建议，可以把那八万字日记抽出来，并附上近期悼念浩然的文字，另编一个单行本，他欣然同意。

20世纪70年代曾在电影《金光大道》中饰演高大泉并一举成名的演员张国民也专程赶来送别浩然，他说："我非常敬重浩然老师，他一辈子深入农村，一辈子写农民。他心里装着农民，农民朋友们也发自内心地喜欢他。我昨晚特意又把《金光大道》的影碟看了一遍，一直看到凌晨两点，看完之后仍然觉得影片表现的那个时期的农村生活非常真实感人。"张国民和当年《金光大道》剧组的王复荔等同仁们多年来就有一个愿望，准备筹拍电视连续剧《金光大道》，以续写芳草地的故事。但因剧本不成熟等诸多原因，这个愿望至今未能实现。如果浩然老师不走，并能执笔写作，该是多么好！

在我的身后，一名中年男子正在大发感慨："70年代浩然写《金光大道》时，拿着手稿到田间地头读给农民朋友们听，虚心征求他们的意见。现在，这样的作家怕是再也找不到了！"

在长长的等待告别的队伍中，一位身穿蓝色保安制服、头戴旧棉帽、面容清瘦又有几分憔悴的中年男人很引人瞩目。他就站在我身边，与我攀谈起来。他说自己十几岁时就读浩然的小说，是读着《艳阳天》和《金光大道》等作品长大的，并因此爱上了写作，迄今已在报刊发表了近千篇文学和新闻报道等各类作品。他昨天在街上报刊亭买了一份《北京晚报》，才得知浩然老师逝世的消息，并获悉今天要在八宝山举行告别仪式，于是特意赶往这里为他崇敬已久的农民作家送行。

原花山文艺出版社副总编辑、女作家祁淑英和《河北日报》副总编、诗人桑献凯也站在我附近。祁淑英早在50年代即与浩然在一起学习和工作过，与浩然交谊甚深，对浩然的人品与文品非常推崇。她曾撰写过一篇八万字的记述浩然生活和创作道路的报告文学《浩然正气，笑傲文坛》。她对我说，她准备把这篇作品，再加上一些有关浩然的文章，出版一本书，以表达她对老朋友的缅怀之情。

告别室大门口悬挂着黑底白字的巨幅挽联，上联："喜鹊登枝杏花雨，金光大道艳阳天。"下联："乐土活泉已圆梦，浩然正气为苍生。"横幅："沉痛悼念著名作家浩然同志。"这个挽联，嵌入了浩然老师的八部重要著作。走进去，在二道门，两侧悬挂着这样一副挽联："扎根农村巨笔写巨著，心系苍生赤子献赤心。"横幅："人民之子。"

浩然在三河市实施"文艺绿化工程"时热心帮助和扶持过的文学青年和业余作者们，整齐地站成一排，手中托着一个长达20多米的黑底白字的条幅，上面写着："浩然老师，我们永远怀念您！"一名女作者流着眼泪说："浩然老师不但教我们写作也教我们做人，不仅为我们的作品发表和出版奔走呼号，也为我们的工作和就业乃至个人的婚姻大事费尽心机。"已经小有名气并在浩然的帮助下出版了一部小说集的三河作者朱立弘面带哀戚地说："我愧对浩然老师，至今也没有写出有影响的作品。"

在另一侧，来自河北三河市的几名乡亲举着一个写有"浩然老师，三河人民想念您！"的白色挽幛。三河是浩然的生活和创作基地，早在20世纪50年代，浩然就与那里的父老乡亲同饮一口井，同吃一锅饭，结下了亲如一家的深情厚谊。他有许多作品，在那里写成；他作品中的许多鲜活的人物，创作原型也在那里。当文艺界刮起一股歪风邪气，他的许多清新明丽之作受到排斥并被拒绝发表时，是那里的农民鼓励他："别听他们那一套，他们不发表，你拿到田间地头读给我们听。我们喜欢！"当"文革"刚结束，他因江青政治株连受到审查、遭受厄运时，是那里的乡亲宽慰他："我们相信你，你是老实人，没干过坏事，一定能闯过这一关。即使被撤了职丢了饭碗，我们也能养活你，你还给我们写书！"原三河市文联副主席兼秘书长王宝森告诉我，浩然老师的遗体火化后将安葬在三河市。

现已调至廊坊市文联的三河青年作家徐文静告诉我，她是浩然老师在三河培养、扶植的第一个小说作者。1991年，浩然老师在他主编的第4期《苍生文学》的头题位置一次刊发了徐文静的三个短篇小说。同年，《北京文学》还选发了其中的一篇《桥》。1999年，在浩然的帮助下，徐文静出版了第一部短篇小说集《青春正火》。当时，浩然因患脑血栓写字都困难了，但仍然热情地为她写序并题写书名，而且亲自把题写的书名送到她的单位。徐文静说，浩然老师逝世后，设在三河浩然故居的灵堂里，每天都有许多人前去吊唁。好多他并不熟悉的农民，一进去，跪到灵堂前就失声痛哭。

在来宾签名处，许多人不仅工整地在签名簿上签上自己的名字，还写上自己的挽联、悼诗和肺腑之言。我亲眼看到了"浩然老师对文学青年恩重如山！""浩然老师，我们深深感谢您！""您影响了我的整个青年时代"等留言。

在告别大厅大门东侧，一个独具特色的花圈吸引着众人的目光。花圈的正中央，是一幅画在白纸上的水墨画，画的是树木遮盖下的几间简陋茅屋、门前有一个石碾。上方写着这样一句话："老师，咱回段甲岭的家吧！爱您的学生。"观者无不动容。三河市段甲岭镇是浩然先生的重要生活和创作基地之一，20世纪80年代他曾在那里挂职当副镇长，后来又做名誉镇长。根据他的小说改编，老一辈艺术家赵丽蓉、梁音、吴京安等主演的电视连续剧《苍生》就是在那里投拍的。另一个花圈，中间贴着浩然老师的一幅黑白半身照片，挽带上写着："大恩人浩然先生千古！温恒武率全家敬挽。"对温恒武这个名字，我似乎有些印象，但一时又想不起来了，大概他是浩然老师倾心帮助过的一个农民朋友。

告别大厅里，正面墙壁上悬挂着浩然先生遗像。这是他50岁生日时的留影。遗像上方，是一个白底黑字的挽幛横幅，上书："浩然同志千古。"遗像下面正前方，是鲜花簇拥的浩然先生的遗体，上面覆盖着一面鲜红的中国共产党党旗。大厅两侧摆满了花圈。右侧，依次摆放着李瑞环、刘淇、刘云山、李锡铭、倪志福、何鲁丽等前任和现任党和国家领导人、北京市委领导同志，以及铁凝、金炳华等中国作协领导敬献的花圈。还有中共山东昌乐市委市人民政府、中共三河市四大班子和各界群众、热心读者、他精心培养扶植过的文学新人敬献的花圈。左侧，是中宣部、文化部、中国作协、中国文联、各大文艺团体、各大报刊敬献的花圈。《北京文学》全体同志敬献的花圈，挽带上写着："文笔浩荡洒金光，别去依然艳阳天。"

在鲜花簇拥的遗像下面，正中间是浩然先生亲属敬献的花圈。浩然姐姐梁伯侠献给弟弟的花圈挽带上写着："兄弟，你是我永远的骄傲！"浩然10岁丧父，12岁丧母，那个黑暗腐朽的人吃人的不合理社会，过早地吞噬了父母双亲的生命。在那漫长艰难的日子里，姐弟俩相依为命，经受了多少常人难以想象的苦难，才顽强地活了下来，才迎来了新中国的曙光，过上了翻身解放的日子，并与全国人民一道，走上了没有剥削、没有压迫的社会主义金光大道。而浩然，凭着对文学执着的痴迷与热爱，凭着锲而不舍、持之以恒的坚强毅力和天赋的艺术潜能，成长为卓有成就的文学家。他怀着对共产党、对毛主席、对新中国、对社会主义朴素的阶级感情，怀着坚定的共产主义信念和崇高理想，怀着一个党的文艺战士崇高的责任感和历史使命感，在社会主义的文艺园地里，勤奋耕耘、纵情歌唱了一生。如今，他的创作计划还没有完成，他的文艺绿化工程还任重道远，就这样带着深深的遗憾，在以坚强的毅力与病魔顽强抗争了五个多春秋之后，永远地撒手人寰了，怎不叫姐姐和所有热爱他的人们痛断肝肠！浩然的姐姐梁伯侠还未走进告别大厅，一眼看见大厅门口左侧弟弟70岁生日时的巨幅照片，唤一声"我的兄弟啊！"忍不住大放悲声……

在浩然患病昏迷期间，他的夫人杨朴桥已于两年前仙逝。浩然长子梁红野、长媳张增慧敬献的花圈挽带上写着："爸爸，您永远活在我们心中。"浩然次子梁蓝天、次媳张琼敬献的花圈挽带上写着："亲爱的爸爸安息吧。"浩然三子梁秋川、三媳谢芳敬献的花圈挽带上写着："爸爸，我们永远怀念着您。"浩然女儿梁春水、女婿王瑞林敬献的花圈挽带上写着："慈父永在我心中。"浩然的六个孙辈敬献的花圈挽带上写着:"爷爷,孙儿永远想念您。"殷殷亲情,催人泪下。

10时30分,浩然遗体告别仪式正式开始。

哀乐声声催人悲,一束白花一片情。人们胸前佩戴写有"哀念"的小白花,自觉地排成整齐的队伍,怀着沉痛的心情,徐徐走进告别大厅,面对浩然先生的遗像与遗体,鞠躬志哀……

我缓步走向浩然老师的灵前,极力克制着自己的感情,但泪水还是扑簌簌地滚落下来……

啊!浩然老师,自2002年初春一别,如今整整五年了,没有想到,再次相见,竟是在这样一个令人痛断肝肠的地方!

伫立在您的灵前,我在心中默诵了一副挽联,为您送行:"沐杏花雨走共同富裕金光道,浴杨柳风唱社会主义艳阳天 横批:情系苍生"。(此联嵌入浩然老师五部重要著作。)

端详着您安详的遗容,我想起20世纪80年代初,针对文艺界一些人对您作品的否定与非议,您说过的一段话:"我认为《艳阳天》应该活下去,有权活下去。我相信未来的读者在读过《艳阳天》之后,会得到一些活的历史知识,会得到一些美的艺术享受,会对已经化成一堆尸骨的作者发出一定的好感和敬意。"

是的,浩然老师,您和您的作品永远活着。活在社会主义的文艺史册里,活在您深爱的芸芸苍生的心中!

《色戒》的三个微妙细节

我看了电影《色戒》,是从网上看的视频。因为我不想去影院为李安们"捐款"。

在大陆,看视频还有一个好处,就是有完整版,可以一睹其庐山真面目,并与大陆的删减版做一比较。咱是成年人,"少儿不宜"的戒律管不了咱。

《色戒》引起我注意的,倒不是被炒得沸沸扬扬、在大陆影院无缘观赏的"床上戏",比如国人津津乐道的"高难度动作"和"回形针"体位之类。窃以为,影片有三个细节,倒是比那几场激情戏更令人玩味。

其一,当邝裕民、王佳芝等几名爱国的热血青年密谋杀掉供职于汪伪政权的汉奸易默成时,是那么的慷慨激昂,并吟诵起"引刀成一快,不负少年头"的诗句,表达了为救国锄奸不惜慷慨赴死的决心。而这两句诗的版权,恰恰是属于头号大汉奸汪精卫的。汪氏的全诗是:"慷慨歌燕市,从容做楚囚。引刀成一快,不负少年头。"汪精卫早年投身推翻清王朝的资产阶级民主革命,因刺杀清摄政王事泄被捕,在狱中吟成此诗,传诵一时。那时候的汪精卫,是爱国的热血青年,也是一个年轻有为的资产阶级革命家,后来却堕落为中华民族的罪人。邝裕民们要刺杀汉奸,而激发着他们革命斗志的,却是汉奸汪精卫的诗句。影片编导设置这样的细节,有何深意呢?

其二,在中国台湾上映的完整版《色戒》中,汉奸易默成陪同王佳芝在珠宝店购买钻戒时，为情所惑而变节的王佳芝在关键时刻对易说"快走!"，从而放走了易默成，使刺杀行动流产，参与行动的爱国青年被捕。而大陆版的《色戒》，同一场戏中这句台词被改成了"走吧。"细心的观众会发现，大陆版演员说这句台词时，口型与画面是不吻合的。"快走"与"走吧"究竟有何不同？这一字之易的奥妙何在？为什么在台湾和大陆要发行两个不同的"版本"？如果没有本质的不同，李安又何必烦劳演员为改一字而重新配音呢？

其三，刺杀汉奸易默成的行动失败，邝裕民等六名爱国青年与王佳芝一同被枪决。易默成在签发执行死刑的命令时，有一个特写镜头，可以清楚地看到签署的名字却是"可默成"。这个细节的寓意是什么呢？有人分析说，"可默成"的含义就是"只要忍辱负重，曲线救国的方略就可以默默地成功"。还有专家指出，王佳芝的谐音就是"玩的价值"，"邝裕民"谐音的含义就是"狂野愚蠢的贱民"，这是洞若观火呢，还是空穴来风？

有人说，《色戒》是一部电影，是艺术作品，而对艺术作品不能作政治的解读。似乎衡量文艺作品的优劣只能用单一的艺术标准而不能用艺术与政治的双重标准。这纯粹是欺人之谈，虚伪至极。看看这些年我们国家能够在海外摘取大奖的那些电影都是表现什么的，人家侧重的是什么标准就一目了然了。请问，《英雄儿女》《上甘岭》《西安事变》《焦裕禄》《任长霞》《长征》《井冈山》《延安颂》《开国领袖毛泽东》《毛泽东和他的儿子》《巍巍昆仑》这类影视片是不是文艺作品？这类题材的作品即使拍摄得再"艺术"，有可能到西方或中国台湾的电影节上摘取桂冠吗？

说到"纯艺术"，倒让人联想起汉奸易默成的"床上功夫"。这也是《色戒》的最大卖点和李安赚取票房收入的最佳"佐料"（当然，不仅仅是"佐料"。）易默成炉火纯青的性爱技巧，从某种意义上，也可称为"纯艺术"。你看，无论是"回形针式"，还是别的什么五花八门的姿势与体位，都不掺杂任何政治因素，卖国者能用，爱国者也能用。而且只要用得得当，都能产生肉体的快感。这种生理快感也是绝对没有阶级性的。影片《色戒》中，身负为国锄奸神圣使命的爱国女青年王佳芝,就是被汉奸易默成这颠鸾倒凤的"纯艺术"弄晕了头,从而陶醉于下体某通道的快感中难以自拔,先是让汉奸的肉体钻进体内,进而又让汉奸的思想与灵魂渗入内心,在"高于一切"的肉体快感中抛弃了民族大义,忘记了肩负的使命,背叛了自己的信仰,出卖了同志、战友和正义的事业。这就是作为"纯艺术"的《色戒》所要讴歌和张扬的"伟大人性"。易默成的"纯艺术"可谓了得,在温情脉脉卿卿我我中改变了一个潜藏敌手的政治走向,使一个本来抱定了为国赴死信念的爱国者在放浪的叫床声中迷失了自我,沦为汉奸的玩物和帮凶,只剩下了"玩的价值"。从这个层面上讲,"易默成"又何尝不是"轻而易举地默默成功"呢!

银幕上,美丽而多情的王佳芝在汉奸"帅哥"的兽性蹂躏下放浪地叫床娇喘;银幕下,成千上万个麻木的看客在极度亢奋中忘情地叫好欢呼,国内的某些"媚体"也当仁不让、一脸幸福地充当着义务啦啦队。这就是21世纪初中国大地上的一个必将载入文化史册的"壮丽景观"。

谁说《色戒》不是"纯艺术"呢?李安的"纯艺术"更是了得!

对一首诗的质疑

这是我大约15年前读过的一首短诗,题为《书愤》——

>有朋自京来,
>泣血述真相。
>洞胸用刺刀,
>碎骨抡大棒。
>狠毒愧希墨,
>凶残羞豺狼。
>人心终难欺,
>必算血泪账!

1976年4月

(村野《片瓦集》,花山文艺出版社1991年版)

这首诗,写的是1976年4月5日发生在北京的天安门事件。这个事件,当时被中共中央定性为"反革命政治事件"。这个结论是重病中的毛泽东主席批准、中央政治局讨论通过的,据说,是"四人帮"在里面起决定性作用。这个事件的爆发和被镇压,最终导致了邓小平同志被撤职。因为,他被认为是这一事件的"总后台"。1976年10月,"四人帮"被抓,1977年邓小平复出,1978年,中共北京市委为"天安门事件"平反,称这个事件"完全是革命行动"。同年,人民文学出版社出版了由童怀周编选、华国锋(时任中共中央主席、中央军委主席、国务院总理)题写书名的《天安门诗抄》。这本书,小时候我读过,近年又从旧书摊上购得一本,用于收藏。

河北诗人村野(原名徐从芳)的这首《书愤》,揭露和控诉了"四人帮"镇压天安门事件的罪行。因成诗于1976年4月(发表肯定是在粉碎"四人帮"之后),当时"四人帮"还在台上,所以被认为是"有胆有识"之作,一度受到好评。河北著名诗人刘章、王洪涛在评论村野诗作的《一个正直人的心声》(见《河北诗人论》,花山文艺出版社1989年版)一文中,对这首诗给予充分肯定。

《书愤》表现了作者鲜明的爱憎和政治立场,这都值得称道。但"洞胸用刺刀,碎骨抡大棒"两句诗,给人一个天安门事件"血流成河""多人死于非命"的印象。事实上,粉碎"四人帮"后,社会上就有这样的传言。那么,诗中的这种描写,是真实的吗?对于历史,是负责任的吗?最近,读吴德同志的口述回忆录《十年风雨纪事——我在北京工作的一些经历》(当代中国出版社出版),从中找到了答案。

1976年天安门事件发生时,吴德同志系中共中央政治局委员、中共北京市委书记、北京军区政委、北京卫戍区第一政委、全国人大常委会副委员长。《十年风雨纪事》中有一章,专门记述了他亲历的天安门事件的来龙去脉与处置经过。书中披露:中央在处置天安门事件中抓了一些人,但大部分在经过审查后很快予以释放。经过中央调查组的三次认真细致调查,天安门清场过程中无一人死亡。执行天安门清场行动的首都民兵和公安干警根本就没有携带武器,又怎会"洞胸用刺刀"呢?显然,《书愤》中的描写有违历史的真实。这其中的原因,其一是作者写的所谓"真相"并非自己亲历或目睹,而是听人讲述;其二是被"义愤"情绪所笼罩,丧失了辨别传言真伪的理智。

诗人贵在说真话。诗者,史也,应该成为一个民族心灵的历史。在以往出版的"正史"中,只强调天安门事件受到了"残酷镇压",至于清场时是否有人员死亡,没有明确记载。假如后人"考证"天安门事件是否"血流成河"时,以《书愤》这首诗作为依据,能得出符合实际的客观结论吗?

  一首诗,如果不能做到为文学添彩,至少也不要给历史添乱。

接着说说他奶奶

我的《也说"毛时代的穷人"》一文3月23日在警民博客圈首发以来，陆续被国内多家网站、论坛和个人博客转帖，其中一家网站发出仅3天，即被点击6000多次。这说明大家对这个话题很为关注。

此文受到了一些认识和不认识的网友的好评，也引发了一些争论。警民博客圈在第一时间为这篇博文加精，使我感到欣慰也很受鼓舞。我把这篇文章发给一家报社，一位编辑朋友激动地说："我们几位编辑传看了，大家一致拍案叫好！但我们现在还不敢发。"至于为什么不敢发，他们没说，我也不便多问。我国《宪法》总纲第一条规定："中华人民共和国是工人阶级领导的、以工农联盟为基础的人民民主专政的社会主义国家。社会主义制度是中华人民共和国的根本制度。禁止任何组织或者个人破坏社会主义制度。"一篇全面否定新中国30年社会主义革命和建设成就，否定新中国的缔造者和中国共产党伟大领袖，意在动摇四项基本原则这个立国之本的文章，可以被编入《年选》招摇过市；而一篇为这个党和党领导人民建立的社会主义制度仗义执言的文章，却被告知"不敢发"，真令人有点"不知今夕是何年"的感慨。

《毛时代的穷人和邓时代的穷人的区别》，本是一篇网络文章，作者署名"寒江月影"，《2008年中国杂文年选》（鄢烈山编选，花城出版社2009年版）入编时文后注明选自"东湖社区"。但在网上搜索，东湖社区上却找不到这个原帖，更无法核实"寒江月影"的真实身份。这样，文中用来对毛泽东时代进行全面否定的那个道具，即"我奶奶"，也就无法判断其真伪。但即使我们信其为真，也不难看出其中一些破绽。而这些破绽，是足以令"寒江月影"尴尬的，也是他难以自圆其说的。为了极言毛泽东时代之穷，"寒江月影"这样写道："然后说说我奶奶。她生于1918年。解放后，家里分了一个圈椅，一张桌子，一个花瓷坛，再加上一口锅，几个粗瓷碗，一床铺盖，就是全部的家当。吃大食堂时，炊具几乎全部上缴了。农村是大集体劳动，每天天不亮就开工，天黑才收工，天天如此，年年如此，几乎没有休息的时间，就这样每天还吃不饱。这样的日子过了二十多年，一直到1980年。而这二十年来，没有丝毫的财富积累，家里还和解放初期一模一样，只是那圈椅和桌子更破了。""寒江月影"这样说，本意当然是为了全面否定毛泽东时代。但他的疏忽，使他无意中泄露了一个他自己不愿承认的历史真相，客观上揭示了"毛时代"之所以比现在穷的历史原因：毛泽东从国民党蒋介石手中接过的是一个千疮百孔、一穷二白的烂摊子，底子薄、基础差、贫穷落后、文化科技极不发达、生产力低下（谁想过，刚建国时，像"我奶奶"这样的文盲，在中国占几成？那时的中国，自己能生产什么？有多少最简单不过的日用品，都要冠之一个"洋"字？而到70年代末，启动改革开放时，中国已有几亿人普及了中等教育？建成了多少座工厂和大型发电站、开发了多少大油田、煤田，修建了多少公路、铁路和水利工程？被"洋专家"断言为"贫油国"的中国，是靠的什么在1965年就完全实现石油自给的？这些基础是哪个时代、是谁为我们打下的？）。新中国的政权是在百年战乱的废墟上建立起来的，能够屹立在世界的东方而不被帝国主义列强扼杀在摇篮中，就已是奇迹，不可能在短时间内就富强起来，在物质生活上，更不可能简单地跟已经进行了60年和平建设的今天类比（中国今天的国际地位与和平建设的环境，也离不开1964年中国大地上震惊世界的那声巨响和随之升起的蘑菇云）。你看，"我奶奶"在旧中国，穷得一无所有，只有一张吃饭的嘴。共产党、毛泽东领导人民推翻了三座大山，推翻了剥削制度，进行了土地改革，建立了新中国，才使她分得了圈椅、桌子、花瓷坛、锅、碗和铺盖等生活用品。从一无所有到有了一些基本的生活用品，这是历史的进步还是倒退呢？是应感恩还是骂娘呢？如果某人以今天自己用上了豪华沙发和电饭锅、电磁炉为由，就对当年无偿地给过他的祖上木椅和铁锅的人说三道四，这样的人，如果不是别有用心，也是"像阿甘那样的弱智者"。

"寒江月影"的奶奶在新中国成立前穷得连锅、碗和铺盖等基本生活用品都没有，使人推测他奶奶极有可能有白毛女、吴琼花那样的不幸遭遇，卖身为奴，给黄世仁、南霸天那样的恶霸地主和土豪劣绅当使唤丫头。新中国成立后，人民政权使她获得了新生，无偿地分给她必需的生活用品（肯定还有土地，这个，"寒江月影"忘了说，或有意回避了），使之成为具有独立人格和人身自由的自食其力的劳动者，这无疑是人类人权事业的划时代进步。当然，他奶奶的劳动技能或劳动热情可能较差，不然，不会过了20年，却"没有丝毫的财富积累"。电影《咱们的牛百岁》中，有个田福，也是混了那么多年，只积累了一身臭烘烘的烂衣裳，外加若干活蹦乱跳的虱子跳蚤，这个怪谁呢？同样生活在毛泽东时代，人家袁隆平，从1964年起潜心研究十年，终于成功研制出了杂交水稻，极大地提高了中国的粮食产量；人家吴吉昌，本是个农民，却创造和应用了"冷床育苗"等十多项植棉技术，成为闻名全国的植棉专家，受到毛主席五次接见。陈景润在1966年研究出了那个著名的陈氏定理（1+2），1974年周恩来总理亲自提名他为第四届全国人大代表，《人民日报》1974年10月在评述新中国科技事业发展的一篇文章中自豪地写道："在数学这个最古老的学科中，我国年轻的数学工作者陈景润，也把两百年前德国数学家哥德巴赫提出的'任一偶数均可表示为两个素数之和'这样一个猜想的论证，大大向前推进了一步，取得了在世界上领先的成绩。"一个劳动者，不仅要用自己的手养活自己，还要创造财富为国家多做贡献，不能什么东西都等着国家来给你无偿分配。不然，这个从废墟上崛起的国家不是要永远贫穷吗？不是要永远被我们的敌人所攻击诽谤并幸灾乐祸吗？

"寒江月影"说农村的集体劳动"每天天不亮就开工，天黑才收工,天天如此,年年如此,几乎没有休息的时间"。任何一个经历过那个年代且熟悉农村情况的人,都能够看出这个谎话的拙劣。请问,农民不吃午饭吗?冬季严寒封地的季节农民还要割麦子或掰玉米吗?至于"天不亮就开工",那是封建地主周扒皮一手导演的"半夜鸡叫"的丑闻。而周扒皮,是共产党的革命对象。今天叫嚷着要给周扒皮们翻案的,也正是那些极力妖魔化中国新民主主义革命和毛泽东时代的人。

"寒江月影"极力诋毁毛泽东时代,是因为这个时代搞了社会主义。他把他奶奶的贫穷,完全归咎于社会主义的集体劳动和公有制。那么,在共产党毛泽东执政前,没有谁在中国搞过社会主义、搞过公有制吧?个体单干的小农经济,在中国已经延续了几千年了,一片散沙的中国农民富裕了吗?老百姓的吃饭问题解决好了吗?如果说私有制是富国强民的灵丹妙药,那么,"寒江月影"生于1918年的奶奶怎么就穷到了一无所有的地步,直到共产党建立了新中国,进行了土地革命,才由人民政府分给了"一个圈椅,一张桌子,一个花瓷坛,再加上一口锅,几个粗瓷碗,一床铺盖"?这个爱沉醉于"美国梦"的"寒江月影",在一梦醒来思维清晰时,是不是应该冷静地想想这个问题?

什么是社会主义,共产党为什么要搞社会主义,像"寒江月影"这些人大概是不懂的(也不排除是故意装糊涂)。就连一些自命不凡的所谓"评论家"也没有搞懂。北京的一位以骂人闻名的"文学评论家"在否定以讴歌社会主义新中国著称的作家浩然时就曾这样说:"无论是合作化还是公社化,对五六十年代生产力极其低下的中国农村来说,都是一种极其可笑的'左倾'幼稚病。正因为它幼稚可笑而又强制执行,所以它才造成了整个农村、整个农民乃至整个中国的巨大灾难。"(袁良骏:《奇迹浩然面面观》)中国的社会主义革命是从老区有觉悟的农民自发地搞互助组开始的,而后再逐步发展到农业生产合作社(分初级社、高级社两个阶段),到1956年顺利完成史无前例,也是在国际共运史上富有独创性的社会主义改造。"社会主义制度的建立,是我国历史上最深刻最伟大的社会变革,是我国今后一切进步和发展的基础。""在一个几亿人口的大国中比较顺利地实现了如此复杂、困难和深刻的社会变革，促进了工农业和整个国民经济的发展，这的确是伟大的历史性胜利。"（《关于建国以来党的若干历史问题的决议》，1981年6月27日中共十一届六中全会一致通过）邓小平同志说："我们的社会主义改造是搞得成功的，很了不起。这是毛泽东同志对马克思列宁主义的一个重大贡献。"（《邓小平文选》第2卷）党中央决议中的伟大社会变革，到了某些文人的笔下却成了"极其可笑的'左倾'幼稚病"和"整个中国的巨大灾难"！殊不知，当初农民搞互助组，恰恰是因为新中国成立之初"生产力极其低下"，许多农民，尤其是贫困户、翻身户，虽然在土改中分得了土地，但因为缺少生产工具、缺少牲口，或缺少青壮年劳动力，靠一家一户的单干连耕田播种都困难，更难抗击随时出现的天灾和家庭变故（生病、受伤、丧失劳动能力等），也难以组织力量兴修水利。成立互助组，把有限的人力和牲口集中起来，依靠集体的力量，发扬社会主义团结协作精神，互相帮扶，战胜困难，是他们改变贫穷面貌的切实可行的途径，也是党带领人民实现共同富裕、消灭剥削、避免两极分化并逐步实现机械化生产的必由之路。像"寒江月影"的那个奶奶，家贫如洗，孤儿寡母（"寒江月影"文中不曾提到他爷爷），又没有牲口，依靠她自身的力量，把种子撒进土地都有很大困难。如果实行单干，继续土地私有制，不出几年，在弱肉强食的生存竞争中，富裕户趁机扩大家业兼并土地，成为新的地主、富农阶层，她那分到手的土地和浮财很容易重新失去，再次沦为一无所有的人。如果不甘心饿死，就要去给地主当长工或去富贵人家做佣人，重新遭受剥削与压迫。共产党领导人民闹革命，无数先烈抛头颅洒热血，目的是什么？难道就是为了这种历史的轮回？中国共产党是高扬着共产主义的大旗，团结和率领人民砸碎旧世界、建立新中国的。如果党背弃了自己的信仰和纲领，忘掉了当初对人民的承诺，还能赢得人民的支持和拥护吗？马克思恩格斯在《共产党宣言》中明确地指出："共产党人可以用一句话把自己的理论概括起来：消灭私有制。"

《关于建国以来党的若干历史问题的决议》指出："中国共产党

在中华人民共和国成立以后的历史，总的说来，是我们党在马克思列宁主义、毛泽东思想指导下，领导全国各族人民进行社会主义革命和社会主义建设并取得巨大成就的历史。"《中华人民共和国宪法》序言说："中华人民共和国成立以后，我国社会逐步实现了由新民主主义到社会主义的过渡。生产资料私有制的社会主义改造已经完成，人剥削人的制度已经消灭，社会主义制度已经确立。工人阶级领导的、以工农联盟为基础的人民民主专政，实质上即无产阶级专政，得到巩固和发展。中国人民和中国人民解放军战胜了帝国主义、霸权主义的侵略、破坏和武装挑衅，维护了国家的独立和安全，增强了国防。经济建设取得了重大的成就，独立的、比较完整的社会主义工业体系已经基本形成，农业生产显著提高。教育、科学、文化等事业有了很大的发展，社会主义思想教育取得了明显的成效。广大人民的生活有了较大的改善。"当今，面对猖獗嚣张的反四项基本原则的聒噪，面对无孔不入的"和平演变"与颠覆、渗透，面对敌对势力对新中国历史的肆意歪曲与污蔑，一切真正的共产党人和爱国志士，应该警醒起来，发出我们有力的声音，捍卫我们的理想、信仰，捍卫我们的社会主义现代化建设事业。是时候了！

追到黄泉骂不休

浩然逝去了。这是令许多人哀痛的，也是让另一些人庆幸的。每一个有信仰有立场的战士的逝去，概莫能外。那些只为金钱、美女活着的行尸走肉们除外。

浩然不仅是一个有深远影响的文学家，一个社会主义时代的杰出歌者，更是一个忠诚的共产主义文艺战士、优秀的共产党员。这个"盖棺定论"，见于浩然治丧部门在其遗体告别仪式上发放的《浩然同志生平》。这个文献，如果还不能代表党中央对浩然的评价，至少也代表了中国作协及其党组、代表了中共北京市委对他一生的认定。

浩然无愧于这个光荣的称号。也正因为此，在他被病魔折磨的长达5年之久的植物人状态下，他依然被人诟病；在他带着深深的遗憾（他的创作计划未能完成）溘然长逝后，他仍然遭人诋毁。这让人想起两首诗。一首是"亲戚或余悲，他人亦已歌"；一首是"欲悲闻鬼叫，我哭豺狼笑"。

以目前中国文人的整体素质，我们不难想象出，会有那么一小撮人，因了浩然的辞世而弹冠相庆，或是躲在某个角落里，"没事偷着乐"。是否会纠集一伙"骂坛宿将"，开一个小小的欢庆会，以庆贺他们经过漫长的30年的"全力进剿"而最终骂死了浩然的"伟大胜利"，也未可知。

但我还是以一个普通中国人的善良的心灵揣度：他们躲在艳阳天的阴影里不管怎么闹，总不会再在媒体上公开叫骂了吧？一个5年多已不能开口讲话的病人，一个已化为尸骨永远也不能再为自己辩解的老人，他招谁惹谁了？死者是解脱了，可那些每天吃着中国农民一个汗珠摔八瓣辛辛苦苦种出的大米饭的"精英"们，你们骂得就不累吗？

但我想错了。浩然是被累倒了，累病了，骂死了。但那些靠骂人吃饭的人，他们不累，精神着呢。

就在刚才，我无意中闯入了一个南方作家的博客。这个作家，他的一部小说在1970年代初期和中期，不被当时的意识形态所接受，只能以手抄本的方式问世。这个在当时也不是什么怪事，更不是这个作家独有的遭遇。即时在当时很受推崇的浩然，他的一部题材新颖、主题深刻、倾注了几多心血的中篇小说《新春》，也因为不适合当时的政治气候，被好心的出版社责任编辑、著名作家萧也牧退还。为免祸患，浩然只好忍痛悄悄把书稿焚掉。知道了这个细节，或许会为某些人找回一点心理的平衡。试想，如果浩然不是把书稿烧掉，而是在不得出版的情况下任其在社会上以手抄本的方式流传，以此作为对当局的对抗，那浩然的下场，大概不会比这位蒙过冤狱的作家强多少，甚至更惨。当然，那样的话，浩然蹲了监狱，或是丢了性命，"文革"结束后一平反，也就成了无上光荣的"文革受害者"，自然也就不被那些人忌恨和谩骂了。

从某种意义上说，浩然的悲剧也在这里：同为作家，我们蹲了监狱（或被冷落），你为什么活得好好的，甚至还比较风光？不骂骂你，心理能平衡吗？

但事情远远不是这样简单。看了某些人谩骂浩然的文章，听听他们是怎么骂和骂些什么，便会明白他们恨浩然、骂浩然是另有深意的。那位南方作家3月3日在他的博客里，发了《立此存照——关于浩然》一文，贴上了浩然在世时他在报刊发表的火药味甚浓的批判浩然的两篇文章，并在前面加了一段话，就浩然逝世借题发挥一番，意为"浩然死了，有些人在说胡话"。在《浩然的新"贡献"》一文中，这位作家说："关于浩然的'争议'确已持续多年，但我却从来不感兴趣。原因很简单：此人不值得'争议'，甚至不值得一提。"

有网友就此发表评论说:"既然浩然'不值得一提',那你为啥又在这里'大提特提'呢?而且大骂特骂,人家去世了还不肯放过,恨不得追到阴曹地府中去骂个痛快。但我们没有见过浩然骂张扬的文章,那才是真正的'不值得一提'呢。"

真可谓滑稽得令人喷饭。但看了这位作家的文章和后面的网友评论,我笑不出来,却陷入了深思。也许,他对浩然"不感兴趣",说浩然"不值得一提",是他的真心话,并非刻意贬低。因为他自己承认,他没读过浩然的任何作品。如果真的是那样,我以为这不是浩然值不值得提的问题了,而是这位作家根本就不具备"提"人家的资格。你既不了解人家的作品,也与人家没有任何接触,更谈不上了解其人品,你还能"提"什么呢?只剩下了谩骂。就是骂人,也得选准个靶子吧?靠道听途说、捕风捉影,其结果只能是穿凿附会、胡说八道。这样一来,在浩然的问题上,真正说胡话的,会是谁呢?

毕竟是作家,会作文章。他知道,浩然的作品拥有读者最多、发行量最大的,是《金光大道》,于是就向《金光大道》下了刀子:"《金光大道》之类今天也还有人买,有人请作者签名。这是社会进步的表现,证明人们有了文物观念,懂得了木乃伊的价值;而决不说明中国人想重过那种靠粮票布票火柴票煤油票维持生活,靠年年斗月月斗天天斗时时斗维持生产的日子——从这种意义上说,《金光大道》跟它所鼓吹的'精光大道'以及疯狂推行这套祸国殃民之术的江青之流已经一起被钉上了历史的耻辱柱,永世不得解脱!"他说得很明白:他们如此忌恨与谩骂浩然,是因为浩然写了《金光大道》。而《金光大道》歌颂的是"那种靠粮票布票火柴票煤油票维持生活,靠年年斗月月斗天天斗时时斗维持生产的日子",是"祸国殃民之术",而这个"祸国殃民之术",又是江青之流"疯狂推行"的。

读了这段话,我想这位作家没读过浩然的作品可能是真的。没有读过,人云亦云地说一些昏话,对这种自以为是的糊涂人可以原谅。但如果读过《金光大道》,再得出那样的结论,说出那样的话,就只能归结为立场的反动和蓄意构陷了。

《金光大道》是写什么的呢?我通读过 200 余万字的全书四卷

（后两卷写于70年代中后期，1994年才得以出版），它写的是1950—1956年间的中国农村生活。写到结束时，是1956年中国农村完成了社会主义改造，建立起社会主义的基本制度。《金光大道》曾经拥有最广泛的读者，但那是前两卷。通读过全书四卷的人不是很多。一些人通常对《金光大道》的贬与褒，也是指70年代出版的前两卷。该书第二卷写到1952年底。请问，在这个历史时期，我们党"疯狂地"推行过"祸国殃民之术"吗？那位作家说的"祸国殃民之术"究竟是指什么呢？那时江青等人还没有登上中国的政治舞台，中国的党政军等一切大权掌握在毛刘周朱等党的第一代中央领导集体的手里，这个"祸国殃民之术"又怎么会是江青"推行"的呢？这个作家骨子里究竟是在骂谁，是在骂什么？

那位作家说，中国人不想"重过那种靠粮票布票火柴票煤油票维持生活"的日子（我的少年时期生活在70年代，但没有听说过什么火柴票煤油票，火柴2分钱一盒，随便买，这个我记得清楚），这话没错，但用在这里也绝对是一句废话。因为拿这句话来指责浩然及其《金光大道》，没有丝毫的道理和逻辑性。正如我说："中国人民绝不向往过那种纸醉金迷、崇洋媚外、荒淫糜烂的腐朽生活"一样，这话也绝对正确，但如果拿它来指责《第二次握手》，有多少道理和逻辑性？

是的，建国初期，那个年代很穷。但这是谁造成的呢？在新中国成立前，即《金光大道》的故事发生之前，中国农村最广大的老百姓是靠什么过日子，过的是什么日子呢？是小康吗？可能有人过的是小康的日子，但那是极少数地主、土豪、资本家、官僚买办，是我们党的革命对象剥削阶级，而不是最广大的劳动人民。正是因为广大的农民太穷，是"光着屁股进入新社会的"（电影《金光大道》台词），许多人家没有牲口，没有劳动工具，土改后虽分得了土地，但靠一家一户的单干种地有困难，党中央、毛主席才号召几亿农民组织起来，穷帮穷，依靠集体的力量，走共同富裕的社会主义道路。这个政策得到广大农民的积极响应，巩固了新民主主义革命的成果，避免了两极分化和农村中新富农阶层的产生。当然，这也堵死了冯少怀之流靠剥削穷人实现"发家致富"梦想的邪道,他们及他们的子孙至今仍怀恨在心,指桑骂槐。

关于50年代的互助合作运动,关于社会主义改造运动的功过是非,党的十一届六中全会通过的、邓小平同志主持起草的《关于建国以来党的若干历史问题的决议》做过较为客观的评价,新时期出版的中共党史著作中有较为公正的记述,胡锦涛总书记在党的十七大报告中,也做了准确而精辟的阐述:"新民主主义革命的胜利,社会主义基本制度的建立,为当代中国一切发展进步奠定了根本政治前提和制度基础。"有人无视历史的真相和党中央的决议,把我们党领导的、几亿农民热烈响应的农业合作化运动污蔑为"祸国殃民之术",这是一个社会主义时期的文艺工作者该说的话吗?是一个真正的共产党人应有的立场吗?

浩然的名字关联着一部《金光大道》,《金光大道》又关联着社会主义改造运动。只要对这一重大的历史变革没有一个客观、正确、统一的认识(阶级立场不同,政治信仰不同,认识要"统一"也难),关于浩然的争议就不会有"尘埃落定"的一天。这也是在浩然已然故去的情况下,某些人"追到黄泉骂不休"的原因之一。是啊,浩然的肉体虽已消失了,但他的作品还在,他的巨大影响还在,他曾经的亿万读者还在,他扶植的文学新人还在,他为之虔诚奋斗的共产主义理想和社会主义事业还在,中国共产党的执政根基还在,曾经组织起来的、以战天斗地的革命气概忘我地投身社会主义建设事业的几亿中国农民还在,某些人会轻易地放过他吗?

文化偶像，谁说了算？

　　由新浪网站和《南方都市报》等多家媒体联合举办的"二十世纪中国十大文化偶像"评选活动，热闹了几天便匆匆落下帷幕。明眼人一看便知，这其实就是一场制造话题吸引受众目光的商业秀。当今中国的文艺圈热衷于炒作，一些团体和一些"星"们、"腕"们也确实尝够了炒作的甜头。据说名列候选人名单的某大腕导演就曾"语重心长"地点拨他选拔的某影片女主角：女演员要想走红，一靠演技，二靠绯闻。"雅文化"与"俗文化"的不同推崇者不是激烈论争达到白热化程度吗？以成熟者自居的"叔叔阿姨"们不是和"迷途的小屁孩"们吵得不可开交吗？这正中活动举办者的下怀，说白了，这次活动的最大受益者其实就是那几家媒体。至于谁人最终荣膺"偶像"桂冠，相比之下显得并不重要，也没有多少人关心，"选民"们也未必真正关心。因为"偶像"抑或"大师"，尤其是百年中国的世纪文化"偶像"，是不可能仅凭区区几家媒体热闹几天就能尘埃落定的，也没有听说过古今中外哪一位文化巨人是靠追星族们投票得到确认的，孔夫子不是，曹雪芹不是，鲁迅不是，巴尔扎克也不是。

　　作为一次类似于"事件营销"的民间评选，它的评选结果说明不了什么，也代表不了什么，几家媒体受众心目中的"偶像"也难以赢得社会公众的一致认可。这次活动自然有其积极意义，它的意义不在结果，而在于社会公众对于民族文化与文化名人的关注。关注和参与本身便具有了积极意义，它营造了一种崇尚文化与文化人才的健康、良好的社会氛围，引发了社会公众对二十世纪中国文化的关注、梳理、回顾与思考。这正是笔者也虔诚地参与了这次活动的动因。我的态度是：我只管认真地选出自己的"意中人"，尽可能真实、准确、公允地表达我的观点和思考，至于评选结果如何，并不十分在意。

我对此次活动最有看法的倒不是举办者的商业动机，而是那个不无争议的候选人名单。这个候选人名单的产生机构和产生方法缺乏透明度，主办者也未做任何说明。也许引起争议、制造"话题"正是他们的目的。在这次调查活动中，"文化"是个大概念，涵盖了政治、经济、文学、艺术、科学等各个领域，区区55人的名单显然有挂一漏万的遗珠之憾，限制了广大读者的视野，也失之公允。从这个名单中也不难看出主办单位的种种偏见。说简单点，就是许多该进入的被排斥在外，一些不该进入的却位列其中。公认的现代文学巨匠，鲁迅、巴金、老舍、冰心名列其中，这是应该的，而郭沫若、茅盾、曹禺都被排斥在外。现当代文学史上最为著名的两个流派的代表，即山药蛋派代表作家赵树理和荷花淀派代表作家孙犁均被排斥在外。诗歌领域，严格讲只涉及了四个人，即闻一多、徐志摩、冰心、海子。诗坛泰斗艾青、臧克家、田间等人却没了踪影。在我看来，贺敬之、郭小川、李瑛、公刘、舒婷等人的分量也远比海子重。在英模人物中，身残志坚的张海迪名列其中，而为反对极"左"路线献出了头颅、"让一切苟活者都失去了重量"的张志新和思想解放的先驱遇罗克却被有意忽略了。其实，年轻的遇罗克为之付出生命代价的那篇《出身论》所闪耀的思想光辉和科学勇气，并不亚于许多老革命家的经典著作，也使某些著述等身却只会人云亦云的"哲学家"相形见绌。遗憾的是我们的相关媒体竟这么快地淡忘了他们，却对张国荣、王菲们津津乐道，念念不忘。总之，看了这个候选人名单，使我又一次想起了几十年前毛泽东那句一针见血的精辟之论："无实事求是之意，有哗众取宠之心。"也许这正是当今文化娱乐圈里的通病。

《映山红》：新词不如旧词好

"六一"期间，我从网上看了南京军区艺术中心、天津搏艺影视有限公司近年联合拍摄的20集电视连续剧《闪闪的红星》。

这是依据李心田小说原著和1974年八一电影制片厂摄制的同名彩色故事影片，注入新的情节、人物等元素后，重新演绎摄制的，属于"重拍红色经典"的系列。从总体上说，这是一部比较感人的电视剧，值得一看。重拍经典的难度可想而知，主创人员迎难而上，将电视剧拍到这个水平，已属难得。这类重拍片，此前我认真看过的，还有电视连续剧《红色娘子军》。

拍摄于"文革"期间的电影《闪闪的红星》（编剧王愿坚、陆柱国，导演李俊）是一部教育感染了一代人的"红色经典"，影片凝聚着那个年代诸多优秀艺术家的智慧、汗水和心血。为了唤起观众的美好记忆，电视剧依然采用原版电影的歌曲和音乐，比如《红星歌》《红星照我去战斗》（"小小竹排"）（听起来，《红星歌》是原曲、原词、原唱，《红星照我去战斗》则换了新的歌手演唱）。我以为，这样做，既是对红色经典的应有尊重，也说明了电视剧编创者的理性和明智：他们知道，这些已经深入人心的经典曲目，后人是很难超越的，在经典面前硬要逞能，往往会费力不讨好。

但电视剧中另一首插曲《映山红》，虽是原版电影的曲谱（傅庚辰作曲），却另填了歌词。我们不妨将电影版的歌词与电视剧的歌词，做一番比较。

电影版的《映山红》插曲，有两个，一个出现在一个寒冬的夜晚，冬子想念当红军的爸爸，问妈妈什么时候爸爸才能回来，妈妈告诉他，当山上的映山红开了的时候，爸爸就回来了。这个时候，歌声响起：

夜半三更哟盼天明，
寒冬腊月哟盼春风。
若要盼得哟红军来，
岭上开遍哟映山红。
若要盼得哟红军来，
岭上开遍哟映山红，
岭上开遍哟映山红。

另一个出现在冬子妈为掩护群众转移，被胡汉三放火烧死时：

映山红哟映山红，
英雄儿女哟血染成。
火映红星哟星更亮，
血洒红旗哟旗更红。
高举红旗哟朝前迈，
革命鲜花哟代代红。

在电视剧版中，第一首《映山红》被当作片尾曲，歌词改成了这样的：

漫漫长夜哟盼黎明，
青山翠竹哟盼红军。
待到日出哟乌云开，
满山开遍哟映山红。
待到日出哟乌云开，

> 满山开遍哟映山红,
> 满山开遍哟映山红。

我以为,新歌词,不如原歌词好。原歌词亲切、自然、流畅,口语化,有民歌谣谚之韵味,而且是押韵的,顺口,易记。新歌词丢失了原词的韵脚,"漫漫长夜"等词语,则是典型的文人语言。"青山翠竹哟盼红军"一句,本意是想用个拟人的修辞手法,但用得生硬、牵强。

在电视剧版中,另一首《映山红》,也出现在冬子妈被胡汉三放火烧死的情节中,歌词改成了这样的:

> 映山红哟映山红,
> 革命豪情哟震云霄。
> 党的女儿哟炼成钢,
> 前赴后继哟斗顽强。
> 党的女儿哟炼成钢,
> 誓把敌人哟消灭光。
> 满山开遍哟映山红。

这个新词,更不如电影中的原歌词好。原歌词中有鲜花、鲜血、烈火、红星、红旗等鲜明的形象,而且紧扣"映山红""革命鲜花"这一核心意象,生动感人。而新词中,多堆砌概念,诸如"革命豪情震云霄"、"誓把敌人消灭光",空洞、乏味,像标语口号。而且,"革命豪情震云霄"与上一句"映山红哟映山红",缺乏必要的逻辑关系,过渡极不自然。原词一韵到底,一气呵成,感染力强。而新词,就那么几句,还换了韵,有的地方就没有用韵,显得松散而不协调。

在经典面前,如果没有能力超越,还是少动斧头的好。

这句台词改糟了

"妈妈,你是党的人,我就是党的孩子。以后,党叫我干什么,我就干什么!"

这是1974年摄制的彩色故事片《闪闪的红星》中的一句经典台词。

冬子从睡梦中醒来,看到妈妈正在党旗下宣誓,也学着大人的样子,慢慢地举起了小拳头。宣誓后,冬子妈按捺不住内心的激动与喜悦,对冬子说:"孩子,妈妈以后是党的人啦!我已经把自己全部交给了党,党需要我做什么,我就做什么!"冬子听妈妈这样说,就说了那句广为流传的台词。

"文革"结束后,这句台词受到质疑、批评与嘲讽,认为这是对小主人公的拔高,一个十来岁的孩子,不可能说出这句只有成人才能说出的话。在此后的30多年里,这个观点几乎成了文艺界的主流意识。

2000年,我参加北京军区举办的全区影视评论骨干培训班,刚刚就任军区政治部文艺创作室副主任的作家李西岳与我们座谈,也提到这句台词,他也持否定态度。

在近年拍摄的20集电视连续剧《闪闪的红星》中,我发现这句台词被改成了这样:"妈妈,你是党的人,我就是党的孩子。以后,妈妈叫我干什么,我就干什么!"这样的修改,显然是受了那些质疑与批评的影响。但这个修改我以为是很不成功的,或者说,把一句本来很好的台词，给改糟了。

首先，修改以后的冬子这句话，显然不合逻辑。"妈妈，你是党的人，我就是党的孩子。以后，妈妈叫我干什么，我就干什么！"——难道妈妈没有入党，你就可以不听妈妈的话了？妈妈如果不是党的人，叫你干什么你就可以不干？

因为妈妈成了党员，冬子觉得自己也就成了党的孩子。"以后，党叫我干什么，我就干什么！"这才是冬子这句话的本意和出彩之处，也符合这个英雄少年的心理，咋就成了"拔高"？咋就不真实呢？这句话出自30年代在阶级斗争的疾风暴雨中锻炼成长的一个少年英雄之口，是完全有可能的。已经为人父母的人大概都有过这样的体验：为自己才几岁的孩子出人意料地说出一些"大人话"而惊喜不已。何况，艺术总是源于生活而又高于生活的，冬子作为一个少年英雄其言其行如果没有他的独到之处，为什么要以他为主人公拍摄影片和一部20集的电视剧？不要拿当今那些考上了北大清华却不会自己系鞋带、吊蚊帐的娇生惯养的80后、90后们去比对那个时代的孩子。如果冬子说出那样一句话就是"拔高"，那么请仔细想想，影片和电视剧中，他做的哪一件事不表现了不同于常人的大智大勇？这些事，别说现在那些把"割草积肥拾麦穗"都当成"高风险作业"的"小太阳"们做不出来，即使是那个年代的孩子乃至大人，是谁都能做出来的吗？为什么做了那么多堪称英雄的漂亮事都不是"拔高"，说了一句"党叫我干什么，我就干什么"就成了"拔高"？难道在党的教育指引下干革命，做得，说不得？

电视连续剧比电影就容量来说要大许多，可以有足够的篇幅来从容不迫地描写英雄人物从幼稚到成熟的成长过程。编导可能也是担心受到"高、大、全"的质疑与批评，与原版电影相比，电视剧版《闪闪的红星》增加了许多情节来表现冬子的缺点。比如冬子出于对"白狗子"的痛恨而用红缨枪戳碎红军缴获的准备用于化妆的国民党军队的军装。这些情节的设置，使人物形象更加丰满，更加真实可信。但由于没有把握好分寸，进入了一种"渲染缺点越多才越真实"的误区，导致一些情节不仅不真实，反而损害了人物形象。比如，因为"胖墩"不选冬子当儿童团长,冬子就在放学后拦路把"胖墩"打了一顿。罗麻子告状后,冬子妈把冬子按在板凳上,用笤帚朝冬子的屁股一顿狠抽。

不投自己的票就打人家一顿,——我想问问电视剧的编导,你们要塑造的冬子,是"红孩子"还是"黑社会"?是"儿童团"还是"还乡团"?

当文学评论盯紧了"前列腺"

S先生大概近日贵体不爽,于是到医院体检。大夫问:"前列腺有无问题?"可能是近期正在与我有一个关于浩然与《金光大道》的"笔墨官司"吧,这一问竟使S先生产生了电光雷火般的灵感与无与伦比的想象力:"咦?那高大泉的前列腺是怎样的?"顺着这个奇妙的思路一琢磨,S先生惊喜地发现自己找到了批判《金光大道》的一件"新式武器",不由激动起来。

在《高大泉的前列腺》一文中,S先生主要就三个方面对浩然及其《金光大道》提出质疑与讥讽,即在小说里好像没见到高大泉得过病吃过饭,没见过高大泉和老婆"上床的事",甚至"连拉一下手都没有",尤其不能容忍的是,浩然竟不能满足读者"看看高大泉前列腺有没有事"的需求。我通读《金光大道》大约是在10年前了,不可能记住所有的生活细节与场景,写此文时也不可能为了考证这几个很无聊的问题而重读一遍这部200多万字的巨著。但有一点基本可以认定,浩然的确没有具体描写高大泉与妻子吕瑞芬的"性事",从而告诉读者他有一个不错的"前列腺"。在写这部书时,浩然也没有预料到有人窥视主人公"前列腺"的欲望是如此强烈而设法给予满足。但我要问的是,对小说《金光大道》而言,"前列腺"真的是那么重要吗?《金光大道》的主题是什么呢?小说中高大泉让姜波老师刷写的一条标语做了最好的概括——"组织起来,走共同富裕的道路",那就是共产党员要领着大伙干社会主义。高大泉之所以成为那个时代的英雄人物，靠的是理想、信念、智慧与毅力，靠的是奉献精神和革命斗志，而不是"前列腺"。要说"前列腺"，哪个男人都有，歪嘴子、冯少怀、滚刀肉、张金发，谁个没有？可能功能还挺好，但搞社会主义，他们不行。S先生既然对"前列腺"最感兴趣，那就去读《金瓶梅》《玉蒲团》《查泰来夫人的情人》《玫瑰梦》之类，现代点的，《废都》《男人的一半是女人》《丰乳肥臀》也不错，或者干脆去读更为通俗率真的"雪米莉""木子美"之类，何必抱着一本《金光大道》活受罪呢？你一边读一边大喊失望，又言出不恭，弄得大家扫兴，浩然先生的在天之灵也不得安宁。何必呢？

可能S先生认为，你浩然不是有英雄情结吗？有一个好的"前列腺"，才算个真正的男子汉。不错，但那只是生物学意义上的，与文学形象无关。古今中外，英雄都是作为社会人存在的（西门庆那样的"床上英雄"除外）。孙行者的前列腺如何，吴承恩也没有说，把西天取经的保卫任务（其艰巨程度绝对不亚于今天的"奥保"）交给他时，无论观世音菩萨还是唐三藏，都没有在这方面予以重点考察与挑剔，因为他们知道，取经大业靠的不是这个。否则，脑袋都被妖怪搬了家，"前列腺"再好，又有何用？高大泉无疑是那个时代的英雄，今天有人不喜欢他，也很正常。任何英雄人物都不可能让所有的人喜欢，即使伟大如毛泽东者，也不例外。在张平的《国家干部》中，常务副市长夏中民该是英雄人物"男一号"了吧？（在小说中，这个人物有个老婆却不曾出场，更别说儿子、女儿了，会不会被讥为比高大泉更"高大全"？）可在齐晓昶、汪思继等人的眼里，他成了极为可怕的"恐怖主义"势力。何况，存心要否定一个人物，也是极容易的。比如高大泉，小说中有一个细节，写他为了村里开春闹起生产来方便，加班加点用排子车拉土垫道（乡间土路总是坑坑洼洼的）。这种事冯少怀、"小算盘"等人是不会干的，路是大家走的，又不是自家院子，干这种没人给开工钱的事，岂不成了傻瓜蛋？张金发当然也不会亲自干这种小事，一村之长，有失身份。高大泉不声不响地干了，却被S先生指责为"一个支书只懂得拉土垫村路"（见《高大全与说话方式》），似乎在洋洋200多万字的篇幅里，高大泉别的啥都没干，就拉土垫道了。我想，倘若当年高大泉在S先生手下干，那肯定惨了。（顺便说一下，当时高大泉还不是"支书"，只是芳草地村仅有的三个党员之一，也算"班子成员"吧。S先生文中多有与事实不符之处，不再一一举证。）其实，小说开篇设置的这个"拉土垫道"的细节是富有象征意义的：共产党员高大泉用金黄色的泥土，在铺设着一条"金光大道"。

至于S先生说"没见到高大泉得过病吃过饭"，没见过他与妻子亲热过，甚至"连拉一下手都没有"，这件兵器确实有着不小的杀伤力，你想，不会吃饭不会生病甚至也不懂得娶来的媳妇是干啥用的，那不就坐实了这是一个"假大空""高大全"的虚妄形象吗？纵使你做了多少可歌可泣的英雄业绩，又有谁信！但S先生挥舞的这件兵器，的确只能唬一唬没读过《金光大道》的人，在读过这部书甚或只要看过同名电影乃至"小人书"的人那里，这件唬人的兵器是不堪一击的。如果我真的重翻一遍这部卷帙浩繁的著作，一一找出相关章节，然后指着某些段落说："你看你看，高大泉正在吃饭哩！""快看快看，人家两口正拉手哩！"那会显得非常迂腐可笑。但不拿出一点实际的例证，恐怕也没有说服力。用不着读四卷，那咱就随手翻翻第一卷吧，你翻上十几个页码，读一读卷首的"引子"，就可以发现高大泉不但吃饭而且讨过饭，不但生病发过高烧，而且讨饭时被恶狗咬伤过脚脖子。他不是那种"不食人间烟火"的神灵，他童年时随母亲从山东水泊梁山一带历尽千辛万苦投奔到芳草地大草甸子，只不过是为了能有口饭吃。而小说第六章（第108—110页）一段篇幅不长的吃饭描写，细腻地表现了高大泉与弟弟二林的兄弟深情。你读一读第25章《家务事》、第40章《我们连着心》、第59章《雨过天晴》等章节，以及第50章《分裂》中高二林受坏人挑唆与哥嫂闹分家的片段，又会发现作者写出了高大泉与吕瑞芬怎样纯洁、深挚的夫妻之情。至于人家夫妻有没有"拉一下手"，第436页和632页白纸黑字地印着，谁有兴趣就自己去看吧。而电影《金光大道》中朱铁汉对高大泉夫妇的那句"行握手礼了！"的玩笑，成为那个年代少有的温馨谐趣画面至今让人记忆犹新。正如网友"红警苏红不懂爱"

在《从电影〈金光大道〉看"文革"美学》一文中所分析的：高大泉与妻子的那种没有溢于言表的恩爱之情，还是通过有限的镜头，得到了最东方化的表现。在"文革"期间，能如此点到为止而又恰到好处地表现出这种夫妻的人伦亲情，实在令人感到是一种奇迹。这种爱情符合东方人的收敛特点。如高大泉夜里到地里干活，由王馥荔扮演的妻子突然出现在车子后边施以援手。在两人深情地相视而笑的镜头中，那种相濡以沫的情愫得到了非常美好的表现。"这种表现，符合那个露珠般纯净时代的审美趋向。对于那些关心"前列腺"的人来说，会认为浩然写得不够露骨和到位，没有让读者看到高大泉如何在床上与妻子"亲热"。浩然不是李安，他笔下的高大泉也不是易默成。他没写这些，却写活了高大泉夫妇的那个可爱的儿子小龙，以及后来又生下的女儿小凤。还写到吕瑞芬怀着小凤时，为了支援互助组买车，把攒了好久准备坐月子时吃的鸡蛋拿出来卖了。一个人走在大街上，看到一对年轻的夫妇牵着他们的孩子，如果因为他不曾窥见过这对夫妻的"床帏秘事"，就质疑人家孩子的来源，甚至怀疑人家的"前列腺"如何，那他一定是变态。

S先生说没怎么见到高大泉"吃饭"，其实，在我看来，从某种意义上讲，小说《金光大道》从头至尾都在写"吃饭"。高大泉的一切奋斗与探索，也不外乎是为了解决群众的吃饭问题，并教育与动员群众多打粮食，支援国家建设。他与张金发、冯少怀、"小算盘"等人不同的是，那些人只关心自己的嘴巴，只想着自己"发家"，而他时时在心里装着群众，始终不忘共产党员为人民服务的宗旨。所谓"两条路线"之争，说白了就这么简单。在对家中遭了天灾人祸的贫苦农民刘祥的不同态度上，他与张金发两种不同的执政理念，体现了出来。高大泉把自己家仅有的粮食送到刘祥家以解燃眉之急，并把那些有劳力没牲口或有牲口缺劳力的农户组织起来，建立了互助组，穷帮穷，进行生产自救。而只忙着"卖套"挣钱的村长张金发，对此的态度是"政府管不着"。合作化运动并非只是代表了刘祥那样的贫苦农民的愿望，更是一个时代要前进、国家要发展的必然要求。高大泉英雄形象的时代意义，正是在这一点上突现出来。而两种执政理念的激烈交锋，到现在仍能看到它们的影子。发生在贵州的"翁安事件"说明了什么？有哪些教训？某些地方官员对人民群众疾苦的长期漠视，难道不是可以从"政府管不着"的论调中找到它的遗传基因吗？

不能说 S 先生的《高大泉的前列腺》一文通篇全是不实之词。比如，在此文中，至少他首次披露了一个重要的信息，那就是迄今为止，他只读了《金光大道》的第一部，而此前，他第一部都没有读完，甚至不知道该书是有四部的。当然，一个专业的文学评论工作者没有读过《金光大道》这部代表了一个时代的作品，或不知道该书有几部，算不上什么大逆不道，但你要评论这个作品，无论是褒与贬，总得通读了作品以后才行，否则就显得为人上不严肃或治学上不严谨。S 先生在《浩然与小偷》一文中曾言之凿凿地说："《金光大道》我最近又重读了一遍，说实话，没有小的时候读得那么上劲"。"从他的小说，你可以真实了解那时候的人在做什么在想什么，你还可以看到当时的空中楼阁一点点倾斜直到最后倒塌的轨迹。"这不容置疑的口吻，给人的错觉是他认真研读过全书，而且小时候就读得很"上劲"。但现在看来，那所谓的"轨迹"，并非来自浩然先生书中的勾画，而是 S 先生主观的臆断罢了。

S 先生的一个重要研究成果是，他发现论搞那些与"前列腺"有关的"风花雪月"事，"贫农整不过地富反坏右，一提说，就显得贫农很没面子"。文学评论弄到了这等地步，就不只是具有可读性的问题了，而是更有了很强的"可笑性"。

弥天大谎

今天偶然看了凤凰网上的一段讲历史的"凤凰宽频"（视频），讲的史实并不遥远，是1980年8月21日和23日邓小平同志会见意大利女记者奥琳埃娜·法拉奇，并接受法拉奇采访的事。这段视频的标题是《邓小平对话法拉奇：为何摘下毛泽东像》。视频中，那个名叫何亮亮的主讲人衣冠楚楚、侃侃而谈："当时的历史背景是，中共中央做出了一个关于'少宣传个人'的决定，为了落实这个决定，天安门上的那幅巨大的毛泽东画像被摘下来了，引起了人们的广泛议论，也引起了西方媒体的关注……"

何亮亮说，1980年毛泽东主席的画像"被从天安门上摘下来了"，这是公然扯了一个弥天大谎。事实是，自1949年开国大典，直至今日，毛泽东的巨幅画像一直悬挂在天安门城楼上。当时邓小平专门与奥琳埃娜·法拉奇谈到这个问题。法拉奇问："天安门上的毛主席像，是否要永远保留下去？"邓小平同志说："永远要保留下去。过去毛主席像挂得太多，到处都挂，并不是一件严肃的事情，也并不能表明对毛主席的尊重。尽管毛主席过去有段时间也犯了错误，但他终究是中国共产党、中华人民共和国的主要缔造者。拿他的功和过来说，错误毕竟是第二位的。他为中国人民做的事情是不能抹杀的。从我们中国人民的感情来说，我们永远把他作为我们党和国家的缔造者来纪念。"（《邓小平文选》第二卷）在这次答记者问中，邓小平还强调："毛泽东思想不仅过去引导我们取得革命的胜利，现在和将来还应该是中国党和国家的宝贵财富。所以，我们不但要把毛主席的像永远挂在天安门前，作为我们国家的象征，要把毛主席作为我们党和国家的缔造者来纪念，而且还要坚持毛泽东思想。"

关于这次谈话的"历史背景"，凤凰视频的说法也不甚准确。"少宣传个人"的原则，并不是在1980年，而是在1978年12月中共十一届三中全会上，由当时的中共中央主席、中央军委主席华国锋同志提出的。查阅一下历史文献，就可以看到，1978年12月22日通过的十一届三中全会公报第5部分指出："华国锋同志在会上着重强调了党中央和各级党委的集体领导。他提议：全国报刊宣传和文艺作品要多歌颂工农兵群众，多歌颂党和老一辈革命家，少宣传个人。全会完全同意并高度评价华国锋同志的提议，认为这是党内民主生活健全化的重要标志。"这里提出要少宣传的"个人"，自然主要是指华国锋同志自己，而非毛泽东主席。因为毛泽东无疑属于还要"多歌颂"的"老一辈革命家"。

澄清了这个并不复杂的史实，就可以看到，"凤凰宽频"的这段视频，其标题《邓小平对话法拉奇：为何摘下毛泽东像》显然是不准确的。准确的标题应该是《邓小平对话法拉奇：为何要永远保留毛泽东像》。

天安门上的毛泽东像，是否至今还悬挂着，要搞清这个情况非常容易。如果你谁都信不过，只相信自己的眼睛，自费到北京天安门广场亲眼去看看，即能真相大白。即使是偏远山乡的放羊娃，没有钱买票去北京，也是有机会从电视新闻中看到的。那么，就是这么一个连穷乡僻壤的放羊娃都不难搞清楚的简单的事实，为什么堂堂的"凤凰宽频"就搞错了呢？是无知呢，还是另有深意？！这么简单的近距离的史实都敢弄颠倒搅浑水，那些遥远和复杂一些的历史呢？

在各类媒体上，究竟还有多少像"凤凰宽频"主讲人（主持人）这样衣冠楚楚、自以为是的人，在误导着民众？难道历史，真如胡适所说，只是个"任人打扮的小姑娘"？

"不许说甜!"

我带着孩子,回到了家乡。

母亲见我领着孩子在院里那棵枣树下张望,就搬出一罐酒枣,说:"你们几个月不回家,八月十五打枣,以为你们会回来,结果还是没来。鲜枣吃不上了,给你们腌了一罐酒枣,快尝尝!"

我捡起一颗红玛瑙般的枣子,咬了一口,不由赞叹:"真甜!"

"不许说甜!"我抬头一看,不远处,一个西装革履戴一副金丝眼镜的人,正恶狠狠地盯着我。

"怎么了?"我问。

"别装糊涂,你个老左!"

我诧异地问:"我怎么就成'老左'了?"

"金丝眼镜"趋前一步,拍了拍手里的公文包,逼视着我:"我调查过,你们家这棵枣树是1972年栽的,1972年是什么年代?是'文革'时期,是'十年浩劫'!这棵树是在极'左'思潮的土壤里,沐浴着动乱年代的阳光雨露长大的,能长出什么货色。你说这棵树结的果子甜,就是赞美'文革',就是反对改革开放,就是极'左'、僵化、愚蠢!"

"难道这枣子不甜吗?你可以尝尝嘛!"我压抑着愤怒,递过去一颗醉枣。

"起开!""金丝眼镜"蛮横地推开我的手,"你是何居心?你想让我们退回到那个年代?!"

我苦笑着，无可奈何地坐下来，没话找话地问："你父亲和你爷爷今年多大年纪了？"

　　"怎么啦，我爹七十，我爷一百多了，你想写赞美诗给他们祝寿？""金丝眼镜"不怀好意地瞥了我一眼，嘴角挂着一丝讥笑。

　　我连忙摆手："不敢，不敢！你爹生于1938年，正是侵华日军统治时期，我赞美他，岂不成了美化帝国主义！"

　　"那要赞美他爷爷呢？"小侄子不知什么时候跑过来看热闹了，好奇地问。

　　"按他的逻辑，就成了企图复辟满清王朝！"我指着"金丝眼镜"，仰天大笑。

　　众人大笑。"金丝眼镜"夹起公文包，落荒而逃。

　　我想追，却迈不动步，一着急，醒了。——哦，原来是一场梦。

女儿名叫刘梦遥

那年,当姗姗来迟的女儿闯进我们的生活时,我和妻仍过着"牛郎织女"的生活。妻是一所中学的语文教师,我在部队政治机关做新闻宣传工作,整日忙得不亦乐乎。妻说:"给孩子取个响亮的名字吧,拿出你写诗的劲头和才思来。"我说:"取个好名字,并不比写一首好的诗容易,容我好好想一想。"一日,睡梦中灵感忽至,我迫不及待地将妻摇醒,像下达作战命令似的说:"有了!女儿叫刘遥,遥远的遥。"看到妻不解的神情,我解释道:"刘的谐音是流,遥的含意是时间和空间上的长远。万代流芳,福如东海,算是我们对下一代美好的寄托和祝福吧。"妻若有所悟地点点头:"好是好,就是两个字的名字重名太多。""那你就在中间添一字吧,你在学校时是读中文系的嘛。"妻沉吟良久,微微一笑,提笔写下了一个大大的"梦"字。四目相对,心有灵犀,一切尽在不言之中,我们兴奋得击掌叫好!

"梦遥"这个名字赋予了"志存高远,梦想成真"的含义。名字有了,皆大欢喜。然而,抚育一个娇弱的小生命,可不是那么轻松和浪漫。假期未满,因惦记着工作,我便返回部队。不久,因工作需要,一纸调令将我调到一个距机关最远、条件艰苦的新建连队任政治指导员。得知消息后,妻来信嗔怪地说:"起什么名儿不行,偏偏选中一个'遥'字,这下可好,一走就是1500多里,对我们母女来说,你真的成了一个遥远的梦。"我回信说:"生命因有梦而显得美丽。对于一个有高尚追求和坚定信念的人来说,任何经历乃至磨难都是一笔财富。"

　　一年难得见面一次,妻便时有信来。而信的内容,往往成了不折不扣的"育儿手记",有时一写十数页(那准是在孩子睡熟后写的),贴上超重的邮票。在妻的笔下,刚刚咿呀学语的女儿是那样的天真可爱:"她脑子灵,学说话学得又快又多,嘴特甜,又听话,让喊什么,就喊什么,让干什么,立即行动。我给她讲大老虎吃小毛驴卡了嗓子,她就给我做动作,指着喉咙,大张着嘴,做出很难受的样子,逗得我仰头大笑,她也模仿我笑。我给她指着图画讲:'妈妈送孩子上学校,见了老师敬个礼。'一说到妈妈,她立刻接着说'爸爸',意思是问爸爸干啥去了。在孩子幼小的心灵中,爸爸妈妈都是她的亲人。"

　　常听人说,基层连队干部是"两眼一睁,忙到熄灯;两眼一闭,提高警惕"。现在有了切身体会。而初为人父的我,这"警惕"里面又不免融进另一层内容。时常在上床熄灯之后,脑海里浮现出妻子女儿的身影,心中陡增丝丝缕缕的牵挂和惆怅。有时,于梦中亲吻那粉嘟嘟儿的小脸蛋,陶醉在初为人父的庄严和喜悦之中;有时,梦见女儿滚落床下摔得哇哇大哭,醒来仍惊悸得怦怦心跳,再难入睡……

　　过去有句家喻户晓的京剧唱词——"穷人的孩子早当家",军人的孩子,则过早地领略了思念的滋味。我心里清楚,还不太记事的女儿见到爸爸的机会很少,不会留下多么清晰的印象,她想爸爸,大概是受妈妈经常念叨的感染。妻的来信,总是提到女儿如何想爸爸:"小遥遥想你时,总是搬出影集,对着你身着戎装的照片一遍遍地喊爸爸,喊完又冲我笑笑,有点不好意思的样子。我说'你爸来信了',她会急切地说'念念'。有时,我故意逗她,忽然说'你爸爸来了!'。她惊喜地东张西望,边寻找边喊'爸爸、爸爸',找不到,便随手拿起一件什么东西紧贴到耳朵上,当作电话:'喂!爸爸……'我教她唱歌'世上只有妈妈好',她总爱加上一句'爸爸好',似乎这样才公正全面。一次,遥遥在床上玩扑克牌,手里摆弄着一张黑桃K,嘴里直喊'爸爸'。原来,扑克牌上那人帽子有点像你们军人的大檐帽,被遥遥当成你的照片了,真好笑。我的同事们知道此事后，偷偷给你起了一个绰号——'黑桃K'……"

　　一个小生命的诞生会给家庭带来难得的天伦之乐，作为中学老师和军人妻子，妻却更多地品尝了生活的艰辛。我母亲常年有病，要靠人照顾，孩子的姥姥要照管两个年幼的孙女上学，还有责任田里的庄稼。妻所在的学校距离家有15公里，两位老人平时都照顾不上。妻一人带孩子，又要上好两个高中班的语文课，多亏热心的同事和邻居鼎力相助，才一次次渡过难关。妻去上课，总是把孩子托付给隔壁的李红霞大姐照看。李大姐很爱遥遥，常常夸她："这孩子这么小就显得特懂事，想妈妈了，难过得悄悄抹泪儿，从不大哭大闹。"一次，妻因劳累过度和长期睡眠不足，发起了高烧，又传染给孩子。早晨起床时，妻晕倒在地，幸亏孩子的哭声惊动了邻居，她们赶忙找来医生，七手八脚地给母女俩输上液。给小孩输液，谈何容易，热心的大姐们有的抱孩子，有的举液瓶，有的按住孩子的头，有的抓住胳膊，输了四天液，她们跑前跑后忙活了四天。而我，当时执行带车任务来到部队机关，距家仅有100公里却未能抽出时间回家看看。在妻子女儿面前，我内心时常涌起难言的歉疚。我深切地感到，一个合格的军人，往往又是一个不称职的丈夫和父亲。工作之余到街上散步，看到那些花枝招展、天真活泼的娃娃，我总是想起女儿，总爱精心挑选几样漂亮的玩具或儿童画册之类，等到有机会探家时带回去，或托外出做生意的同乡捎回去，捎回殷殷的爱意，也捎回一个军人爸爸的愧疚。

　　近日，妻又有信鸽飞来："你不在身边，我们母女时常失眠。小梦遥不肯睡时，我就说'睡吧遥遥，梦中你会见到爸爸的'，她便乖乖地闭上眼睛。一次，遥遥不睡，默默地望着窗外的一轮明月出神，我问遥遥在看啥，她竟说出一句'月亮里有爸爸'，令我惊异不已。我越来越觉得，'梦遥'是一个多么美丽动听的名字啊，一个遥远的梦，一个美好的希望，一个长长的思念、甜甜的期待……"

　　我心头一热，泪溅信笺。人类自古就有对月思亲的传统习惯，古今中外的文学作品中这类描写不计其数。而皎皎明月竟能触发一个不满两周岁幼童的思亲之情，委实令人惊讶和感动。那句"月亮里有爸爸"，简直就是诗一般的语言了。女儿啊，是太浓太重的思念淤积日久，使你爆发了灵感的火花？还是你天生就有作诗的艺术细胞，可望将来女承父志？

　　家乡的月亮里有爸爸，军营的月亮里也有遥遥。女儿啊，爸爸心中半是苦涩，半是欣慰。

浩然、刘国玺与美国友人

"为人实到底,做事勤到家,世人不解你,我把国玺夸。"这是天津文联主席、著名作家冯骥才给刘国玺先生的题词。

刘国玺,与我的名字只差一字。我与他的结缘,这中间的媒介,是一个注定要彪炳中国文学史册的名字:浩然。

刘国玺1964年毕业于郑州大学中文系,是天津百花文艺出版社的资深老编辑、编审,也是一位70年代就开始发表作品的作家。在数十年的编辑生涯中,他编辑过《王蒙选集》《浩然选集》《蒋子龙选集》《冯骥才选集》《高占祥论文化》,以及《环海诗丛》、长篇小说《津门大侠霍元甲》《蛇神》《三寸金莲》等几百部图书。他与高占祥、浩然等文坛巨擘有着非同一般的深厚情谊。浩然的长篇小说《山水情》《迷阵》,中篇小说《弯弯的月亮河》《高高的黄花岭》《乡村一个男子汉》,以及《浩然选集》(1-5卷)等,都是经刘国玺的手由百花文艺出版社出版的。1987年5月19日,尚在驻陕西黄龙某部服役的我,在县城新华书店见到一部《浩然选集》(一),立即买了下来,并很快读完了本册选集所收的两部作品:长篇小说《山水情》和中篇小说《浮云》。这可以算作我初次与刘国玺先生"结缘"。编辑《浩然选集》,被刘国玺视为他几十年编辑生涯中可圈可点的亮点之一。

2001年2月,我赴三河拜访浩然先生,当时浩然因两度中风留下后遗症,记忆、思维、表达、行动都已大不如前,他在长篇自传体小说《圆梦》的扉页为我签名时,竟把我的名字写成了"刘国玺",发现写错后,浩然尴尬地笑笑,一时不知所措。我说,没关系,就在原处涂掉重写吧。由此,我也推知,刘国玺,这是一个令浩然刻骨铭心的名字。这可以看作我与刘国玺先生的再次"结缘"。

我与刘国玺先生的第三次结缘,直接的缘由是我的《感悟浩然》出版后,我给他寄了一册,并通了电话。此前我从网上读过一篇《津门刘国玺长念浩然情》的文章,知道他与浩然有着长达几十年的友情。就是因为"浩然"这么一个关键词,使从未谋面、年龄又相差许多的我们第一次通话,就显得毫不生分。他在电话中滔滔不绝地说起浩然的作品与人品,说起浩然在读者中的巨大影响,说起他与浩然的交往。他说,浩然心里装着农民,谦虚随和,生活简朴,眼睛向下,遇事总是替别人着想,不讲排场,不讲"规格"。不久,我就收到了刘国玺先生寄来的大著《春秋集》(百花文艺出版社 2007 年版)。细细拜读,我发现这部并不太厚的文集,其中有关浩然的文章和通信,就有 10 篇之多,如《规格和品格》《只缘他在此山中》《他没有忘记农民》《争得梅花扑鼻香》等等。文中披露的一些感人的细节,的确印证了国玺先生在电话中对浩然的评价。

在《〈金光大道〉当谁出》一文中,国玺先生披露了一个鲜为人知的史实:70 年代初,浩然的长篇小说《金光大道》,原本是天津人民出版社向浩然约定要出的,写成后却被人民文学出版社和北京出版社抢得了先机。身在北京的浩然不便开罪于京城的这两家出版社,很为难,国玺先生闻知,体谅浩然的难处,主动放弃了这一选题,成全了浩然和这两家出版社。这两家出版社分别于 1972 年和 1974 年出版了《金光大道》第一部与第二部,印数达 600 万册,轰动文坛。90 年代初,将《金光大道》全书四卷一次出齐,了却浩然的一桩心事,弥补中国当代文学史的一大缺憾(《金光大道》是文学史上迄今为止唯一一部完整再现中国农业社会主义改造的长篇小说),也是国玺先生最早提议的,并由他于 1993 年 10 月代表百花文艺出版社,与三河市浩然文学基金会签订了协议书。但后来因种种原因,此书又被北京的京华出版社抢得了出版权。碍于与浩然的多年交情,刘国玺先生对此未予追问和追究。有人不解，鼓动他说："现在是市场经济，金钱社会，你有协议书在手，为什么不诉诸法律，打赢这场官司呢？"他说："人与人之间，还有比钱更重要的，那就是友谊。"国玺先生的人品与风范由此可见一斑。"为人实到底，做事勤到家"，冯骥才对刘国玺的评语颇为精当。

浩然和浩然的作品，在美国有着广泛的影响。美国的一些高等院校开设的中国现代文学课，将浩然的小说列为教材，并作为研究中国农村题材文学的重点。曾多次到美国探亲的作家曹继铎撰文说，他在美国走访过一些大小城市的书店，经常看到摆放着浩然的《艳阳天》等著作。刘国玺先生的书中，就记述了一个浩然与美国友人的故事：1983年春，浩然应百花文艺出版社之邀，在天津编他的选集。有一天，《浩然选集》的责任编辑刘国玺突然收到一封美国朋友从北京大学寄来的信。这位美国朋友的中国名字叫李又安，是美国马里兰大学中文系主任。他这次应邀来中国讲学，听说浩然在天津，想通过刘国玺拜访浩然。浩然看了刘国玺转来的信，不安地搓着手说："你看，我本来就是客人，还要麻烦出版社，他来了，岂不更要给出版社添麻烦？"刘国玺看浩然犯起难来，便说："这件事情好办，他来天津，接送和吃饭、住宿都由我安排，出版社的领导肯定也会支持的。"浩然却连连摆手说："那可不行，让我好好考虑考虑。"他皱着眉头想了好一会儿，忽然一拍巴掌高兴地说："有了！我现在就给那位美国朋友写信，让他星期天到我家。我星期六晚上回北京，星期天在我家和他见面。这样，他不用来天津了，也不给出版社添麻烦了，岂不是两全其美！"刘国玺知道浩然的脾气，也就同意了。20多年之后，刘国玺再次忆起此事，感慨地说："本来，这是一件十分光彩的事。一个西方大国，特别是美国的一所名大学的中文系主任，来到中国，不顾自己远涉重洋的旅途劳累，要赶到天津来看他。若在一般人看来，这可是个借以宣扬自己的好机会，知道的人越多越好，唯恐别人不知道呢！然而浩然却不这样想。他想的不是对自己如何如何，而是怎样少给别人添麻烦，因而选择了把困难留给自己的办法，真可谓累了自己，方便了他人。这种时时为他人着想的精神，是多么难能可贵啊！"

浩然与刘国玺，是君子之交，患难与共，情同手足，肝胆相照。

如今，作家浩然已经仙逝，编辑家刘国玺也已退休多年。但他们的人品与文品，他们的精神与风范，还有那被传为佳话的感人故事，将永远滋养着广大读者的心灵。

"谁要你的臭钱!"

"谁要你的臭钱!"

这话说得多提气!即使看不见人影,任何人都可以凭这句话感知到:说这话的人,那脊梁骨一定是挺直的,那头颅一定是高昂的,那心灵一定是洁白的。因而那身影,也一定是高大的。

也许有人会猜测,说这话的,一定是位一身正气两袖清风的老一辈无产阶级革命家,或是一位铮铮铁骨、大义凛然的共产党员吧。

不,这句话出自一个年仅14岁的四年级小学生之口。他名叫刘文学。若论"政治面貌",他是一个少先队员。

刘文学,40岁靠上的人对这个名字应该不会陌生。这是一个毛泽东时代的英雄少年,也是新中国第一个家喻户晓的少年英雄。

1959年11月18日晚,四川省合川县双江村小学生刘文学参加集体劳动后返家途中,发现地主王荣学正在偷摘集体的海椒,他毫不犹豫地冲上前去阻止,并要拉王荣学去大队接受处理。王荣学两次掏出"封口费",试图收买这个孩子,被刘文学严词拒绝:"谁要你的臭钱!少先队员就要和坏人坏事做斗争!"地主见利诱和威胁均无效,遂凶相毕露,用背篼肩绳将刘文学活活勒死,抛进附近一水塘,制造失足淹死的假象。为维护集体利益,刘文学献出了年幼的生命。

而这个14岁少年牺牲前说出的那句掷地有声的话,穿透半个世纪的厚障,至今仍击打着我们的灵魂:这个孩子说的话,我们今天的成年人,能不能说得出来?沿着这个思路一琢磨,那答案,是令人尴尬和汗颜的。

今年是我国改革开放30周年，几乎全国所有媒体都在大篇幅地隆重纪念。一些媒体还别出心裁地搞了个改革开放30年"关键词"有奖征集，据说读者的来稿五花八门，像什么"万元户""大包干""时间就是金钱""让一部分人先富起来""下海""官倒""包二奶""潜规则""封口费"等等，不一而足。其中"封口费"一词，当属这些关键词中的"后起之秀"，大约来自今年新闻界的一桩丑闻。9月20日，山西省霍宝干河煤矿发生一场矿难。一干"无冕之王"闻风而动，趋之若鹜地赶到现场——不是为了采访报道，履行舆论监督的职责，而是排起颇为壮观的长队，喜形于色地等待领取煤矿发放的数额不等的"封口费"。此事在社会上引起舆论大哗。据国家新闻出版署近期公布的"封口费"事件的处理通报，到目前，"封口费"事件中有据可查的涉案人员达60人，涉案金额31.93万元。

干了坏事的人，总是处心积虑地企图封住别人的口，此等伎俩，50年前的老地主也会。从某种意义上说，刘文学之死就记录着一个"封口费"事件。只是，在蒸蒸日上的社会主义新中国，在激情燃烧的毛泽东时代，用爱国主义、英雄主义、集体主义、共产主义思想武装起来的一代新人，作奸犯科之徒想用几张钞票堵住他们的嘴，使之与他们同流合污，是痴心妄想。用金钱"封口"无效，则下毒手"灭口"，这个严酷的现实，既暴露了一切邪恶势力卑鄙、无耻、阴险和凶残的本性，也昭示一切善良的人们谨记：在正与邪、是与非、善与恶、美与丑之间，斗争是不可调和的，断无"和谐"的可能。用金钱维系的"和谐"，说穿了只能是狼狈为奸的"合污"。

"封口费"事件的处理通报披露后，联想到自20世纪70年代末已被淡忘、冷落多年的少年英雄，感慨之余，我忽发奇想：如果国家新闻出版署组织这几十名涉案的真假记者和媒体工作人员，前往合川县（现改为合川区）双江村拜谒由胡耀邦同志（时任共青团中央书记）题写墓名的"刘文学之墓"，然后请他们各自写一篇报道或观感，这些道貌岸然、常被誉为"社会良心"的"铁肩担道义"的记者大人们，该如何做他们的"道德文章"？为什么50年前小偷的钱封不住一个乡村少年的嘴，而今天，几张钞票就让一个记者团队集体堕落为"推磨的鬼"？

"我在马路边捡到一分钱，把它交到警察叔叔手里边，叔叔拿着钱，对我把头点，我高兴地说了声：叔叔，再见！"这首著名的儿歌，见证了一个露珠般晶莹的时代。刘文学那样的少年英雄，无疑也是那个伟大的时代造就的。时势造英雄，那败类呢？是什么造就了这些在金钱面前断了脊梁的癞皮狗？

明年国庆是中华人民共和国建国60周年，我不知道媒体会做出怎样的策划来纪念这个伟大的节日。如果也搞一个建国60周年"关键词"有奖征集，那出自刘文学之口的"谁要你的臭钱！"这句话，当之无愧地应该入选。这句话也见证了一个时代。它告诉我们：50年前一个10多岁的孩子，也知道什么是美，什么是丑，也知道有些钱是"臭"的，是决不能要的。而这个简单的道理，那一批沾沾自喜地接受或索要"封口费"的记者是不知道的，要拯救他们的灵魂，还需要让其去幼儿园当插班生，去与孩子们一起，学习和背诵胡锦涛总书记提出的"八荣八耻"。

写这篇文章时，为避免记忆不确造成错讹，我从网上搜索刘文学的相关史料，读到了介绍至今仍健在的英雄妈妈的一篇文章。此文披露了一个令人愤怒的事情：80年代以后，有人制造并散布了一个关于刘文学之死的谣言——刘文学当时也是去偷辣椒，他觉得王荣学比他偷得多，心理不平衡，抓扯中被王杀死。别有用心地散布这样的屁话，我不知道这算不算阶级斗争，但这件事告诉我们：那些昔日已被镇压的作奸犯科之徒，今天他们的孝子贤孙们，比起当年他们的父辈、祖辈来，要卑鄙和无耻一万倍。而一个国家和民族若放任这种恶搞和污蔑英雄、亵渎和诋毁崇高的邪恶之风，出现诸如"封口费"那样的丑闻，就真的不是什么怪事了。

为什么嫉恨唐国强？

在网上看到的一篇文章，对著名演员唐国强冷嘲热讽，大加贬损。文章指斥唐国强："你完美的表演，让青少年看到的是被遮盖的历史，被妆饰的事实。""你的表演，严重地误导了整整两个时代的青少年（80后、90后），难怪现在愤青流行，猫咪众多。"

为什么有人要非议唐国强呢？就因为他在众多影视作品中，比较成功地塑造了人民领袖毛泽东的光辉形象。在《开国领袖毛泽东》《长征》《延安颂》《八路军》《解放》等电视连续剧中，唐国强都有出色的表演。

上述电视剧，我都看过（只有《解放》看得不全），对照我所掌握的史实，我没有发现这些电视剧在重要的历史事件上有什么失实之处，相反，倒很真实，这种真实甚至表现在许许多多本可以虚构的细节上。为什么有人偏要说它们不真实呢？显然，这种人是站在了蒋介石或汪精卫的立场上。站在这个立场上的人，只要作品没有丑化毛泽东和共产党，没有美化国民党反动派或汉奸卖国贼，他就会说不真实。

立场决定一切。你站在黄世仁的立场上，就会说《白毛女》不真实；你站在南霸天的立场上，就会说《红色娘子军》不真实；你站在阎匪军"大胡子营长"的立场上，就会说《刘胡兰》不真实；你站在马之悦、张金发、马小辫、歪嘴子的立场上，就会说《艳阳天》《金光大道》不真实，如此而已。如果把药家鑫杀人案也拍成电视剧，由张妙的亲属任编导，和由"药八刀"的亲属做编导，一定会弄出两种不同的"真实"来。

  我不知道我是不是"愤青"，但我知道，我对毛泽东的敬佩全然不是受演员唐国强的"误导"，而是源于毛泽东自身的丰功伟绩、崇高风范和人格魅力，或许还有一个共产党人的应有立场。崇敬爱戴毛泽东的人，也绝不仅仅是"80后、90后"（我就不是）。在这一点上，反共反毛者迁怒于一名演员，实在荒唐、好笑，显得很虚弱也很"黔驴"。

  仇视太阳的人，不仅连月亮也诋毁，就是见到一个手电筒，也会本能地恐惧。

孙犁初读《艳阳天》：惊叹不已

著名作家冉淮舟，久闻其名。这个名字，与"冀中"和"冀中平原文学"这两个关键词紧紧地联结在一起。

1937年11月出生于抗日战争烽火中的冉淮舟，自50年代初开始文学创作，迄今已出版散文、小说、评论、报告文学和影视作品30余部。他1961年毕业于南开大学中文系，历任《新港》文学月刊编辑、《天津文艺》编辑部副主任、铁道兵文化部创作组组长、解放军艺术学院文学系教授。

兔年伊始，收到冉淮舟先生寄赠的一套很有特色和学术价值的书《平原文学信稿》（天马出版有限公司2009年12月版）。该书是冉淮舟先生所著《平原文学论稿》的姊妹篇，分上、中、下三册，收入冉淮舟在参与冀中平原文学活动中，自1980年以来写给各地文朋诗友的书信1660封，计140余万字。作家杨啸在为此书写的序言中说："这其中，还不包括出版了单行本的淮舟写给孙犁同志的一百二十封信《津门书简》，和已收入其他书中以评论文章形式所写书信二十余封。如果加在一起，已出版的淮舟写给朋友的信件，就多达一千八百余封了。在历代的作家中，出版过书信集者，虽不鲜见；但像淮舟出版如此之多信件者，似乎还不曾有过。"

冉淮舟与著名作家孙犁交谊深厚，是著名的孙犁研究专家。在《平原文学信稿》卷三中，收有他1996年6月8日致浩然的一封信，信中谈到了有关长篇小说《艳阳天》的一些往事，也披露了当年孙犁对《艳阳天》的评价——

　　1964年《艳阳天》第一卷出版时，我正在天津南郊区参加农村"四清"运动，因为喜欢你的作品，便在新华书店买了一本，随身带着，阅读学习。受其影响，我也想写一本农村题材的长篇小说，名字都想好了，叫《碧水蓝天》。终因生活缺乏，功力不足，没敢动笔。

　　这一年12月，孙犁同志在写给我的一封信中，特别谈到你这部作品："近读浩然长篇《艳阳天》（新出单行本），我觉得很好，有人物、有情节、有艺术、有政策。该同志在《红旗》工作，得有机会全面领会政策，并在农村工作一时期，似颇为努力。他的短篇我读得很少，得读此作，惊叹不已，也许是我自己少见多怪吧。"

　　后来我注意着第二卷、第三卷的出版，又都买来阅读学习。

　　在1992年11月15日致浩然的另一封信中，冉淮舟表达了对浩然的担心："我对杨啸说，一直非常敬佩你的写作精神，写得那么多，写得那么好；但也总为你担心，不要把身体累出什么毛病。杨啸说，劝也没用，一点也不惜命。还是要注意劳逸结合，来日方长。"2007年2月8日，在致作家张峻的信中，冉淮舟再次表达了对浩然身体状况的惋惜："身体好，非常重要，这是写作的本钱。写作是体力、精力、识力、才力和功力的综合体现，身体不好，有多么好的写作计划，也难以实现。你看浩然，本来还有很多东西要写，但是身体不行了，多么可惜。"

　　浩然的执着与勤奋的确是常人难以企及的。我最初对浩然的敬重与关注，在很大程度上是缘于他对文学事业的痴迷、虔诚与执着，以及百折不挠、坚韧不拔的毅力。他和他的充满正气与阳光的作品，曾给过我奋发向上的力量。

那咱就翻翻法律条文

汶川大地震后,"范跑跑"以他的所作所为,受到了千夫所指。

我也是这成千上万个批评过"范跑跑"的人之一。因为我认为他作为一名担当着"教书育人"崇高责任的人民教师,在这次地震中表现不好,他散布的那些论调就更糟糕,若任其扩散开来,其毒性犹如精神鸦片。

你表现不好,有违师德,如事后有所悔悟,当然不是不可以原谅。但看你说过的那些话,看你那一副踌躇满志、自命不凡的德行,俨然比投身抗震救灾的那些奋不顾身的英雄模范们更为"光彩照人"。这样一个顽冥不化、嘴尖皮厚的跳梁小丑,凭什么就得原谅他?

据媒体报道,最近"范跑跑"被有关部门取消了教师资格。于是,一些人对教育部门颇有微词。比较有代表性的说法是:"范跑跑"的所作所为属于道德的范畴,他没有违法,他只应接受道德法庭的审判。持此论者进而质疑:取消"范跑跑"教师资格的依据是什么?言外之意,此举颇有"违法"之嫌。

窃以为,若说"范跑跑"没有犯罪可能会得到大部分人的认同,但若说他绝对"没有违法",则大可商榷。且不说他在媒体上公然攻击党和政府、污蔑自己的国家和社会主义制度"专制黑暗"违不违法,仅就他在地震来临时置自己的学生于不顾、只管自己逃命的行为,就有法律工作者指出其违背了《教师法》和《未成年人保护法》的有关条款。退一步讲,我们再宽容一些,只把"范跑跑"的所作所为限定在道德的范畴内评判。那么,一个"应接受道德法庭审判"的人,应该算得上是道德品质恶劣了吧?至少也不能说他品质优秀或良好吧?而一个品质恶劣的人,具备不具备教师的资格?我们是法治国家,现在国人言必称法,即使"范跑跑"这种藐视国法的人也常把《教师法》挂在嘴边。那我们不妨看看《中华人民共和国教师法》中有关"教师资格"的条款是怎样的。《教师法》第十条规定:"国家实行教师资格制度。中国公民凡遵守宪法和法律,热爱教育事业,具有良好的思想品德,具备本法规定的学历或者经国家教师资格考试合格,有教育教学能力,经认定合格的,可以取得教师资格。"可见,"具有良好的思想品德"是取得教师资格的必要条件之一。"范跑跑"这个臭名昭著、影响恶劣、受到"道德法庭审判"的"罪犯"显然已不具备"良好的思想品德",也就是说,他已丧失了作为教师的资格。既然如此,取消他的任教资格有什么不对吗?一个人为他自己的错误言行付出必要的代价,这体现了社会的公平正义。如果媒体关于"范跑跑"被取消教师资格的报道属实,那么,毫无疑问,有关部门这样做的依据就是《教师法》。

《教师法》总则第三条还规定,教师要"承担教书育人,培养社会主义事业建设者和接班人"的使命。一个不热爱自己的祖国、没有民族自尊心、仇视社会主义制度、对资本主义国家如美国顶礼膜拜、极尽谄媚之能事的人,难道能担当起这样的责任?

某些爱把法律挂在嘴边的人,心中恰恰是没有法律的。正如酩酊大醉的人,爱说的往往是"我没醉"。

有人攻击取消"范跑跑"教师资格是"欲致其死地而后快"。这个屎盆子虽臭,但无论如何是扣不到我头上的。因为能够取消"范跑跑"教师资格的,只能是其所在地的教育部门。我只是表达一个中国公民的看法,批评一下他的不良言行而已。大约这也是"范跑跑"们常挂在嘴边的民主自由的题中应有之义吧。

俺文化浅,写文章都是大白话,标题也爱用口语,随随便便。假如要装出点一本正经的样子,这篇短文的标题似乎可以改为:《取消"范跑跑"教师资格体现了国家法律法规的严肃性》。

给肖云儒先生挑几个错

肖云儒是谁？他是著名的文艺评论家，陕西省文联副主席，陕西省文艺评论家协会主席。

我与他并不认识，在电视上见过他，还是在二十年前。

上午去邢台图书大厦转了转，见到一部《中国当代文坛百人》（陕西人民教育出版社1998年出版），正是肖云儒先生编著的。这部书介绍了郭沫若、茅盾、老舍、巴金、冰心、臧克家、艾青、孙犁、贺敬之、赵树理、浩然、王蒙、路遥、铁凝等100位读者熟悉的当代文坛名家。艾青和冰心分别为此书题写了书名。该书的内容简介说：此书"内容翔实生动，评价科学严谨，写法智慧通俗，具有很强的可读性"，"是描述中国当代文学的棠棣之花。"

我对这类书有些兴趣，便随手翻阅起来。但很快发现了此书的一些差错。比如，在对浩然的介绍中，将《艳阳天》的主人公"萧长春"写成了"肖长春"，将浩然的短篇小说《一匹瘦红马》写成了《一匹瘦马》。文中提到浩然"1974年，在江青授意下，写了中篇小说《西沙儿女》和《百花川》"。这个表述成问题，长篇小说《百花川》（原名《三把火》）不是1974年写的，而是在1975年以后，1976年9月由天津人民出版社出版。说《百花川》是江青授意写的，纯属无稽之谈。此文还说"百花文艺出版社出版了《浩然文集》"，也不准确。准确地说，应是"百花文艺出版社出版了《浩然选集》"或"春风文艺出版社出版了《浩然文集》"。文中介绍浩然80年代中期到河北三河县（现三河市）定居时，说浩然任"三河县文联名誉主席"，也不准确。浩然在三河筹建县文联后，担任的是实实在在的主席，而不是什么"名誉"主席。考虑到浩然这样中外闻名的作家到县级文联任主席似无先例，有关方面起初拟让他任名誉主席，但浩然说：要当就当实在的，实实在在地干事，不能只挂个名。这在浩然自传中有记载。

《中国当代文坛百人》是一部类似辞书性质的书，读者买到手后，若写文章涉及哪位作家，可能要当作工具书来查阅、使用。这种书出了错，更容易以讹传讹。到网上搜索一下，许多地方介绍浩然时都提到"1974年发表了宣扬文革思想的中篇小说《西沙儿女》和《百花川》"。真的是谬种流传了。"天下文章一大抄"，也不知道是谁抄的谁。反正是抄错了。

顺便说一下，今天上午还见到了新上架的王蒙自传第二部《大块文章》。随手一翻，在有关"批《苦恋》事件"的章节中，也发现了一个明显的错误。王蒙说我们中国人靠写批判文章"批出了一个政治局常委姚文元"。其实，姚文元一生从未当过什么"政治局常委"。他政治上最鼎盛的时期，也只是中央政治局委员、中国大陆的"舆论总管"。1976年10月6日晚，此公倒是列席过一次"政治局常委会"，但那哪里是真的开会啊，华国锋、叶剑英、汪东兴在怀仁堂埋下伏兵，姚文元与他的另三个盟友当晚便走到了政治生涯的尽头。

《知音歌》幸遇知音

2006年9月5日,我在燕赵警视网自己的博客上发了旧作《愿似山花吐芬芳——记著名诗人刘章》一文,文中提到了《知音歌》。今天上午刚看到,游客"红五星"在12月2日10时发表评论说:"《知音歌》很好听,也许是合唱的缘故,就是听不清唱词是什么?非常想得到歌词,却到处找不到。获中宣部第七届五个一工程奖,这么好的作品怎么费尽周折还找不到?我想刘章老师一定有吧?谢谢!!"

刘章老师近日外出去南方,不便打扰。我印象中歌词是这样的:"莫问山多高,莫问水多深,山高水深像老百姓的心。苦辣酸甜老百姓都尝过,善恶真假老百姓最能分。黄河常在忘不了焦裕禄,珠峰不倒忘不了孔繁森。谁为人民鞠躬尽瘁,山知音,水知音,老百姓最知音!"我在纪实散文《不信春风唤不回》一文中,曾引用这首歌词。

关于《知音歌》歌词的酝酿、创作经过,以及后来的谱曲、获奖与流行,印象中刘章老师是写过一篇随笔的,曾经在某报读过,一时未能找到。《知音歌》是1999年刘章针对某些领导干部的腐败现象和群众对"公仆"的殷切希望,有感而发而创作的,开始并未引起重视,投寄某刊也未能发表。诗人先后寄给一些作曲家,请求谱曲,也无回音。但诗人对这首倾注了一腔真情的作品很自信。后来,他将歌词寄给了熟识的著名作曲家、《社员都是向阳花》的曲作者、河北音协主席王玉西,并附言:"这是我从心底流出的歌,可惜未遇知音，希望得到知音。"王玉西看后觉得这首词短小精炼，生动感人，写出了人民群众的心声，灵感骤至，立即谱曲。这首歌节奏欢快、旋律流畅，可以用独唱、合唱、齐唱、二重唱等多种形式演唱，发表后受到社会各界的广泛好评，荣获中宣部第七届"五个一工程奖"，并被选入《中外歌词三百首》。这首歌也堪称王玉西后期曲作的代表作之一。两位艺术家的这次合作，也被传为美谈，令人联想起俞伯牙和钟子期"高山流水有知音"的典故。刘章的歌词经王玉西谱曲的，还有《赵州桥》《二月二龙抬头》等。

　　《知音歌》的曲折历程再一次说明，一篇优秀的作品，即使是名家的优秀作品，如果遇不到"知音"，也会被埋没。有资料披露，建国初期那首著名的《歌唱祖国》、少儿歌曲《我爱北京天安门》，以及赵树理的小说《小二黑结婚》、茹志鹃的小说《百合花》、浩然的小说《喜鹊登枝》等，也都有过类似遭遇。这些当年险些被"枪毙"（有的曾被"毙"过几次，幸遇知音才"起死回生"）的作品，已成为滋养过几代人的经典。

　　难怪连抗金名将岳飞都赋诗感慨："知音少，弦断有谁听？"

岂能如此糟蹋自己的形象？

2008年2月21日，《太原日报》在第8版"文体新闻"刊出了一个纪念专题《著名作家浩然辞世》。这个专题转发了新华社的一个通稿，配发了两幅图片（图片显然是来自我的博客），并根据资料整理了一个"浩然小传"。小传中有这样一段文字：

小说《艳阳天》在文艺极度萧条时被改编为同名电影（长春电影制片厂1973年出品，导演林农，主演张连文、郭振清、张明子、马精武）。1972年奉命写作出版了表现西沙自卫反击战的中篇诗体小说《西沙儿女》上下篇和《百花川》。参加了中共第十次全国代表大会和第四届全国人大。1976年9月成为文学界唯一参加毛泽东治丧委员会的代表。常以"文学工作者""文化界人士"名义参加外事接待，见诸报端，曾出访日本。

粉碎"四人帮"以后，受到清查，被解除了全国人大常委委员职务。1977年离开北京下了乡。1980年以后曾出版了长篇小说《山水情》（又名《男婚女嫁》）、《晚霞在燃烧》《乡俗三部曲》（《乐土》《活泉》《圆梦》）和十五部中篇小说，1985年出版了三卷本《浩然选集》（天津百花文艺出版社）。曾任北京作协主席、《北京文学》主编。有人评论"《苍生》还是有思想局限，对改革开放理解不是很透，对合作化留恋得太多"。被认为"擅长刻画安分守己、吃苦耐劳的农民"，"作品充满民间文化的泥土气息"。

上面这段文字中,有五处明显的错误:1,《西沙儿女》是1974年写作并出版的,而不是1972年。众所周知,西沙自卫反击战是1974年1月爆发的,浩然1972年就能写小说"表现"这场两年后的战争,他莫非是先知先觉的神仙?2,《百花川》是1976年9月出版的,不是1972年,而且这部小说与西沙海战没有任何关系。3,浩然是北京市第七、八、九、十、十一届人大代表,第四届全国人大代表,并当选为第五届全国人大代表(会议开幕时因受江青政治株连被取消资格),但他从未担任过"全国人大常委委员职务",又怎样被"解除"?4,《乡俗三部曲》是《寡妇门前》《终身大事》《半路夫妻》,而不是《乐土》《活泉》《圆梦》。后者是自传体小说三部曲。5,三卷本《浩然选集》是1984年出版的,而非1985年(1992年6月又出版了选集的第四、第五卷)。

"有人评论'《苍生》还是有思想局限,对改革开放理解不是很透,对合作化留恋得太多'"——这句话最耐人寻味。长篇小说《苍生》是1984年写成初稿,1986年修改定稿的,当时正是中国改革开放的初期。改革开放究竟怎样搞,改到什么地方去,就连改革开放的总设计师邓小平同志都说是"摸着石头过河",言外之意是摸索着前进,大胆地探索、尝试,若发现有问题有错误就及时纠正,若发现"走了邪路"就果断收步,并非是"胸有成竹""稳操胜券"的。对于改革开放,整个国家都在探索试验,一个作家怎样写才算理解得"很透"?一味按照那种"改革开放就是好,粮食多得吃不了"的"歌德"模式来写,才算对改革开放"理解"得"透"了?那些夸夸其谈的评论家们,对改革开放理解"透"了吗?其实,今天看来,《苍生》的可贵之处,恰恰在于最早触及了改革中出现的一些社会问题。浩然当年的疑虑,都被以后的社会现实所证实了。在《苍生》出版几年以后,不是就出了个"三农"问题吗?

对一部作品,可以有不同的看法。但上面提到的那五处常识性错误,则是不应出现的。一家严肃的、负责任的媒体,岂能如此糟蹋自己的形象?

如此"人性化执法"

我们先看看《人民公安报》刊登的一篇报道——

让嫌疑人拍完婚纱照民警在寒风中苦等六小时才将其擒获

本报讯 一改名换姓的网上在逃犯罪嫌疑人正在拍摄婚纱照,民警接到举报前往抓捕时没有立即行动,而是待其照完婚纱照后才将其控制。起初还百般狡辩的嫌疑人得知民警在寒风中苦苦守候六个小时后,竹筒倒豆子般将所犯罪行和盘托出。

3月7日,气温陡降。上午9时许,河南省永城市公安局演集派出所民警接到举报,称正在东城区开源路大台北婚纱摄影店内拍婚纱照的一名年轻男子极可能是外省网上在逃犯罪嫌疑人。所长张磊带领民警火速赶到该摄影馆,隔窗观察后,很快认定在闪光灯下笑容满面的男子正是安徽警方网上通缉的张某。此时抓捕,张某警觉性低,可以说万无一失。但所长张磊考虑到张某正在拍婚纱照,对他及其恋人来说是人生最重要的时刻之一,于是决定等待张某照完婚纱照再抓捕。这一等就是六个小时,一直到下午3时,张某与恋人才拍完婚纱照步出摄影室。

在演集派出所,张某百般抵赖,不承认自己是张某,还拿出一张姓名为"姜义华"的身份证。一名年轻民警忍不住怒火,大声责问道:"你有没有良心,知不知道为了让你拍完婚纱照,我们一直在门口守了你六个小时?这么冷的天,你在寒风中站六个小时是啥滋味?"一句话让张某低下了头,交代了2005年8月在马鞍山市雨山区骗走郑某等人16万元的事实。

上面这篇报道,是宣传"人性化"执法的。宣传的目的在于引导与提倡,让大家在执法时,学习人家的做法。也许有人读了这篇稿子会很感动。但老实说,我一点都没感动,反而有点不舒服,甚至有点生气。我讲不出多少大道理,但我很不全面也很不条理地想到了这些问题:

1. 在民警已经认定张某就是警方网上通缉的诈骗犯罪嫌疑人的情况下,作为办案民警,确保抓捕行动的成功和万无一失,应该说是最高原则。这是法律赋予执法人员的职责。张某犯罪后,已经逍遥法外长达三年多,严格讲这是对法律的亵渎,对受害者的不公,也是公安民警的耻辱。仅仅为了照顾犯罪嫌疑人拍婚纱照,就放弃抓捕的有利时机,有这个必要吗?如果因此而贻误战机,使抓捕行动失败,是什么性质的问题,决策者应承担怎样的责任?

2. 这篇报道特别强调了犯罪嫌疑人张某"在闪光灯下笑容满面",拍婚纱照"是人生最重要的时刻之一",言外之意就是,这个时候抓捕扫了人家的兴,就是不讲"人性"的。那照完婚纱照不就该"洞房花烛夜"了吗,这更是"人生最重要的时刻之一"呀,警方是不是可以待犯罪嫌疑人度完蜜月再抓捕,以便"将人性进行到底"呢?民警只看到了犯罪嫌疑人的"笑脸"(我以为,他笑得越灿烂就越彰显其无耻),为什么就没有想到受害者的"哭脸"呢?16万元的血汗钱被歹徒骗走,歹徒三年多仍逍遥法外,却在这里优哉游哉地拍婚纱照,受害人该是何等悲愤?这等对歹徒温情脉脉的耐心与爱意,倒使人怀疑人民警察疾恶如仇的正义感哪里去了。要说"人性",维护法律的尊严,祛恶扬善、除暴安良、伸张正义,使犯罪分子为他的犯罪行为付出必要的代价,才是人间公理和最大的"人性"。再说,仅仅为了不扫一个作奸犯科之徒的"兴",就让民警饿着肚子在寒风中苦苦地站6个小时,这个符合"人性"吗?"从优待犯"比"从优待警"更重要？嫌犯的照片比民警的健康与身体更重要？比法律的尊严更重要？文中提到"一名年轻民警忍不住怒火"，此言很妙，颇有弦外之音。

3. 据说，基层派出所大都警力不足，现在社会治安秩序又不是很好，发案率也比较高，民警很忙很累，经常是连法定的节假日也休不了。我不知道，所里还有多少工作急需民警去做，辖区有多少群众的求助等着民警去解决与办理。为了一个嫌犯的婚纱照，白白浪费几个民警6个小时的宝贵时间，值吗？嫌犯的"雅兴"比民警宝贵的时间更重要？

4. 这些年来，我们见多了有关执法人员对待人民群众（那可是我们的衣食父母和服务对象啊）冷横硬推乃至野蛮执法的负面报道。给人的感觉是，这些执法人员根本就不把人民群众当人看待，可以说是毫无人性。在一些地方，面对因事上访的人民群众，某些执法人员是怎样对待的？一个遭了难受了冤屈的无辜群众，如果找到公安民警倾诉自己的委屈与冤情，民警有没有耐心听他诉说6个小时？不用在寒风中站着，在开着空调的舒适房间里喝着茶水听也行，扪心自问，有这个耐心吗？为什么对人民群众都做不到的事，遇到了作奸犯科之徒，反倒罩上了一层"温情脉脉"的面纱？这是哪家的"人性"？

5. 曾经听说过民警"人性化执法"的一个经典案例：几名民警去抓捕一名潜回家中过夜的逃犯，却发现犯罪嫌疑人正在被窝里与老婆做爱。春宵一刻值千金，一夜夫妻百日恩，这可是"人生的最重要的时刻之一"，若此时抓捕，恐怕比干扰拍婚纱照更令人扫兴。于是，民警就在窗外猫着，直到里面完了事尽了兴（这个大约不会长达"6个小时"吧，否则民警可就受罪大了），才进去抓捕。这个"经典案例"，只能当笑话听，不是黄色的，是"黑色幽默"。

6. "一名年轻民警忍不住怒火，大声责问道：你有没有良心，知不知道为了让你拍完婚纱照，我们一直在门口守了你六个小时？"——问的好天真啊。有良心的人，能故意诈骗人家16万元血汗钱吗？这世上的人若都有良心，警察存在的意义还有多大？还会总是"警力不足"吗？

7. 人性化执法，这个提法和要求不错。但不要在实践中弄偏了走歪了。在当下，也没必要动不动就不切实际地标榜"人性"，能够严格按法律办事，不侵犯人权，不侮辱人格，把人（包括人民群众和犯了罪的人）当成人来对待，就谢天谢地了。

中国电影史的一个遗憾

有网友告诉我，新浪博客"六十年代人"转贴了《河北法制报》2011年2月19日发表的我那篇《也说浩然》。我找到这个博客，发现他在转帖文章时，还配发了一张照片——网友自己制作的电影《西沙儿女》海报。看到这幅图片，颇多感慨，因为它记录了中国电影史上的一个遗憾：《西沙儿女》，这是一部未能最后完成的影片。

电影《西沙儿女》是根据著名作家浩然的同名小说改编的，影片由北京电影制片厂于1975-1976年投拍，编剧是曾写过小说《红雨》和同名电影剧本的著名儿童文学作家杨啸，导演是曾执导过《白毛女》《林家铺子》《革命家庭》《烈火中永生》《伤逝》等经典影片的著名导演水华。著名演员李秀明、朱时茂、张连文分别在影片中饰演阿宝、符海龙和父亲（程亮），南海舰队副司令员魏鸣森同志担任影片的军事顾问。据说，影片拍摄得十分精彩，演员们的表演也十分投入。美丽的南海风光，真实、激烈而场面宏大的海战，感人肺腑的英雄故事，都是这部片子的看点。可惜，影片即将封镜时，剧组被勒令解散。据说理由是：这部片子的剧本是"四人帮"在位时文化部审查通过的，现在粉碎"四人帮"了，应该重新审查。这是比较流行的说法。但最近该片编剧杨啸先生与我通电话时，提供了另一种说法：剧组的解散是因为当时广东一名作家化名李冰之在《广东文艺》等报刊猛烈批判小说《西沙儿女》，并把它与江青扯到一起。在当时的历史背景下，没有人胆敢蹚这种"政治地雷"，影片的流产是一种必然而无奈的选择。

1974年的西沙自卫反击战，是我人民海军历史上一次捍卫国家主权的辉煌胜利，是一次以劣势装备战胜优势装备、以小舰打大舰的成功范例，被誉为中国海战史上的奇迹和经典战例。在毛主席、周总理的英明决策和领导下，叶剑英等人指挥了这场海战（中央研究决定，由叶剑英、邓小平、王洪文、张春桥、陈锡联、苏振华六人组成领导小组，代表党中央到总参作战部指挥西沙海战）。根据当时复杂的国际形势，出于策略上的考虑，这次海战没有见诸新闻媒体，而只以文艺作品予以表现与记载。这两部作品就是浩然的小说《西沙儿女》和张永枚的长诗《西沙之战》。《西沙儿女》则是中国当代文学中唯一一部表现中越海战的小说。即使仅凭它的唯一性，历史也不应忽视它的价值。70年代末期，影片《西沙儿女》功亏一篑、被迫下马，无疑是中国电影史上的憾事。据说，导演水华直到去世时，对此仍难以释怀。

不久前与杨啸先生通电话时，他告诉我，他的22卷本《杨啸文集》年内即可问世，里面就收有他当年根据浩然同名小说改编的电影文学剧本《西沙儿女》（曾在《内蒙古文艺》连载）和《欢乐的海》。我说："《西沙儿女》的拷贝不是还在北京电影制片厂的仓库里封存着吗？可否补拍一些镜头予以公映？"他说："都过去这么多年了，原来的演员都面目全非了，怎么补拍？当年浩然的问题做了结论后，水华导演就想补拍一些镜头，将影片最后完成，但那时演员的体型就发生了变化，尤其是小演员，个子都长高了，咋补拍？"我说："可否重建剧组，重新拍摄呢？你看看钓鱼岛，你看南海诸岛，唤起国人的海权意识，弘扬爱国主义、英雄主义精神，重拍这部片子，很有现实意义啊！"他说："重拍也几乎是不可能的。动一艘军舰，比出动一架飞机费用都高，现在谁来投资呢？那时不一样啊，拍这部片子，中央军委一声令下，军队、军舰全力配合，无偿服务！"

杨啸先生说，文集出版后，他会赠我一套，这样我就可以读到他的几乎全部作品了。看来，电影《西沙儿女》留给我们的遗憾，也只能通过阅读剧本来弥补了。

生者与死者共有的遗憾

今天收到了三本书，分别是山西作家、书法家旭林先生的《旭林幽默讽刺诗选集》和《旭林散文选集》，河南师范大学文学院连晓霞教授的《政治意识形态规约下的文学话语——"金光大道"话语分析》。

连晓霞教授在寄出她的专著不几天，也收到了我寄给她的《感悟浩然》。她在致我的信中说："我6号就收到您的大作，前几天趁监考的时间，已通篇拜读，获益匪浅。您让我了解了与浩然和他的作品有关的许多真实事件，我真切感受到了您对浩然发自内心的感悟。我没有您幸运，不认识浩然先生，无法面对面感悟他，只能从专业角度通过其巨著的字里行间，去阅读他、感悟他、理解他。我知道我的分析不够全面，甚至还可能有不妥之处，但我是真诚的、客观的。在此，也真诚地希望您对拙著多提宝贵意见。"

连晓霞1986年毕业于华中师范大学，2004年至2007年在福建师范大学学习，获博士学位，现为河南师范大学文学院教授，主要从事语言学及应用语言学的教学和研究工作。《政治意识形态规约下的文学话语——"金光大道"话语分析》，是她2007年已通过答辩的博士论文，由河南人民出版社2009年8月出版的这本书，就是在学位论文的基础上修改而成。此书20多万字，300多个页码，主要从语言学角度对浩然的长篇小说《金光大道》（共4部）进行了分析研究。这是一部能够弥补《金光大道》现有研究中的薄弱环节、有独到见解和很高学术含量的一部专著。

谭学纯教授在为此书写的序言中说："书稿部分章节是在福建师范大学完成的，期间，连晓霞有时几天不下研究生宿舍楼，买上够吃几天的简单食品，单调的饮食和单调的阅读与写作相伴，她没有觉得亏了自己。把自己关在浮躁、悠闲与潇洒之外，甚至在人们在走访亲友最频繁的春节，她也中断了与外部世界的交流，但没有中断与浩然在《金光大道》的字里行间相约。""媒体报道浩然辞世的第二天，连晓霞打来电话，说是想在书稿的后记中写几句话，表示对这位农民作家应有的尊重。其实，就本书而言，后记的特别交代也许是形式大于内容。生长在中原农村的连晓霞，与浩然的精神交谈，已经记录在书中。"

连晓霞显然不满足于仅仅做这种"精神交谈"。她在此书的后记中写道："2005年论文大纲确定后，曾打算去拜访作家本人，就其中的内容与作家面对面对话，但在京的朋友告知，作家身染重病数年，已失去表达能力。虽未能与作家谋面，但在论文和书稿的整个创作和修改过程中，笔者都在试图与作家本人对话，且始终未放弃与作家直接对话的打算。在本书交付出版社之际，传来作家辞世的消息，方知心中的期待已无法实现。"

不知是作家仙逝得太早，还是国内文化界对《金光大道》的研究与认识理性回归的太晚（这一点，落后于国外的研究），浩然先生生前，未能看到类似"话语分析"这样的文本，他是带着苦闷、忧愤、失望和不解离去的。而连晓霞教授与浩然先生直接对话交流的愿望，也自此成了一个永久的梦想。

这是生者与死者共同的遗憾。

一张嘴就露怯

一位新浪网友最近注册了博客，几天之内连续转帖了我博客中的大约60多篇文章，并在多篇文章后面跟帖评论。这使我有机会回头重新浏览一下过去发过的帖子，以及网友们的评论。许多网友的评论，真挚而精警，热烈而坦诚，读来让人感到温暖，感到振奋。

也有一位网友的跟帖不咋地，引起人们的鄙夷甚至愤怒。这名网友据说也是一名作家，出版过长篇小说，还搞摄影，博客的点击量似乎也很高。他在一个跟帖里对作家浩然及其《艳阳天》《金光大道》等作品进行了无中生有的攻评与污蔑，罗织了一大堆捕风捉影的罪名，末了，为了显示自己的"客观公允"，又装模作样地写几句好话："但浩然早期的短篇还不错，例如《彩霞集》里的《车轮飞转》《喜鹊登枝》《一担水》等，有着浓郁的生活和时代气息。对60年代初步文坛的小青年不无裨益。"

看了这句貌似公允的"好话"，不禁哑然失笑。《一担水》并不是"浩然早期的短篇"，是1972年写的（与《金光大道》诞生于同样的年代），1973年发表在《解放军文艺》，最早收入浩然1973年出版的短篇小说集《杨柳风》中，它怎么会出现在1963年就已经出版的《彩霞集》里呢？一篇70年代写出的小说，又怎么能够"对60年代初步文坛的小青年不无裨益"？从那名网友跟帖中所体现出的异常偏狭的思想和政治立场来看，他如果读过《一担水》，是不会为这篇小说说好话的（仅仅因为这个作品诞生在"文革"时期，也会成为否定它的理由），即使当年真心喜欢过，在今天也会"反戈一击"，以塑造自己"与时俱进"的形象。那么，唯一可以解释的就是：他没有看过这个小说，也不太清楚它的产生年代，误以为是"文革"前写的，于是"一不留神"为它说了好话。

  结论：脖颈上没有自己的脑袋，一味人云亦云，别说骂人骂不到点上，就是装模作样地说好话，也会一张嘴就露怯。

"厕所在哪儿?"

一

这几天陆续收到几本书：老作家张峻的散文随笔集《文缘春秋》、长篇小说《历史在说》，散文家曹继铎的《曹继铎文集》（上、下卷），山东作家北晨（吴汉宾）的纪实文学《记忆浩然》，山东作家张怀杰的散文集《鲜花盛开的村庄》，还有河北诗人孟胜利的《孟胜利短诗选》以及他女儿孟祥宁、一个17岁中学生的文学作品集《我的初中生活》。

张峻的《文缘春秋》中有一篇写于2009年8月的《我说浩然》，披露了一个鲜为人知的细节——

大概是1972年某月，我收到他（注：指作家浩然）寄来的《金光大道》。记得那年冬天，他突然来我家，说是为看河北话剧院改编他的《艳阳天》而来，约我当晚去"八一"礼堂陪他看戏。他对"省话"的改编基本满意；不过中间休息时发生了一件让他不愉快的事。在休息室，他被介绍给石家庄地委某书记，那书记以为他是本地区作者，就派头十足地大讲"指导意见"。他说自己领导合作化时，阶级斗争异常激烈，可剧本只写一个马小辫，太弱了！……见书记长篇大论地说个没完，浩然问我："厕所在哪儿？"离开休息室他说："你我都搞过农业社，说实话，连这点阶级斗争都是我虚构的！"

八场话剧《艳阳天》的剧本（河北人民出版社1973年6月版），我十几年前就读过。当时的剧本标明"河北省话剧团改编"，近年从网络上读到一篇《话剧〈艳阳天〉的幕后新闻》，才知剧本是后来成为著名书法家的陶然根据浩然同名小说改编的。从剧本的后记中，我获知"在改编和试演过程中，浩然同志曾多次亲临指导"。但浩然在石家庄"八一"礼堂遇到的这件"不愉快的事"，我还是第一次听说。这件事颇为耐人寻味。

80年代初，当文革那段复杂的、至今难以说清的历史，被一纸"若干历史问题的决议"匆匆否定后，对《艳阳天》《金光大道》这两部代表那个时代最高水准的巨著，便有了不同于以往的评价。对这两部家喻户晓的作品，文学界至今仍存在争议。即使正面肯定这两部作品的人，也大都同时认为它们"打上了时代的烙印"，"存在着明显的缺憾"。还有一些同志，只要涉及"浩然"这个名字，言必称"局限"，对他的成就、艺术特色和深远影响却有意回避。我们今天指责浩然在那个时期的某些作品的"局限性"，最主要的，那就是《艳阳天》《金光大道》等，过多地强化了阶级斗争，突出了路线斗争，而淡化了某些东西（这些东西在今天则得到最大限度的强化，乃至泛滥成灾，令读者生厌）。再就是，把主要英雄人物写得过于高大和完美。但责难浩然的同时，却很少有人想到：浩然的这些局限或缺陷，仅仅是他个人的局限吗？作为读者，作为评论家，作为能决定一个文艺工作者沉浮荣辱的大权在握的领导人，自己在这其中扮演了怎样的角色？那个时代的氛围和主流思潮，又是怎样要求浩然这一代作家的？《艳阳天》写了一个地主马小辫，今天看来就把阶级斗争写得过于剑拔弩张了，而那位地委书记竟认为作品中阶级斗争还不够激烈："只写一个马小辫，太弱了！"

那位地委书记的观点，在当时有一定的代表性。据浩然披露，《艳阳天》出版后，浩然和相关媒体收到上万封读者来信，谈他们的阅读感受，而且大都把注意力集中在对阶级斗争与路线斗争的认识和体会上，一些读者还提出，《艳阳天》没必要写萧长春与焦淑红的爱情（尽管浩然写得极为节制含蓄），写这些东西容易损害英雄形象。据作家胡天培撰文回忆，《艳阳天》出版后，《黄河大合唱》的词作者、著名诗人、戏剧家、评论家张光年（光未然）先生，曾代表中国作协请浩然吃饭，感谢他为人民写了一本好书。同时，也对《艳阳天》提了一点意见，认为不应该写萧长春在工作最困难的时候思念自己心爱的姑娘焦淑红。（胡天培：《我所认识的浩然》）《金光大道》写了一个思想右倾的县长谷新民，此人虽然在社会主义革命中思想落伍，立场错误，但在民主革命时期，他还是一个追求进步的爱国青年，被日寇抓捕后，面对严刑拷打，坚贞不屈。但有些读者却提出，应该让谷新民在战争年代就叛变投敌，然后再打入革命队伍内部，充当内奸，破坏革命事业。认为这样写更能体现阶级斗争的复杂性和尖锐性。《西沙儿女》（正气篇）第9章，写程亮手持柴刀只身闯入夏府刺杀渔霸"鲨鱼牙"（夏云雅），因寡不敌众，未遂。在被荷枪实弹的家丁围捕时，程亮因惦记着渔船上无人照看的女儿小阿宝，没有硬拼恋战，而是机警地逃脱。现在看来这一笔合情合理、富有人情味一笔，当时却有评论家撰文认为，这样写有损人物的英雄形象。面对一些并不正确的意见、"指示"以及某些评论家的批评，在当时的历史背景下，年轻的浩然有时只能如此应对："厕所在哪儿？"

这就是浩然的某些作品之所以存在"局限性"的历史氛围。那个年代，言必称"斗争"，虽然现实中未必处处有斗争；正如当下这个时代，言必称"和谐"，虽然现实中未必时时都和谐——真"和谐"了，怎么会有那么多越级上访和群体性事件呢？怎么会有那么多警察兄弟英年早逝呢，怎么会不断爆出弱势群体因反抗暴力拆迁而自焚的新闻呢！

但是，我们还是要为"构建和谐社会"的伟大目标而努力斗争。（你看，即使在这个时代，我一不小心还会打上那个时代的"烙印"！）

几十年来，当媒体众口一词地大谈和非议浩然的所谓"局限性"

时，我不曾见到有任何一位评论家，敢于站出来说一句：浩然的局限性，我也有责任，是我当年误导了他。

二

内蒙古文联副主席、著名儿童文学作家杨啸在写给我的《说出了大众的心声》一文中，有这样一句话："在浩然的挚友中，和他结识最早、交往时间最长的，当今在世的，大概就只有我和石家庄的曹继铎先生了。我自认为，对浩然最了解的人也只有我们了。然而，读了你的这本书，我才知道，应该说，你对浩然（尤其是对浩然的作品，对浩然后期的生活和创作）比我们了解得更多，理解得更深。"杨啸先生如是说，自是因为他的谦逊。但他和曹继铎先生与浩然的长达半个世纪的兄弟般的深情厚谊，的确感人至深。

我听说过这么一件事：70年代末，正当浩然因受江青政治株连被国内几十家报刊批判、被罢免了第五届全国人大代表资格的时候，远在内蒙古的杨啸也处境困难，受到一些人的围攻。有人在会议上发难：听说杨啸跟浩然关系不一般，你要揭发、交代！杨啸站起来，大义凛然地说："没错，浩然是我最好的朋友。当他正在走红时，我没有这样说过，因为浩然的成就很大，我不想借朋友的光为自己脸上贴金。但现在他落难了，我可以这样说了。我最了解浩然，我相信组织上最终会给浩然做出公正的结论，还浩然以清白！"同样，文革中，有造反派组织千方百计要把杨啸打成"5·16分子"，一次又一次地到北京找浩然，调查杨啸和北京"5·16"的关系问题。浩然见他们纠缠不休，气愤地说："我已经跟你们反复说了，杨啸跟5·16没有关系。你们不信，就先调查我吧！先看我是不是5·16分子?！"那伙人只好悻悻而去。

浩然和杨啸，用他们的感人作为，诠释了"朋友"二字的含义。这让我想起了著名诗人刘章《哭浩然》中的诗句："你是疾风里的劲草，/守一颗良心，宠辱不惊，/不卖身投靠，不卖友求荣，/也不低头于中伤和嘲讽。"

《曹继铎文集》中写浩然的文章,大约有七八篇之多。上卷中有一篇《我与浩然》,也记述了浩然1972年赴石家庄观摩话剧《艳阳天》时的一个小插曲:"1972年5月的一天,浩然应河北话剧团之约,前来石家庄观摩由他的长篇小说《艳阳天》改编的同名话剧的彩排。当天,他的时间表安排得非常紧——上午观摩,下午座谈,晚上赶回北京。尽管这样,他仍惦记着我的反映水库建设的长篇小说《银浪滚滚》的创作,当即辞掉了主人为他安排的午宴,专门抽出中午时间,急火搭忙地赶到我家,他一边吃着简单的家常便饭,一边为我认真构思、谋划着这部长篇的写作,一直紧张地忙活了一个中午……"从这里,可以看到浩然对朋友的热情与真诚。

在另一篇题为《为了祖国文学辉煌的明天》的专访中,曹继铎先生记述了他当年亲眼看到的一幕:

记得20世纪50年代中期,我们一起在河北日报社工作时,一个冬天的深夜,轮到我值夜班,我从编辑部办公楼路过时,突然发现一片漆黑的办公楼的东头一楼,有一间办公室亮着灯光,我走近了,透过玻璃窗,看到的正是浩然!他身披一件旧棉大衣,在伏案写作,可那情景,却委实使我感动得热泪盈眶——只见他的眼睛肿得像桃子一般,已经难以睁开。他便用左手掰开左眼的眼皮,那么吃力艰难地用右手"爬格子",桌子上放着盛满热水、冒着热气的茶缸,不时用热气熏着红肿的眼睛,也不时地用嘴嘘着哈气,温暖着快要冻僵的右手……后来,他告诉我,当时写的那篇小说,正是他的第一篇成名作《喜鹊登枝》的姊妹篇《春蚕结茧》。他的每一篇作品,无论短篇,还是中篇、长篇,都是以这种精神"拼"出来的。

提起浩然,曹继铎说:"他的那种矢志不渝、奋斗不息的志气和精神,激励我在文学之路上战胜一个个困难,义无反顾地朝着既定目标,勇往直前。""我能同他结交半个世纪的文学情缘,是我一生最大的荣幸,令我毕生受益,毕生难忘,毕生感念,实在是弥足珍贵。"

三

在不久前一次与几个文友小聚时,作家丁肃清提到浩然,我说:浩然信仰马克思主义,坚信毛主席说的"只有社会主义能够救中国",是真信。有的人则不然,信这个吃香时他就跟着信,一旦气候一变,他随时可以背叛。只要自己能够吃香的喝辣的,信什么都行。共产党的历史上是出过不少叛徒的,小的不说,像向忠发、顾顺章、张国焘、卢福坦之类,都是重量级的大叛徒。

我说浩然信仰马克思主义是真信,这句话不久就在曹继铎先生寄来的两卷本文集中找到了注脚。曹继铎在《留下永远》一文中(经搜索,发现此文在2008年2月24日《燕赵都市报》发表时,作了较大的删节)披露了浩然在人生处于低谷时,写给他的一封信。信中说:"在生活道路上,我遭到这样不幸,是十分意外的。扪心自问,无愧地说我是作家里边最忠于马列信仰,最热爱党、社会主义事业和领袖的那一类;恰恰如此,才犯了'错误',才得到这样的下场。天下公理,何处有之?!"

浩然逝世后,我曾在北京参加过一个纪念浩然的座谈会。《小说选刊》副主编、文学评论家冯敏在发言中说:"我觉得浩然的成功,有一个深刻的原因,就是他世界观方面的执着。一个作家没有相对固定的世界观是非常可悲的事情,任何伟大文学作品的胜利,都是一种文学观、价值观和世界观的胜利。浩然身上的两个东西,一个是他的唯物史观,一个是他认识世界的整体感,这两个东西支撑了他的写作。如果把我们当代那些鸡零狗碎的作品和浩然一比,你就发现浩然是有整体感的作家,是有强大的世界观支撑的作家,就能看出高下之分。"

浩然生前曾说:"我这一生就是写农民,为农民写,如果我和我的作品,能够得到人们公正的评价,我就心满意足了。"1994年,京华出版社推出全四卷《金光大道》，浩然撰文说："一桩心愿了却，此后就真心实意地等待听取批评和指教。"谁知，当年满腔热情的浩然，等来的不是严肃的理性的批评，却是兜头打来的棍棒，某些批评者恶语相向、冷嘲热讽、上纲上线、捕风捉影（个别人把对共产党和社会主义的仇恨全都发泄到了浩然及其作品身上），除了人身攻击和乱扣帽子，全无任何文本分析。浩然曾对友人说：没听到真正的批评，却感觉受到了几个小痞子的戏弄与侮辱。

浩然的作品，尤其是他写于"十七年"和"文革"时期的作品，也许一百年后还会有争议。但作为一名共产党员，党中央已经实事求是地给他做出了"盖棺定论"：忠诚的共产主义文艺战士。

令人欣慰的是，对浩然及其作品的认识与评价，近年来已经开始走向客观与理性。四川大学文学与新闻学院一位博士研究生告诉我，目前国内以浩然为研究对象的博士、硕士论文，大约有十几篇（只是，这些发表于学术期刊或存于论文数据库的文章，只有电脑安装了某个软件，才能够在网上阅读全文）。许多论文，无论肯定与否定，都能够在阅读原著的基础上进行不同程度的文本分析。——浩然生前渴望的，大约就是这样的批评。遗憾的是，这一天还是来得迟了一点。

就在我断断续续地写这篇文字时，恰巧收到河南师范大学文学院连晓霞教授的电子邮件。她的博士论文《政治意识形态规约下的文学话语——〈金光大道〉话语分析》，已于2009年由河南人民出版社出版。她在给我的信中说："看了您的博客，知道您很敬重浩然先生，这让我对您产生了由衷的敬意！因为我觉得您没有随波逐流，是个有良知的学者，那些把浩然骂得一无是处的所谓的精英，缺失的不仅是做学问的客观性，更重要的是作为学者的良知。"

浩然的知音，不止在广袤的农村和原野。这来自高等学府的正直知识分子的声音，浩然闻知，当含笑于九泉的。

劝君少骂义和团

孙中山先生曾经这样痛斥卖国媚外的官僚政客和奸贼："义和团若是野蛮,他们连猴子也赶不上!"

然而,一个时期以来,某些媒体上对于义和团运动的污蔑和攻讦之声,甚嚣尘上,不绝于耳。它们攻其一点不及其余,只看到只强调只放大义和团运动中的某些缺点、错误和历史局限性,甚至不惜采用造谣中伤无中生有的卑鄙手段予以抹黑和否定,而对其历史功勋和进步意义避而不谈。

义和团运动是中国近代史上一次以农民群众为主体的自发的反帝爱国运动,表现出中华民族不甘屈服、不畏强暴的反抗精神。它沉重打击了外国侵略者,粉碎了帝国主义列强瓜分中国的罪恶企图,同时也间接打击了反动卖国的清政府和封建主义势力,促进了中华民族的觉醒,对民主革命的胜利起了推动作用,具有伟大的历史意义。

胡绳主编的《从鸦片战争到五四运动》(人民出版社1983年6月一版三印)一书中指出:"义和团运动表明,在半殖民地半封建的中国,广大农民不但是同封建势力斗争的强大力量,而且是同帝国主义斗争的强大力量。义和团运动虽然没有处理好这两方面斗争的关系的问题,但是当它的力量以汹涌澎湃之势从地下冒出来时,竟迫使清朝朝廷做出它本来想都不敢想的事情——对外宣战。帝国主义列强已经把中国这个巨人看作是可以任意操刀宰割的对象,义和团运动使它们恐怖地看到中国社会的底层蕴藏着如此巨大的反抗力量。义和团运动虽然失败了，但它在当时起了阻止帝国主义列强直接瓜分中国的作用，它又成为在此以后中国人民的一浪高过一浪，直到完全胜利的反帝国主义、反封建主义斗争的先驱。""在义和团运动的时候，中国资产阶级的政治代表人物，总是指摘义和团的弱点，几乎没有一个人能够看出义和团的伟大的革命作用。""二十多年后，孙中山对义和团作了公允的评论。他认为，在义和团的排外主义中表现了'对于欧美的新文化之反动'，同时高度赞扬义和团反抗侵略者的战斗精神：'其勇锐之气，殊不可当，真是令人惊奇佩服。所以经过那次血战之后，外国人才知道中国还有民族思想，这种民族是不可消灭的。'"

孙中山先生在《国民会议为解决中国内乱之法》中说："及遇义和团之变，中国人竟用肉体和外国相斗，外国虽用长枪大炮打败了中国，但是见得中国的民气还不可侮，以为外国就是一时用武力瓜分了中国，以后还不容易管理中国，所以现在便改变方针，想用中国人来瓜分中国。"在《九七国耻纪念宣言》中，孙中山进一步指出，虽然义和团存在严重缺点，"然而义和团的人格，与庚子辛丑以后，一班媚外的巧宦，和卖国的奸贼比较起来，真是天渊之隔。可怪他们还笑义和团野蛮。哼！义和团若是野蛮，他们连猴子也赶不上"。

列宁在《中国的战争》一文中，针对一些人称义和团运动是"中国人仇视欧洲文化和文明"之谬论，一针见血地指出："中国人并不是憎恶欧洲人民，因为他们之间并无冲突，他们是憎恶欧洲资本家和唯资本家之命是从的欧洲各国政府。那些到中国来只是为了大发横财的人，那些利用自己的所谓文明来进行欺骗、掠夺和镇压的人，那些为了取得贩卖毒害人民的鸦片的权利而同中国作战（1856年英法对华战争）的人，那些用传教的鬼话来掩盖掠夺政策的人，中国人难道能不痛恨他们吗？"他还谴责说："欧洲各国政府（最先恐怕是俄国政府）已经开始瓜分中国了。不过它们在开始时不是公开瓜分的，而是像贼那样偷偷摸摸进行的。它们盗窃中国，就像盗窃死人的财物一样，一旦这个假死人试图反抗，它们就像野兽一样猛扑到他身上。它们杀人放火，把村庄烧光，把老百姓驱入黑龙江中活活淹死、枪杀和刺死手无寸铁的居民和他们的妻子儿女。就在这些基督徒立功的时候,他们却大叫大嚷反对野蛮的中国人,说他们胆敢触犯文明的欧洲人。"

陈独秀早期也曾指责义和团"愚昧",后来思想发生了变化,1924年,他在《我们对于义和团两个错误的观念》中指出,"他们只看见义和团排外,看不见义和团排外所发生之原因","他们不曾统观列强侵略中国,是对全民族的,不是对于少数人的;剧烈的列强侵略,激起了剧烈的义和团反抗,这种反抗也是代表全民族的意识与利益,决不是出于少数人之偶然的举动。""我读八十年来中国的外交史、商业史,我终于不能否认义和团事件是中国民族革命史上悲壮的序幕"。

1939年,毛泽东在《中国革命和中国共产党》一文中说:"帝国主义和中国封建主义相结合,把中国变为半殖民地和殖民地的过程,也就是中国人民反抗帝国主义及其走狗的过程。从鸦片战争、太平天国运动、中法战争、中日战争、戊戌变法、义和团运动、辛亥革命、五四运动、五卅运动、北伐战争、土地革命战争,直至现在的抗日战争,都表现了中国人民不甘屈服于帝国主义及其走狗的顽强的反抗精神。中国人民百年以来不屈不挠、再接再厉的英勇斗争,使得帝国主义至今不能灭亡中国,也永远不能灭亡中国。现在,虽然日本帝国主义竭其全力大举进攻中国,虽然中国有许多地主和大资产阶级分子,例如公开的汪精卫和暗藏的汪精卫之流,已经投降敌人或者准备投降敌人,但是英勇的中国人民必然还要奋战下去。不到驱逐日本帝国主义出中国,使中国得到完全的解放,这个奋战是决不会停止的。"

1955年,在北京各界欢迎东德代表团大会上,东德总理格罗提渥将当年德军缴获的义和团旗交还给周恩来。周恩来总理指出:"1900年的义和团运动,正是中国人民顽强地反抗帝国主义侵略的表现。他们的英勇斗争是五十年后中国人民伟大胜利的奠基石之一。"

义和团运动的缺点应该正视,但义和团运动的伟大意义和历史功勋,不容抹杀!

七岁，那饱受摧残的嫩芽

近日，我与小女儿一起阅读了浩然的儿童中篇小说《七岁象嫩芽一样》。

《七岁象嫩芽一样》是浩然1981年5月在沈阳写成的，新蕾出版社1984年7月出版单行本。我目前还没有买到单行本，是从百花文艺出版社1984年8月出版的《浩然选集》（三）中读的。

这是一个悲惨得令人读后心情异常沉重的故事。故事的主线是：一个七岁的小女孩，面黄肌瘦，缺吃少穿，为掰一个玉米，受尽了地主王老虎（王耀祖）的百般凌辱；爸爸为王老虎当长工，不幸落入冰窟窿惨死，王老虎反让她去当使唤丫头来抵债。母女到县衙门去告状，国民政府的县长却与王老虎穿一条裤子。无奈，母女连夜逃奔外乡，又遭种种不幸，最后母亲客死他乡，女孩落入王家的虎口。这就是一个像嫩芽一样的七岁女孩在半封建半殖民地旧中国的不幸遭遇。

我读了这个小说，陷入了沉思。20世纪80年代初，中国文坛正时兴"伤痕文学"，即大肆渲染新中国的"伤痕"。浩然却逆风而动，"不合时宜"地用生动、深沉的笔触告诉少年儿童旧中国劳动人民的苦难生活。这是一种稀有的可贵的声音。

我觉得，浩然的这部小说可与老舍的《骆驼祥子》作些类比：一个写北洋军阀时期社会的黑暗，一个写国民党统治时期人民的苦难；一个写城市底层市民的不幸，一个写乡村贫苦百姓的冤屈；一个是成人的视角，重点写成人捎带儿童；一个是孩子的视角，重点写儿童连带成人。两部小说都以现实主义的手法,真实书写了最底层劳动人民的苦难,以及黑暗的旧社会对劳动者的残酷剥削与压榨,无情地批判了那个邪恶的畸形的社会——它不让好人有出路!在语言上各有千秋,在人物刻画上都栩栩如生。这两部作品,除了它们作为文学艺术的审美价值外,还具有一个共同的意义——那就是老舍先生在1955年《骆驼祥子》的重印后记里所说的:"不忘旧社会的阴森可怕,才更能感到今日的幸福光明的可贵,大家应誓死不许反革命复辟,一齐以最大的决心保卫革命的胜利!"

反革命复辟,无论是以刀光剑影的方式卷土重来,还是以"随风潜入夜"的方式和平演变,都是再度将劳动人民踩在脚下的罪恶企图,必须警惕!

浩然："咱们得自己喊叫！"

"手使久了，会出现厚茧；心总是没完没了地受磨难，也会坚强起来。"

饭后，我靠在床上看书，重读浩然的中篇小说《浮云》。当读到这句话时，产生共鸣，我拿着书把这句话指给女儿看，让她读一遍，并告诉她："这就是警句，这种句子你多记住一些，写作文时可以引用。"

继续接着读。当读到小说主人公唐明德的妻子宋素兰说的这段话时，我被深深震撼了："我们都叫他害苦了，决不能让他再踩着我们的肩膀往上爬。不能让他再接着茬儿地祸害别的人了。他们上边的领导、知识分子受了冤，有人给平反，咱们庄稼人的冤谁给平？咱们得自己喊叫！"

宋素兰说的那个害人的"他"，是指县农工部领导乔连科。此人在"大跃进"、四清、"文革"以及"文革"结束后的"揭、批、查"等一系列政治运动中，为了所谓"政绩"和自己的飞黄腾达，好大喜功、胡闹蛮干，昧着良心大搞浮夸风、瞎指挥，不顾百姓死活，唐明德夫妇就深受其害。耐人寻味的是，就是这个信奉宁"左"毋右、紧跟形势的领导干部，在"文革"初期仍然没有逃脱被整肃的命运。

提到浩然，人们大都知道他曾热情地、浓墨重彩地描绘出一个时代的"艳阳天"，却很少有人注意到，他也曾冷峻地、入木三分地刻画过一片历史的"浮云"。某些人对浩然的讥讽和诟病，正是基于他们的片面和无知。

《浮云》对历史的反思，对浮夸风、瞎指挥和阶级斗争扩大化等"左"的错误的揭露与批判，对几亿中国农民前途命运的关切与思考，独到而深刻。在它问世34年之后，我重读这部小说，仍感慨良多，陷入深思。对于我们的党和国家、民族走过的坎坷历程，对于我们曾经有过的挫折和失误，浩然既不刻意隐晦，也不恶意渲染夸大、哗众取宠。在分寸的把握上，我以为，浩然的小说处理得最好，最客观，最真实。

"他们上边的领导、知识分子受了冤，有人给平反，咱们庄稼人的冤谁给平？咱们得自己喊叫！"浩然借一位饱经磨难的村妇之口说出的这句话，读来，耳边如滚过雷霆阵阵！

《浮云》是浩然1980年3月写的一部10万多字的中篇小说，最早发表于《新苑》1980年第2期，吉林人民出版社1983年1月出版单行本。这次重读，我使用的版本是新近购买的《浩然中短篇新作荟萃》（上下两册，中国社会出版社1997年1月版）。我初读这篇小说，是在27年前。1987年5月19日，正在驻陕西省黄龙县某部服役的我，从县城新华书店购买了百花文艺出版社出版的《浩然选集》第一卷，并阅读了此卷收入的长篇小说《山水情》和中篇小说《浮云》。我那时的津贴费是每月14元钱，因为兜里钱不够，就只买了一卷。1984年版的《浩然选集》，出版了三卷，90年代后又增补到五卷。目前，这五卷选集，都整齐地站在我的书架上（巧合的是，《毛泽东选集》也是五卷）。这是后话。

重读完这部小说，我忽然有了一种好奇与冲动——想看看当年我读过的那个版本，看看我上面提到的那两段话，是否当年就触动过我。我从书架上取下《浩然选集》第一卷，找到《浮云》。当翻到第565页时，眼睛一亮："手使久了，会出现厚茧；心总是没完没了地受磨难，也会坚强起来。"——这句话下面，被我用蓝墨水钢笔画上了直线。翻到第573页，一阵惊喜：宋素兰说的那段话，同样被我画上了直线，而且，在这几句下面，还加上了着重号——

"他们上边的领导、知识分子受了冤,有人给平反,咱们庄稼人的冤谁给平?咱们得自己喊叫!"

"我是农民的子孙,誓做他们的忠诚代言人",浩然1987年亲笔写下的这句座右铭,后来被镌刻在他的大理石墓碑上。仅此一部《浮云》,浩然也无愧于他的誓言。

翻到《浩然选集》(第一卷)的最后一页,我27年前写下的一句眉批跳入眼帘——

"感谢您,浩然!"

"办事"的"办"

因为一首小诗入选《网络微型诗300首》(点评)一书,该书主编、诗人宋长江给我寄来一册样书。

这本书系湖南人民出版社2011年2月出版,印刷装帧很精美,7印张200多个页码,印数是1万册,各地新华书店有售。印在书舌上的"核心提示"说:"《网络微型诗300首》(点评)汇集了210位作者的300首微型诗(三行以内),可谓精品荟萃,异彩纷呈……300首佳作,首首有精美的点评,易读易懂。此书是一个观世窗口,更是一处精神驿站。书中诗作有的给你以生活启迪,有的给你以情感冲击,有的给你以审美愉悦……我们坚信,她定将以娇艳的姿态耀眼于文学的原野!"

《网络微型诗300首》中的作品,有的出自黄永玉、刁永泉、黄淮、匡国泰、凸凹、非马、申身、宁明、王守勋、莫少云、向天笑等诗坛名家的手笔,更多的出自文学的草根阶层,是一部主要来自网络的原生态诗歌。我入选的那首《臭虫》,只有两行,8个字:"唯其臭/才无人敢碰"。诗后附有两个网友的点评:"王利生:社会上确有一些臭不可闻的人,他们以'臭'为武器,以熏人的臭气让人躲之不及!在他们看来,因为'臭',可以耍泼惹事;因为'臭',可以为所欲为……""知琛:如今,世人反其道而行,唯其臭而臭味相投称知己,唯其臭而惺惺相惜、联手共进、珠联璧合,终于化合成遮天蔽日的'臭氧层'"。

此书中的每首诗都只附录两名网友的点评，从网上检索，我发现了中国微型诗网站上另两名网友的点评，兹录如下："刘洋：坏人可以一时难惹，但终必灭亡。""刘鲁：反语，不敢碰的后边，就是非但敢，而且必须打死它。'臭虫'是坏人的象征"。

　　微型诗是一种"一粒砂中雕世界"的凝练隽永、玲珑剔透、微言大义的诗体，是一种浓缩在一瞬间的机智，其特点是有哲理有意趣有韵味。比如，此书中有一首文源写的题为《办》的诗："光用力不行/左左右右都得打点"。

　　有几个现代人会读不懂这首诗呢？——注意了，这个"办"，是"办事"的"办"。

"玩大了!"

"知道做的事情都是违法的,但这次真的玩大了!"

这是石家庄的一个恶势力团伙成员董某落网后面对记者说的一句话。这个恶势力团伙3月11日做下了那桩骇人听闻的绑架、殴打、轮奸19岁女网管大案。据媒体披露,此案的受害女青年因饱受摧残而神志失常,被送往医院救治。

今天,从3月19日《河北法制报》第一版上再次看到此案的报道,再次听到这句"雷人"的话,有一种不寒而栗的感觉。——在这伙暴徒的潜意识里,他们做下的此等兽行,只是"玩玩"而已。如此这般的"玩玩"对他们来说乃是家常便饭,只不过这一次"玩大了"而已。

怎么这一次就"玩大了"呢?以前,他们"玩"得不够大吗?请看法制报的报道:经审讯深挖,警方掌握了该团伙更多的犯罪事实。今年3月初,团伙成员董某与女友杨某在网吧上网时,无意间看到杨某网友小李的照片。董某见小李很漂亮,便心生歹念,要求杨某约小李出来"玩玩"。小李年仅14岁,携其朋友小张赴约。饭后,董某要求小张独自回家留下小李。小张不从,董某二话不说即殴打小张,还丢给小张10元钱让她马上打车回家。随后,董某叫来赵某和赵某某,胁迫小李,带其去酒店开房。到酒店后不久,董某因其他事情离开。赵某和赵某某在房间命令小李将衣服脱掉。小李拒绝后遭到二人殴打和胁迫。小李吓得浑身发抖,最终被两人残暴轮奸。事后,小李由于害怕一直不敢报案。

敲诈勒索、寻衅滋事，乃至绑架轮奸少女，这些曾经的累累罪行，在他们看来都是"小打小闹"，还"玩"得不够大。只有当镣铐加身之时，才意识到"玩大了"。假如这次受害方还是没敢报案，假如报案了因种种原因警方未能及时破案，假如……那这次令人发指的暴行与兽行，就仍然是"小打小闹"，他们就还会乐此不疲地"玩"下去。

贪官污吏们也是如此，什么样的龌龊勾当、无耻行径和天良丧尽的罪行，他们都习以为常、满不在乎，只有东窗事发之时，才意识到把事"做大了"。——干坏事没有"大"，只有被捉才是"大"的。

怎样让那些作奸犯科之徒在第一次伸手时就能知道"玩大了"，该是我们的司法机关认真考虑的一个问题。

"巡捕"进入我的博客

这个标题是简称或曰缩写,完整点说,应该是"旧中国租界巡捕的孝子贤孙进入我的博客撒野"。

我的新浪博客发出《这是为什么?》一文后,受到一些热心网友的支持。同时,也引来了一个不明身份的"新浪网友"的跟帖:"2010-05-12 17:57:58 感谢美国飞行员把中国祸国殃民的太子制作成了挂炉烤鸭!""2010-05-12 18:04:46 是谁把猫按轻打傻了,干了好事不留名,君子也!"这家伙还是有点做贼心虚,没有敢直接写出毛岸青同志的名字,但谁都可以嗅出这个西洋屁的殖民气味。

一次,毛主席身边的工作人员说:"主席,好久没有见到岸青了,您为什么不去看看岸青呢?"毛主席黯然神伤:"我家那个年代的人,就剩下他自己了,看见他我心里难受......"

为了建立新中国,保卫新中国,毛泽东一家牺牲了六位亲人:弟弟毛泽民、毛泽覃、妹妹毛泽建、妻子杨开慧、侄子毛楚雄、长子毛岸英。另有三个儿女毛岸龙、毛岸红(毛毛)、毛金花或夭亡,或在长征中丢失。

毛泽东在湘赣边界领导秋收起义和井冈山斗争,开辟第一个农村革命根据地时,他的结发妻子杨开慧被国民党反动军阀何建残酷杀害,年幼的岸英、岸青兄弟生活无着,在上海滩度过了5年之久的流亡生涯,靠当学徒、卖报纸、拾破烂、捡烟头、帮助推人力车来维持生活,受尽了土匪、恶霸、地痞、流氓、反动军警的凌辱和打骂。毛岸英后来回顾那段凄惨生活时说："我除了没偷人东西，没给有钱人当干儿子，别的都跟《三毛流浪记》中的三毛一样……"有一次，岸青从国民党的报纸上看到叔叔毛泽覃被杀害的消息，气愤地在电线杆上写下了"打倒帝国主义！"的标语，一个巡捕发现后，抡起警棍狠狠击打岸青的后脑。岸青被打得头破血流，昏死过去，虽经好心人捐款救治，保住了性命，却留下了终身的残疾。因而，70多年后，这个披着"新浪网友"马甲的家伙幸灾乐祸地叫嚷"是谁把猫按轻打傻了，干了好事不留名，君子也！"

巡捕是什么？自清末以来帝国主义列强在我国的一些重要城市建立租界，租界中的警察称为巡捕。他们在中国的土地上横行霸道肆意妄为，手持警棍随意殴打我们的同胞，是帝国主义压榨、奴役中国人民的打手和鹰犬。租界也是三座大山压榨下的半封建半殖民地旧中国的特有产物，是中华民族的耻辱。如今，竟有人恬不知耻地为租界巡捕大唱赞歌，称其为"君子"，只能说明他们是曾经被打倒的土匪恶霸、土豪劣绅、汉奸买办、帝国主义的走狗与孝子贤孙；只能说明他们抛弃了做人的底线，一头扎进了不齿于人类的狗屎堆，异化成天良丧尽的衣冠禽兽。他们的丑恶表演，是最好的反面教材，使中国人民擦亮眼睛，日益觉醒，丢掉幻想，准备斗争。中华民族到了最危险的时候！正像那首被改了词的《社会主义好》所唱的那样："反动派复活了，帝国主义夹着皮包回来了！"

一切反动派都是纸老虎。在一个产生了毛泽东思想的伟大国度，在孕育了毛泽东周恩来这样的伟大共产主义战士的中华民族，假如反动派复辟100次，人民就会101次地举起继续革命的大旗，直到把他们完全彻底地扫进历史的垃圾堆。"试看将来环球，必是赤旗的世界！"（李大钊语）

23年了，这首诗我仍能默诵

1984年7月，正上高中的我从收音机里听到一个广告，石家庄市燕赵文化书社办理一本新出版诗集的邮购，书名叫《中国当代抒情短诗选》。我立即跑到邮局，按地址汇去书款1.55元。不久，我得到了这本对我写诗产生重大影响并保存至今的当代新诗选本。

该书由著名诗人雁翼担纲主编、中国人民大学周红兴等三名教师选编，贵州人民出版社于1984年1月出版，首版印刷12000册。这本书，为我打开了一个认识诗世界的窗口，使我熟悉了众多现当代诗人的名字及其代表作品。

也是从这本书，我知道了著名诗人公刘，读到了他脍炙人口的名篇《沉思》。这首诗，副标题是"读摄影作品《最后的时刻》"，是公刘1978年7月写于山西忻县的歌颂周恩来总理的一首荡气回肠之作，曾荣获首届全国中青年诗人优秀诗作奖。那是很高的荣誉，与时下某些盗名欺世、五花八门的各类"全国性诗歌大赛奖"不可同日而语。80年代初，河北诗人刘章、边国政、张学梦、萧振荣曾获此奖项。

这首诗，我过目不忘。迄今23年了，依然能够默诵。

在诗歌界，关于好诗的标准，多年来一直见仁见智，众说纷纭，争论不休。依我看，很简单，就是看它读后能不能让你记住，让你记多久。如果一首诗读了让人一句都记不住，或者连题目都留不下印象，乃至根本就难以卒读，我不承认它是好诗。

《最后的时刻》是周总理生前最后一幅照片，也是他一生中拍摄的大量照片中最能展现其风采、风骨、神韵与魅力的代表作品之一。它是意大利摄影家乔治·洛蒂在20世纪70年代访问中国并受到周总理接见时抓拍的，成为举世皆知的经典摄影作品。周总理逝世、粉碎"四人帮"后，这幅作品曾大量印行，流传甚广。九十年代初，我曾买过一幅，在我部队的单人宿舍里挂了多年。

公刘（1927——2003），原名刘仁勇，又名刘耿直，是新中国成立后成长起来的第一代诗人，也是一位被写进当代文学史的勤奋、高产诗人，1954年加入中国作协，出版过《边地短歌》《在北方》《仙人掌》《离离原上草》《公刘诗选》等近20部诗集。另有评论集《诗与诚实》《乱弹诗弦》《谁是21世纪的大师？》等5部。1957年反右运动中，风华正茂的公刘蒙冤，此后被发配山西农村20余载，历尽了生活的多重磨难。他那漂亮而薄情的妻子在公刘蒙冤后，丢下刚出生三天的女儿与公刘离异。因数度患恶疾，只有女儿刘粹与其相依为命，公刘的晚景也很凄惨。有人曾赠诗公刘："公刘，祖国伤口一个最苦涩的细胞。"说得很到位。公刘自己也赋诗曰："生活像恶毒的后娘，/时不时要变着花样将我虐待"！读来令人唏嘘。也许正因命运多舛、饱经风霜，公刘的诗由早年的清新俊逸趋向后期的深刻、凝重。诗人刘章说，公刘的作品"有才气，有正气，有骨气，见诗魂，见民魂，见国魂"。从这首《沉思》，便可见一斑。1986年，华夏出版社曾出版过一套三册表现十年动乱的纪实文学集《历史在这里沉思》，书名显然是借用了《沉思》的首句。这足以说明此诗的深远影响。

去年冬，我从书店购得三本公刘女儿刘粹编的《公刘诗草》（人民文学出版社2006年10月版），一本自己留下，另两本送师友。书中收入了《沉思》，与原版不同的是，有一句做了修改，即把"更有江青的无耻！"改为"更有女皇的无耻！"

摄影作品《最后的时刻》与诗歌《沉思》，表现对象都是周恩来，也都堪称经典。不同的是，摄影家用光影塑造形象，而诗人用语言言志抒怀。

28年前的"眉批"

这几日，妻子突然与我探讨起祥子与虎妞的命运来。我很纳闷儿，一问才知，我外出开会这两天，她读了我书架上的藏书《骆驼祥子》。

我从书架上抽出那本并不太厚的《骆驼祥子》（人民文学出版社1979年4月第二版第三次印刷）。29年了，依然保存完好。这是我1981年从南宫新华书店购买的。老舍的《骆驼祥子》，还有鲁迅的《朝花夕拾》、杨沫的《青春之歌》、高尔基的《人间》、方志敏的《可爱的中国》、彭德怀的《彭德怀自述》等，是我读初中时期用自己仅有的一点零花钱购买的为数不多的几本书，也是那个时期读的、对我影响很深的作品。至今我还记得，当时曾看中了另外两本书，一本是《普希金童话诗》，一本是浩然的《山水情》，因衣兜里没钱，只能望书兴叹。《山水情》直到我参军后，才用每月14元钱的津贴费买了一本。再后来，浩然先生签名赠我一本。而《普希金童话诗》，至今无缘见到，成为少年时期留在心上的一个永久的遗憾与隐痛。

在28年后，重新翻开这本《骆驼祥子》，有一种难言的激动与久违的亲切感，仿佛又回到了少年时代。而书中我当年留下的几处"眉批"，使我知道原来小时候还有那样的习惯。多年来我读书已经不再做"眉批"了，只是在重要或精彩处画些杠杠而已，这是从爱护图书的角度考虑的。因而，那少年时的几处眉批，就具有了某种"文物"的价值，不妨在这里晾晒一番——

在书的扉页，作者老舍先生的名字旁，有我写的"（舒庆春，字舍予）"几个字。在第39页，勾画住一段文字，批注："乱世中人也有无奈而变质堕落的。"在51页，右侧空白处，批注："矛盾心理。明知不妥而非能自已的迷惑。应引以为戒。"这一段，描写了祥子在虎妞的勾引诱惑下，半推半就、稀里糊涂地与她发生了男女苟且之事。老舍先生大家手笔，在这个现在看来大有卖点的地方，用墨极为简约洁净，于关键处只用了五个字："屋内灭了灯。"并没有让祥子拿出拉人力车的劲头来与虎姑娘在床上大战三百回合，以证明这个处处要强的"农民工"小伙儿"前列腺"的功能也不弱（这不免让时下某些热衷于偷窥主人公"前列腺"的评论家失望）。在第54页，勾住一段描写，批注："矛盾心理"。第83页，勾画住一句话："在这个无可抵御的压迫下，他觉出一个车夫的终身的气运是包括在两个字里——倒霉！"并在旁边批注："这种社会倒霉的非只是车夫，还有广大的下层人民。"第108页，勾画住三行文字："一个拉车的吞的是粗粮，冒出来的是血；他要卖最大的力气，得最低的报酬；要立在人间的最低处，等着一切人一切法一切困苦的击打。"在左侧空白处批注："人间的不平！"在第140页，勾画住这样一段文字："一个人仿佛什么也不是，只是一只鸟，自己去打食，便会落到网里。吃人家的粮米，便得老老实实地在笼儿里，给人家啼唱，而随时可以被人卖掉！"并于左侧空白处批注："极形象的比喻"。在第170页的一段文字旁批注："妙论！"，被我用圆珠笔勾画住的那段文字是："雨后，诗人们吟咏着荷珠与双虹；穷人家，大人病了，便全家挨了饿。一场雨，也许多添几个妓女或小贼，多有些人下到监狱去；大人病了，儿女们作贼作娟也比饿着强！雨下给富人，也下给穷人；下给义人，也下给不义的人。其实，雨并不公道，因为下落在一个没有公道的世界上。"这段议论前面的故事情节，就是曾被选入中学语文课本的《在烈日和暴雨下》，这场突如其来的大雨，浇得祥子在病床上躺了十天。在180页，老舍先生的一句议论被我勾画住："愚蠢与残忍是这里的一些现象；所以愚蠢，所以残忍，却另有原因。"这是指祥子因穷困进不起医院，只能眼巴巴看着难产的妻子虎妞慢慢地死去。我在一旁批注："深刻"。在当今，不是也发生过农民工孕妇不进医院，用剪刀自己为自己做"剖腹产"的事情吗？也很"愚蠢与残忍"。在小说正文的最后一页（第213页），我有两条批注："正是'好人不长寿，坏人活千年'""黑暗社会中悲惨的遭遇"。这个时候，被迫沦为娼妓的小福子上吊自杀了，而祥子"看着一条瘦的出了棱的狗在白薯挑子旁边等着吃点皮和须子，他明白了他自己就跟这条狗一样，一天的动作只为捡些白薯皮和须子吃。将就着活下去是一切，什么也无须乎想了。"

书中被我用蓝笔或红笔勾画处甚多，都是精彩的描写或精辟的议论，不再赘述。

因为最近正忙，我没有重新通读这部写于30年代的文学名著，只是重读了卷末的附录《我怎样写〈骆驼祥子〉》和老舍先生1954年9月写的重印后记。这个后记写得非常好，而且很精短，照录如下：

此书已出过好几版。现在重印，删去些不大洁净的语言和枝冗的叙述。

这是我的十九年前的旧作。在书里，虽然我同情劳苦人民，敬爱他们的好品质，我可是没有给他们找到出路；他们痛苦地活着，委屈地死去。这是因为我只看见了当时社会的黑暗的一面，而没看到革命的光明，不认识革命的真理。当时的图书审查制度的厉害，也使我不得不小心，不敢说穷人应该造反。出书不久，即有劳动人民反映意见："照书中所说，我们就太苦，太没希望了！"这使我非常惭愧！

十九年后的今天，广大的劳动人民已都翻了身，连我这样的人也明白了一点革命的道理，真不能不感激中国共产党与伟大的毛主席啊！在今天而重印此书，恐怕只有这么一点意义：不忘旧社会的阴森可怕，才更能感到今日的幸福光明的可贵，大家应誓死不许反革命复辟，一齐以最大的决心保卫革命的胜利！

老舍先生说得对。警惕反革命复辟，这是一个革命的政权必须面对的问题。只有这样，才能避免劳动人民再经受祥子的悲剧。

观音土可以当盐吃？

凡是知道观音土为何物的人，看到这个问题，肯定会给以否定的回答，甚至会责怪和讥笑我为什么提出如此荒唐的问题。

但有一部文学名著却告诉我们：观音土可以当盐来食用。这部书，就是曾经荣获第三届茅盾文学奖的著名作家路遥的代表作《平凡的世界》。请看该书第一部第46章的一段描写："有的家户穷得连盐都吃不起，就在厕所的墙根下扫些观音土调进饭里……"

路遥这样写，目的显然是极言"文化大革命"期间，在人民公社体制下，我国偏远山村的农民生活之苦，进而显示农村改革的必要性与紧迫性。因而，这绝对不是一个无关宏旨的细节。问题是，这个读来让人恶心、痛心又惊心的耸人听闻的细节，它真实吗？它是从生活中来的呢，还是脱离生活、闭门造车的产物？

一种东西是否可以用于来当盐吃，至少要具备这样两个条件：首先味道要咸，其次是吃了不中毒、得病，至少是不至于危及生命。那么，观音土是什么呢？在我们家乡，有一种黏性的土，棕红色，俗称"胶泥"，是和泥打土坯必不可少的东西，老辈人说，那就是书上常说的"观音土"。因为这种土有黏性，不像一般土质那么牙碜，听说在旧社会（中华人民共和国成立前），闹灾荒时，穷人饿得实在难以忍受时，就用它来暂时充饥。但没有听说过把它当盐来吃的，因为它并没有咸味。查阅资料，《现代汉语词典》对"观音土"的注释是："一种白色的黏土。也叫观音粉。"搜索网络资料，介绍则较为详细：

观音土也称高岭土，又名甘土、皂土、陶土、白泥等，是以蒙脱石为主要成分的黏土矿物，是陶瓷制品的坯体和釉料以及黏土质耐火材料的重要原料。在旧社会，大灾之年断粮时，常有饥民靠吃观音土充饥。但观音土不能被人体消化吸收，也没有营养，食后容易腹胀，导致大便困难，少吃虽无大碍；吃多了则有生命危险。

上述资料，也丝毫看不出观音土有"味咸"的特性。就是说，这个东西，可以被饥不择食的灾民用以充饥，却断无调味之功效。那么，农民为什么偏要把它"调进饭里"？"穷得连盐都吃不起"的人，还会有饭吃吗？退一步讲，即使观音土真的能当盐吃，为什么非得要到"厕所的墙根下"去扫呢？是山区农民生来就对厕所里的味道感兴趣，还是只有厕所里才有观音土？

这个质疑，我几年前初读《平凡的世界》时，就产生了。我当时没有写，是相信偌大个中国，这样一部几乎是家喻户晓的名著，总会有人发现并指出这个问题的。但遗憾的是，等了几年，至今无人提及这个问题，起码在我的视野内没有见到。前段时间与几个作家偶然谈及此事，也没有引起注意得到认同，甚至还差点与一位据说很崇拜路遥的同志发生争论。因而，不揣浅陋，提出这个疑问，就教于各路方家。

需要说明的是，我提出这个问题，绝非是对《平凡的世界》有什么偏见，更不是对作家路遥有什么不恭。路遥的勤奋和对文学事业的虔诚、执着，一直是我所钦佩和敬重的。他的中篇小说《人生》以及由此改编的广播剧、电影等作品，是我读中学时深深喜爱并引起强烈共鸣的作品之一。但是，对于这部被文学史家誉为"伟大的现实主义杰作"的《平凡的世界》来说，这样一个明显的背离生活现实的硬伤，如果大家都故意视而不见，或为尊者讳，那于历史、于文学，都是不负责任的。这种态度，也不是对路遥和《平凡的世界》真正的尊重与爱护。

从"40美元红线"说开去

据说,美国的反腐败制度是刚性的,比如,政府官员每一次接受礼物不能超过40美元,超过了一旦查出来,要引咎辞职,否则就被开除。如此说来,美国的官员,似乎大都是比较廉洁的,这倒不是他们思想境界高,或不贪财,而是因为他们不愿被开除,一旦被开除了,会失去更多的既得利益,实在是得不偿失。当然,也有人质疑:若每天接受一个价值39.9美元的礼物,其"发家致富"的速度也是快速的,成为"先富起来"的那"一部分人",也不难。还有一个不容忽视的问题就是:若查不出来呢?

其实,我们中国的反腐败制度更是刚性的,这不只是有制度约束,更在于共产党要求自己的干部有廉洁奉公、全心全意为人民服务的思想境界。比如焦裕禄,他到一个最穷的县当县委书记,生活很艰苦,身体又有病,有人出于关心,趁他不在家时,给他家送去几条鱼,他得知后,立即让孩子给退回去了。这倒不是因为他怕被开除,而是他认为白吃白拿了国家、集体或群众的东西,就不符合一个真正共产党员的标准了,有悖于自己当年入党时的初衷。焦裕禄如此廉洁,并不是跟美国学的,而且他当时肯定不知道美国的什么"40美元红线"。和谁学的,或者说是谁教育出来的?他去世后,媒体对他的宣传中有一个很著名的称号——"毛主席的好学生",他死后,在他病床的枕下,的确发现了一部《毛泽东选集》。

毛主席、周总理领导的社会主义新中国,是世界上少有的廉洁国家，有一支廉洁奉公、与群众水乳交融的干部队伍。这从高层就可以看出来：那时中央政治局开会，服务员给与会者上茶水，到月底，要从每个政治局委员的工资里扣除茶叶费。当时的政治局候补委员、国务院副总理吴桂贤是纺织工人出身的全国劳模，原来月工资是60多元，到中央工作后依然如此。为了节省开支，她只好推说自己不爱喝茶，只喝白开水。吴桂贤结婚时，不收一分钱礼金，这也不是担心被撤职或开除，她说："是毛主席这样教育我的。"毛泽东烟瘾很大，在国事活动中会见外宾时，陪外宾吸烟，给外宾抽的烟是由公家的招待费中开支的，他自己吸的烟，必须从他的工资中开支。外国友人赠给他个人的礼品（包括一些营养类的食品），他一律上交国库。毛泽东、周恩来等党和国家领导人外出视察，在何地用餐，都按规定缴纳伙食费。干部下乡下基层，不像现在被乡镇或村干部领到酒店宾馆大吃大喝大"玩"，而是安排到社员（现在没"社"了，叫农民）家中吃"派饭"。即使只是喝了一碗稀粥，吃了一块窝头一碟咸菜，也必须缴纳伙食费。我的童年是在"文革"时期度过的，我们家就接待过下乡支农而吃派饭的城里干部或职工。那时新中国从国民党留下的千疮百孔的废墟上挺立起来还不久，正是艰苦创业的时候，生活还比较清苦。我记得很清楚，我们一家人吃窝头，母亲总是想方设法给吃派饭的同志做些好吃的（比如烙饼），这并非因为他们是干部，或城里人，而是觉得这是待客的基本礼数。人家交伙食费，母亲也执意不收，每次都是吃派饭的同志扔下钱（或悄悄把钱压到饭碗下面）就跑。

　　当然，这说的都是过去。当今中国的腐败之甚，有目共睹。无论媒体与坊间，无论精英与草民，都在无奈地接受并传播这样一个观点：中华民族到了最危险的时候，中国人到了最缺德的时候。说这话的人，心态各异，目的不同。尤其是后一句，那些总想征服、肢解、灭亡、奴役中华民族的国家及其豢养的走狗，听起来很惬意很受用，因而也格外卖力地鼓噪宣传。但缺德和腐败的根源在哪里？干部（现在称"官员"了）的大面积腐败和国民素质与道德的沦丧，发轫于哪个时期？是在解除了什么精神武装、放弃了什么思想武器、抛弃了什么理想信念、接受了哪些价值观念并与什么"国际"接轨之后？

中华民族是一个古老而文明的伟大民族，自古以来就崇尚舍生取义、解危济困、见义勇为的节操与风范。远的不讲，就说新中国成立后吧，就涌现过雷锋、王杰、罗盛教、刘英俊、欧阳海、蔡永祥、门合、焦裕禄、王进喜、向秀丽、李月华、杨水才、王国福、耿长锁、贾进才、吕玉兰、张炳贵、金训华、刘文学、张高谦、张华以及"草原英雄小姐妹"等无数英雄模范和道德楷模，怎么短短几十年，就成了"最缺德的民族"？！

世界上有过这种国家，他们自己喝咖啡，却把鸦片倾销到别国的土地上，然后，他们用赚得的带血的昧心钱，把自己打扮得衣冠楚楚，指着被他们坑害的面黄肌瘦、衣衫褴褛的中国人说："这些愚昧丑陋的东亚病夫，就该给我们做奴隶！"

你反抗吗？他就用洋枪洋炮打你！直到今天，这类国家在别国的土地上极其野蛮地烧杀抢掠，打的都是"民主""自由"和"人权"的旗号。不管哪个国家，你俯下身子给他当孙子，他就说你是"民主"的、"普世"的；你敢于对他说不，向他叫板，他就骂你是专制的、独裁的。

历史往往有惊人的相似之处。现在仍有这样的国家，他们教育自己的国民和官员要廉洁勤政，要爱国，要维护自己国家和民族的利益。而他们几十年来，却不惜血本对别的国家搞渗透、颠覆与和平演变，无时不在用一些腐朽没落的精神垃圾毒害、腐蚀、瓦解别国的青少年、干部队伍及全体国民，让他们变得自私、堕落、腐化、萎靡、冷漠、贪婪、无耻、放纵，让这个国家重新成为任人宰割的一盘散沙。他们教育他们的公民要尊崇自己国家的英雄豪杰，而对别的国家的伟人和英雄，他们无所不用其极地予以嘲讽、污蔑、诋毁和妖魔化，以打掉该国人民的精神支柱与民族自信心和凝聚力。他们扶植、豢养了一批形形色色的汉奸和无耻文人，栖身于各个领域，充当他们的传声筒与应声虫，出卖国家和人民的利益，干着吃里爬外的罪恶勾当。他们知道，只有这样，才有了征服、颠覆这个国家政权的舆论氛围、群众基础和可能性，才能攫取到更多的利益，实现其称霸世界的野心。他们整天骂某个国家腐败、专制，目的在于煽动人民配合他们搞垮这个国家，在他们的内心深处，倒是企盼这个国家腐败得越快越彻底才好。他们明白，一个勤政为民、廉洁奉公的党所领导的国家，将会无敌于天下。60多年前鸭绿江边那场让他们丢尽颜面的战争，就昭告了这条铁打的定律。重庆市力度空前的唱红、打黑、除恶运动，是中华民族励精图治、重建信仰的伟大举措，是中国共产党重振雄风、重建信誉的民心工程，是一场彻底揭开腐败黑幕、铲除腐败根源的人民战争。黎民百姓拍手称快，而某种势力豢养、支持和操控的媒体对此恨得要死、怕得要命，千方百计地予以贬损、污蔑、歪曲与丑化，就很能说明问题。

不久前发生在广东佛山的"小悦悦事件"，成了"中华民族到了最缺德的时候"的一个注脚，被海内外媒体大肆宣扬。"小悦悦事件"的发生不是偶然的，有其深刻的社会根源。这几十年，在某种势力和思潮的误导下，国人的价值观错位了，与不法奸商勾结在一起、为牟取私利而出卖国家经济情报的张金发们受到追捧和艳羡，牢记共产党人宗旨、心系百姓、无私助人的高大泉们受到冷落和嘲笑（被讥讽为"高、大、全"）。当80年代初，我们开动宣传机器批判"高、大、全"就是"假、大、空"，似乎只有"矮、小、缺"才符合"人情""人性"的时候，中国大地就已经开始为上演"小悦悦事件"而布置舞台和布景了。当神州处处"小悦悦"时，我们才吃惊地发现：能够伸手拯救小悦悦、从而为我们这个已经被糟踢得灰头土脸的国家和民族争回最后一点脸面的，恰恰就是这些年来被挤压到社会最底层的一个"高大全"——在那两个残暴野蛮的司机面前，在那18个猥琐而冷漠的过客面前，只有那个衣着简朴的拾荒老人，才称得上精神风范的高大和道德、人格的健全！

还说美国。"40美元红线"似乎显示了他们打造廉洁政府的决心。但这个把无偿接受40美元都视为道德瑕疵乃至违法行为的国家，应该是比较讲廉耻、诚信和良心的吧？那它这个自诩为独占鳌头的先进而富强的国家，为什么拿去我们中国N个亿的国债而赖着不还，让亿万中国人民年复一年地为他们无偿地打工？这种厚颜无耻的巧取豪夺与寄生方式，是哪家的"普世价值"？

"老顽童"的睿智与魅力

掌声连连,笑声阵阵,这是一堂轻松愉快、妙趣横生的科学课。

时间:2011年10月19日上午;地点:中国人民公安大学高警楼6层教室;主题内容:《当代科技发展的态势与前瞻》。讲课人:一位自称"老顽童"的著名科学家——王渝生教授。

68岁高龄的王老师,坚持要站着讲课。

王渝生教授1943年8月8日生于重庆,1966年毕业于四川师范大学数学系,1981年毕业于中国科学院研究生院科技史专业,相继获中国科学院理学硕士、博士,德国慕尼黑大学博士后。曾任中国科学院自然科学史研究所研究员、博士生导师、副所长。2000年调入中国科学技术馆任馆长,现任中国科技馆研究员、北京市科协副主席、中国科学技术协会全国委员会委员。长期从事科学史研究和科普教育工作,主要著作有《自然科学史导论》《科学寻踪》《科技百年》《中国文化通志·数学卷》等。系中共党员,第十届全国政协委员,北京科技大学、国家行政学院、中央社会主义学院等高校兼职教授。

在两个多小时充满激情的讲授中,王渝生教授从科学的定义、起源讲起,介绍了20世纪科学发展的两大科学理论、四大科学发现和八大高新技术,展望了21世纪的科学技术发展前景。

王渝生教授的讲课幽默风趣,神采飞扬,引人入胜,以"老顽童"的青春活力与哲人的睿智与魅力,给同学们以极大的感染,赢得了阵阵掌声和欢笑。

　　王老师博学强记，过目成诵，令人叹服。他讲到，胡锦涛总书记在中共十七大上的报告，他刚收看完直播，电视机一关，马上就能一字不差地大段背诵："中国共产党第十七次全国代表大会，是在我国改革发展关键阶段召开的一次十分重要的大会。大会的主题是：高举中国特色社会主义伟大旗帜，以邓小平理论和"三个代表"重要思想为指导，深入贯彻落实科学发展观，继续解放思想，坚持改革开放，推动科学发展，促进社会和谐，为夺取全面建设小康社会新胜利而奋斗。"当背诵到最后一句时，他高高地举起手臂，拉长声音，放慢速度，提高音量："而奋——斗——！"教室里随之漾起一片愉快的笑声。

　　他还激情朗诵了原中国科学院院长郭沫若30多年前（1978年3月）在全国科学大会上所作讲演《科学的春天》的结尾一段："春分刚刚过去，清明即将到来。'日出江花红胜火，春来江水绿如蓝'。这是革命的春天，这是人民的春天，这是科学的春天！让我们张开双臂，热烈地拥抱这个春天吧！"虽然主要是讲自然科学，但王老师在讲课中不时朗诵起一些他印象深刻的诗歌。他背诵了郭沫若的新体诗《题毛主席在飞机中工作的摄影》和旧体诗词《水调歌头·读毛主席诗词》。前一首写于1958年，是郭沫若看到一幅毛主席在飞机上工作的照片后的即兴题诗：

　　　　在一万公尺的高空，
　　　　在图—104的飞机之上，
　　　　难怪阳光是加倍地明亮；
　　　　机内和机外有着两个太阳。

　　　　不倦的精神呵，崇高的思想，
　　　　凝成了交响曲的乐章；
　　　　像静穆的崇山峻岭，
　　　　也像浩渺无际的重洋。

王渝生教授背诵了苏联文学家高尔基90年前的一段名言，结束了这令人难忘的一课："我认为世界上没有任何别的力量比得上科学和文学对人的影响那么大，我在讲这句话的时候，是真心诚意把科学放在文学之上的，因为文学太容易受到个人的情绪和思想的支配，因此真正属于全人类、真正属于全世界的文学是不存在的，而科学是属于全世界、属于全人类的，科学只有一个，这个科学深深扎根于观察与实验的肥沃土地之中，受数学的铁的逻辑的支配，这个科学是人类认识自己过去欢乐和苦难的根源，这个科学带领我们奔向更加光辉灿烂的明天。科学万岁！"中午，王渝生教授与我们在高警楼2层餐厅一起就餐。我问："郭沫若那首《水调歌头·读毛主席诗词》，是否收进了《沫若诗词选》？我小时候读过这本书，记不太清了。"王教授说："我给你写下来吧！"随后，就在我的笔记本上写下了这首词："充实光辉，大而化，空前未有。经纶外，诗词余事，泰山北斗。典则远超风雅颂，阶级分清敌我友。沁园春，水调有歌头，羌无偶。嫦娥舞，瘟神走，梅花笑，苍蝇抖。今史诗，将使地天恒久。宝剑擎天天不堕，红旗卷地地如绣。济同舟，万国尽朝晖，新宇宙。"

王渝生教授对这首词赞不绝口。这首词写于1963年，赞扬了毛泽东诗词鲜明的政治内容和艺术魅力，词中多处化用毛泽东诗词的壮美意象。"嫦娥舞，瘟神走，梅花笑，苍蝇抖。"确系妙句。

写完这首诗词，王渝生教授又随手在我的笔记本上勾勒出一幅惟妙惟肖的自画像，并题签："老顽童王渝生"。他说，女儿小时候写过一篇作文，题为《我的爸爸》，文中说："我的爸爸长着三角眼、蒜头鼻、瘪嘴巴，虽然其貌不扬，但是心灵很美。"他说，女儿多会做文章啊，欲扬先抑，重点却在"心灵很美"。

他笑着，目光里闪烁着睿智、自信与几分顽皮，一脸的灿烂。

人格魅力真理光芒

原人民文学出版社社长、《人民文学》主编严文井,是70年前参加过延安文艺座谈会、亲耳聆听过毛泽东主席《讲话》的著名作家,1938年到延安后,在延安鲁迅艺术学院文学系任教。延安文艺座谈会召开前,为了准备座谈会的报告,毛泽东曾经把在延安的许多文艺界人士请到他的窑洞里谈话,调查情况,征求意见,当时年仅27岁的严文井就是受邀请的一位。晚年,严文井曾向友人回忆起当年的情况,并谈及他对毛主席的印象:"那天在枣园毛主席的窑洞里,谈得坦率而亲切,不知不觉间就到吃饭的时间了,毛主席留我共进午餐。我感到荣幸,也显得有些拘束。毛主席见状,把在他一边的红烧肉缓缓推到我面前,亲切地说:'不要紧张,吃,吃。'谈了整整一天,我从毛主席的窑洞里走出来,天已经黑了。我顶着满天星光回自己的窑洞,回想着和毛主席相处的一幕幕,在心里说:这个人呀,现在他让我为他去死,我都干!我也很奇怪他拿什么征服了我,为什么会有如此迷人的魅力?其实,他那天没讲一句马列,讲的都是天文地理世态人情,他是百科全书,古今中外,包罗万象,他不把马列的词句挂在嘴边上。但你事后细想,他讲的都是马列呀,他把马列主义的真理都融合到中国革命的现实中了,讲的都是咱中国老百姓的事!当时我就认定,跟着这个人干革命,肯定能成,中国肯定有希望!"

此后几十年的革命实践和历史走向,证实了严文井当年的判断。

促使严文井做出这种直觉判断的,是人民领袖的人格魅力和马列主义的真理光芒。把马列主义普遍真理和中国革命具体实践相结合的毛泽东思想,成为民族解放和人民革命事业走向胜利的指南。而集中体现毛泽东文艺思想的延安文艺座谈会讲话,代表了党在文化领域最早的马克思主义中国化的理论贡献,是中国共产党领导文艺事业的经典文献,是中国社会主义文化建设的根本原则和方向,闪耀着永恒的真理光芒。

2005年9月,我参加第五期全国公安文学研修班,著名作家苏叔阳为我们讲课时,也专门提到这件事。苏叔阳先生还说,他问严文井,现在影视剧中的毛泽东形象,与历史上真实的毛泽东相比较,像吗?严文井先生笑道:"不像,差远啦!"

原北京市作协主席、著名作家浩然,就是一位毕生深入生活、坚持人民大众立场的具有坚定政治信仰的革命作家,是实践毛泽东文艺思想的典范。他生前多次撰文提到毛泽东同志的《讲话》对他艺术生命的哺育与启蒙。他说:"因毛泽东同志领导的革命取得胜利,我这样一个农民的后代,才大胆地做起文学梦;因他制定的革命文艺纲领指引,我这样一个半文盲,才有所遵循地一边补习文化知识一边苦练手中的笔,终于使好梦成真。"无论政治风云怎样变幻,浩然直到生命的最后一息,也没有背叛自己的共产主义信仰。他说:"我一直坚信马列主义、毛泽东思想这本'经'是'普度众生'的真经,只有社会主义能够救中国。"1952年春,浩然在河北省团校学习,买到一本毛主席《在延安文艺座谈会上的讲话》,欣喜不已,一口气读了两遍。他后来这样回忆当时的情景:"它像是当空的太阳,把光和热都融进我的心里。我的两眼明亮了,浑身升起一股强大的信心和力量。"浩然对《讲话》的真诚信念来源于他自身的生活和艺术实践。《讲话》的基本精神和许多方向性、根本性的观点,决定了他一生为人为文的信仰和主旋律,决定了他全部作品的基调。他深有感触地说:"人民大众的社会生活,不仅仅是创作素材的源泉,也是创作的智慧和力量的源泉,同样是写作者的信心的源泉。……我要想使自己的艺术青春尽可能地延长些,就要嘴含住《讲话》的'乳头'不放开。不管风云还有什么变幻，潮流还有何等起伏，相信《讲话》这个真理的太阳会永放光芒。"

毛泽东同志说："为什么人的问题，是一个根本的问题，原则的问题。"浩然很好地解决了这个问题。著名剧作家肖尹宪曾对我说过这样的话：浩然是一位伟大的人民大众作家。因为他跨过了一个坎，这个坎就是为谁写作、为什么写作。我以为，这是切中肯綮的知人之论。去年5月，中国解放区文学研究会在京召开研讨会，纪念毛主席《讲话》发表69周年，特意邀请我去谈浩然的创作。当今某些低俗的、胡编乱造的作品之所以受到广大读者的冷落乃至唾弃，究其根源，就在于背离了《讲话》关于社会生活是文艺创作的源泉和文艺要为人民大众服务这一精神，把为人民服务，变成了赤裸裸的"为人民币服务"。"人民"作家少了，"人民币"作家就多了，神圣高洁的文坛，也就蜕变成了臭鱼市般的名利场。

自1985年在共青团中央主办的《农村青年》杂志发表第一首诗歌以来，无论是投身军旅，还是服务于警营，我始终以毛泽东同志《讲话》为指针，二十多年如一日，坚持业余文学创作，用手中的笔讴歌真善美，鞭答假恶丑，为人民大众和革命事业服务，先后出版了《那个女孩喜欢雪》《莫名的心绪》《鲜花与蒺藜》《心雨潇潇》《凝思与歌唱》等多部诗集，也写过一些报告文学、散文随笔和文学评论。诗歌作品曾在公安部、全国公安文联举办的征文活动中获奖，并被选进中学语文辅导教材。我恪守前辈作家"怀浩然正气，抒苍生真情"的教诲和期望，敢于抨击文艺界的不良习气和错误思潮。2010年，我出版了记述和评析著名作家浩然及其创作道路的评论集《感悟浩然》，受到各地热心读者和樊发稼、张炯、杨啸、胡世宗、雷达、冉淮舟、张峻、孔庆东、阎延文、李云雷、贾漫、唐德亮、张泽勇、赵秀忠、曹继铎、李凤祥、李培禹等许多作家、学者和评论家的好评，获得了第六届河北省文艺评论奖。前不久，湖南的一位与我素昧平生的热心读者，读到《感悟浩然》后，大为感动，来信要求再购买30本，让人意想不到的是，却汇来了相当于70本书的书款。他在发给我的短信息中说："30本书之余，表示我的一点心意，因为你说出了我想说的话，做了我做不了的事，应表示支持！"广大读者和前辈作家的支持与鼓励，进一步坚定了我沿着《讲话》指出的广阔道路，为祖国、为人民、为社会主义现代化建设事业纵情歌唱的信心。

从"悬赏缉拿"到"重金换像"

从媒体看过一段历史资料,很有意思,转引如下——

毛泽东和他的战友们在长征中被蒋介石以10万大洋悬赏通缉,这是毛泽东历次被悬赏缉拿奖赏金额最高的一次。

1935年8月,毛泽东率领中央红军翻越终年积雪的夹金山,走出荒无人烟的茫茫草地,在巴西地区取得包座之战歼敌胡宗南一个整师的胜利,从而彻底粉碎了蒋介石消灭红军的企图。蒋介石闻讯后大为震惊。无奈之下,他突发奇想地于9月7日给时任"剿匪"第三路总司令朱绍良拍发了特急电报,令其在"剿匪"区域颁布一份重金悬赏缉拿毛泽东及其他中共和红军领导人的通缉令。蒋介石亲自制定"悬赏标准":

1、生擒毛泽东者奖大洋10万元,献首级者奖大洋8万元。

2、生擒彭德怀、林彪者各奖大洋6万元,献首级者各奖大洋4万元。

3、生擒博古、周恩来者各奖大洋5万元,献首级者各奖大洋3万元。

4、凡生擒共产党师以上的干部者各奖大洋3万元,献首级者各奖大洋2万元……

这份悬赏令的金额可是不菲，当时国民党政府的法币与美元比值为3.75∶1，一个普通3口之家一个月生活费用仅为3元，在当地买一头牛才20多元法币。而银圆（俗称"大洋"）比法币更值钱。

毛泽东在得知这一悬赏"通缉令"后，颇有兴趣地让人找来一份，浏览之后便笑道："看来我毛泽东的人头还这么值钱，可惜他蒋某人这次又要落空了。"站在一旁的张闻天诙谐地对毛泽东说："我们也给他蒋某人发个悬赏通缉令：凡生擒蒋匪介石者奖钱10文。"周恩来仰天大笑："你开的价也太小气了！"张闻天一脸认真："蒋介石哪能跟我们共产党人比，给他开价10文钱已经够高了，我看给他5文就够了。"

看了这段文字，有几点感受：一是毛泽东等无产阶级革命家的自信、乐观、幽默和蔑视一切强敌的大无畏革命精神，令人感佩；二是蒋介石的愚蠢、残暴与可笑，他的血腥屠杀加物质诱惑、金钱收买的反革命策略，只能给后人留下"黔驴技穷"的笑柄。而他的"财大气粗"和对"有钱能使鬼推磨"的信奉，也足以令此后一切雇凶杀人的流氓、痞霸、黑恶势力自愧不如。

其实，蒋介石反动政府和地方军阀势力悬赏"缉拿"毛泽东和他麾下的彭德怀、徐海东等红军将领，绝非1935年那一次，悬赏金额也大小不一。这从毛泽东那句"他蒋某人这次又要落空了"也可得到印证。上文说"在长征中被蒋介石以10万大洋悬赏通缉，这是毛泽东历次被悬赏缉拿奖赏金额最高的一次。"这与历史事实不符。据军旅作家王树增所著《长征》一书披露："一九三四年十月二十五日，蒋介石召集军事会议，发布了把中央红军消灭在第二道封锁线的作战命令。同时，在全国的各大报纸上发布了悬赏布告：生擒毛泽东朱德者，赏洋二十五万元。"斯诺在他的名著《西行漫记》中也曾这样描述他初次见到的毛泽东："他是个面容瘦削、看上去很像林肯的人物，个子高出一般的中国人，背有些驼，一头浓密的黑发留得很长，双眼炯炯有神，鼻梁很高，颧骨突出。我在一刹那间所得的印象，是一个非常精明的知识分子的面孔，可是在好几天里面，我总没有证实这一点的机会。我第二次看见他是傍晚的时候，毛泽东光着头在街上走，一边和两个年轻的农民谈着话，一边认真地在做着手势。我起先认不出是他，后来等到别人指出才知道。南京虽然悬赏二十五万元要他的首级，可是他却毫不介意地和旁边的行人一起在走。"

蒋介石为剿杀革命者，其悬赏金额究竟是多少，于历史并不重要，重要的、可为后人思考和镜鉴的是：这样一个兵多将广、阴险狡诈而又财力雄厚的一代枭雄，为什么会败得那么惨。

历史往往有许多相似之处。当年蒋介石出价25万元"购买"毛泽东的头颅而不可得，在毛泽东逝世30多年后的今天，又出现了"先富"阶层欲以重金摘掉天安门城楼上毛主席画像的笑料。坊间和网络上，有这样一个流传甚广的"段子"：北京某官员在山西被一煤老板宴请，席间慷慨放言："只要兄弟肯出500万，在北京没咱摆不平的事！"煤老板见状连连恭维，进而提出："我出1000万，能否把天安门上的毛泽东像换成我爹的照片？"

这个颇有几分黑色幽默意味的段子，警示人们：毛泽东虽已去世多年，但他的光辉形象和思想，永远是某个阶级、某种势力的噩梦；而攫取了最大经济利益的这个阶级，一旦坐大成势、羽翼丰满之后，就要迫不及待地谋取政治权力，以维护其既得利益。

别糟蹋红歌

看了网上的一段视频，比吃了一只苍蝇还恶心！

真的想象不到，如今的某些戴着"著名艺术家"桂冠的"星"们，"腕"们，是如此的肆意妄为！

这个歌星唱的，是一首脍炙人口、家喻户晓的歌曲《洪湖水，浪打浪》，是著名的革命历史题材歌剧《洪湖赤卫队》的选曲之一，用现在时髦的说法就是"经典红歌"。周恩来总理就非常喜欢这只歌曲。歌词是这样的：

洪湖水呀，浪呀嘛浪打浪啊，洪湖岸边，是呀嘛是家乡啊。清早船儿去呀去撒网，晚上回来鱼满舱。四处野鸭和菱藕，秋收满帆稻谷香。人人都说天堂美，怎比我洪湖鱼米乡。洪湖水呀，长呀嘛长又长啊，太阳一出，闪呀嘛闪金光啊。共产党的恩情，比那东海深，渔民的光景，一年更比一年强。

歌词中有一句："共产党的恩情，比那东海深"可以说，这既是这首歌的点睛之笔，也是整部歌剧的主题所在，更与后面的歌词"渔民的光景，一年更比一年强"有着内在的逻辑关系。然而，这句歌词到了那位著名的军旅女歌手嘴里，却变成了"爹娘的恩情，比那东海深"。乍听这句唱词，我还以为这位歌星是在她爹娘的生日宴会上献歌呢，再一看字幕，原来是在澳大利亚的悉尼举行的一场音乐会。

　　这些年来，被肆意篡改、随意阉割的历史歌曲已经不少了，比如，《打靶归来》中，"毛主席听了心欢喜"，被篡改成"全国人民听了心欢喜"，《祖国一片新面貌》中，"毛主席革命路线指方向"，也被置换了别的词。总之，就是要搞"去毛泽东化"。砍去了"毛主席"，还意犹未尽，现在又开始朝"共产党"动刀子了。其实这也是有内在逻辑关系的，你想，毛主席挨了刀子，共产党还能完好无损吗？或者说，一旦抽掉了"毛泽东思想"的灵魂，共产党还能成其为共产党吗？

　　我想不明白，那位歌星为什么要这样改歌词？是对共产党有成见？——那你为何还要留在党内，而不自动退党？为何还要赖在共产党缔造和领导下的人民军队而不复员或转业？是怕"共产党"三个字吓着外国人？——人家不至于这么胆小吧？美国的大学生可以在他们国家举办的音乐会上唱《社会主义好》，唱"共产党好""帝国主义夹着尾巴逃跑了"（网上有这个视频），一个共产党军队养着的歌手，"共产党"倒成了你嘴里犯忌的词，这不是滑天下之大稽吗？你这样体贴"老外"，是不是自作多情、自轻自贱？哪个国家会瞧得起这样的人？

　　也许上述原因都不是，那位歌星只是为了表达自己对爹娘的思念和孝心。这个无可厚非，那你应该创作一首这样的歌曲啊，如果自己写不了，歌颂父母的歌曲多了去了，随便挑一首演唱不就得了吗？你凭什么这样肆意篡改、阉割一首家喻户晓的经典红歌？这样的行为，无异于向一坛陈年佳酿里撒尿！即使不考虑对历史和艺术的应有尊重，不考虑全国人民的感情，那你征得歌曲原创作者的同意了吗？这是不是侵权？

　　作为中国人，作为一名中共党员，我为你脸红。

　　你，把脸丢到了悉尼！

陈少敏是哪年去世的？

我印象中是1977年或1978年，反正肯定是在粉碎"四人帮"之后。一查资料，没错，陈少敏同志是1977年12月14日病逝于北京的，享年75岁。

陈少敏是中共党史上一位著名的女革命家。新中国成立后，曾任中华全国总工会副主席，是中共第七届中央候补委员、第八届中央委员。

但许多人知道这个名字，还是因了她晚年的一件事，或曰一个"亮点"：1968年10月，在中共八届十二中全会上，对那个《关于叛徒、内奸、工贼刘少奇罪行的审查报告》表决时，她没有举手。举不举手，这当然是她的权利。但问题是，当时出席会议的其他中央委员全举了手，只有陈少敏是个例外，如此卓尔不群，显示的是个性、风骨乃至胆识。因而，在1980年中共十一届五中全会为刘少奇同志平反后，陈少敏受到了赞扬。时任中央总书记的胡耀邦同志曾不无懊悔地说："八届十二中全会开除少奇同志党籍，我举了手，我们大家都举了手，在这个问题上犯了错误。只有陈大姐没举手，我不如她……"

中共十一届五中全会为刘少奇同志平反的决议表决时，与会所有的中央委员都举了手。这当中，也肯定有人当年就出席过八届十二中全会。

这些，都已成为历史，不是什么新鲜的话题。

为什么突然扯起这个事？因为近日从互联网上看到原载于广东省政协《同舟共进》杂志（2004年第3期）上的一篇文章《从耀邦的悔痛谈起》（文章作者是一位知名的作家）。文章提到了这件史实，并议论道："如果要我讲几句自己的话，那么我要说，第一，耀邦谈到的那'女党员'，指陈少敏，八届中央委员，曾任全国总工会副主席。十二中全会上，确实只有她一个人'不畏高压，对这个决议，拒不表示同意'——上述字句，引自《中共党史大事年表》第157页（人民出版社1981年第1版）；可惜它没有说明，这位优秀的'女党员'不久便因此被迫害致死。"这位作家要讲的"自己的话"意思很明白：陈少敏是因为不举手被"迫害致死"的，而且就在十二中全会召开后"不久"，由此可见"迫害"手段之残酷。同时，为《中共党史大事年表》没有作这样的说明而深感"可惜"。

历史是条长河，蓄意把水搅浑，是不负责任的，更不用说有违"党性和良心"了。即使"讲几句自己的话"，也不能拿历史开涮。陈少敏同志是1977年12月14日病逝的，距党的八届十二中全会已经10年之久，难道，今天为了适应某种政治需要，为了渲染那个年代的"残酷"，就让这位女革命家早死十年？这究竟是谁更"残酷"呢？

据一篇颂扬陈少敏同志业绩与人格的文章介绍，1968年，"已66岁的陈少敏是带着病参加党的八届十二中全会的。她患有严重的风湿性心脏病、关节炎，肾脏严重下垂，腿脚已经很不利落。按照医生的'判决'，她已是病入膏肓了。顽强的意志和毅力，使她不仅活了下来，而且一刻不停地为人民工作着。"（《陈少敏就是不举手》）这样一位"病入膏肓"的老人，即使悉心救治，也难保性命无虞，怎么会在"残酷迫害"中将生命又延续十年？如果说，对这样的羸弱老者也要历经漫长的十年才能"迫害致死"，读者不禁要想：莫非是"迫害"的力度不够大、手段不够狠？——这显然有违那位作家倒腾这件陈年旧事的初衷。

不管是谁，不管他名气多大地位多高，写文章说了假话，必然要在这几个方面遭到质疑：动机、人品与学养。

从优待驴

除夕夜，二哥对正在收看春节晚会的我说："明天起五更，喂咱家那头驴一个饺子，别忘了！"

"喂驴一个饺子？这是为什么？"我觉得，驴似乎就是吃草的命。

二哥说，听老辈人讲，牛啊，驴啊，这些牲口，平时都是懵懵懂懂地活着，除了干活，啥也不想；就大年五更千家万户鞭炮齐鸣时，它们才有片刻的清醒，会流泪的。因为这个时刻，它们想到了自己不幸的命运——年复一年挨着鞭打，干的是最苦最累的活，吃的是又干又涩的柴草，死后还要被千刀万剐、食肉寝皮。

"也真是怪可怜的，那就喂它半碗吧？"

"不必。喂一个就行，这是老辈人传下的风俗。"

也是。想想过去，几千年来勤劳、节俭的中国农民的苦难命运，不也与牲口类似吗？过年能吃上一顿饺子，已是难得的享受。如果真的拿半碗饺子喂牲口，会被视为"败家子儿"的。

在过去，牲口是农民的半个家业。所谓"三十亩地一头牛，老婆孩子热炕头。"五更里，喂驴（或牛）一个饺子，让牲口也过一个能吃上饺子的年，这是善良的中国农民推出的一个"从优待驴（牛）"的举措。

五更时分，驴（牛）会流泪。

我们呢，当夜深人静、一觉醒来，有没有潸然泪下的时候？

翻出几张"老照片"

因事回老家，翻检旧物时，偶然找到几张照片，一看便知是1996年河北文学院合同制作家开班典礼期间拍摄的。那时我在驻石部队政治机关从事新闻宣传工作，也是省作协会员，已经出版了一部诗集。在省作协工作的诗人刘向东和作家老城，热情邀请我为会议摄影，于是，便有了这些珍贵的镜头。

开班典礼搞得很隆重规格很高，当时的省委副书记卢展工，省委宣传部部长韩立成、副部长荀凤栖，以及省作协主席铁凝，省作协副主席、党组书记李刚等都到会讲话。省委书记程维高去得晚了点，他赶到河北会堂时开幕典礼刚刚结束，但还是在晚饭前接见了与会作家，并合影留念。河北文学院院长、著名文学评论家陈映实先生把包括"三驾马车"（何申、谈歌、关仁山）在内的几十名签约作家——介绍给他。夜色中，我打开闪光灯，把这些场面——抓拍下来。

程维高与作家合影时，因为夜色已浓，为保证拍摄效果，会议工作人员请来了携带高档设备的照相馆专业摄影师，也就是说，这时我没有拍摄任务了。但摄影师打开照明灯，准备照相时，我躲到了旁边，没有上去。老城和刘向东招手说，你怎么不来啊？我说，我只是受朋友之邀为会议提供摄影服务的，又不是签约作家，就不用上去了。后来，这张合影洗印出来，做得很大，与会作家每人发了一张，也给了我一张。这张照片估计我还留着，但很少拿出来看过，想不起放到哪儿了。

我记得会议发言时，省作协副主席、诗人刘小放和《文论报》主编、诗人刘向东，都对50多名签约作家中竟没有一个是写诗的，表示不公。当时是重视"三大件"，即长篇小说、影视文学和儿童文学。铁凝发言时做了解释，提出了自己的看法。她说：诗是神圣的，王蒙说过，他可以藐视别的，但从来不敢藐视诗。你很难想象，签订一个协议，获得一定报酬，然后在一定的期限内"批量制作"多少首诗。诗大约是文学中唯一不可以"制作"的。

会议间隙，与作家谈歌、关仁山和女作家姚彩霞合影时，我让他们往中间站，但谈歌和关仁山不肯，还说，人民解放军必须在中间，于是，这两架"马车"就"停"在了我和彩霞身边。

晚饭后我与铁凝、陈映实、老城、刘向东等在宾馆的房间里聊天，说到筹建河北文学馆时，铁凝有一种只争朝夕的紧迫感。她说，我要抓紧把这件事办成，再拖下去就老了。向东说："铁小姐还40岁不到啊，咋说老就老了呢！"铁凝闻言双手捂着脸格格地笑了起来："我总觉得我马上就要变成老太婆啦！"

当时光顾说话了，我身上就背着照相机，竟忘了给铁凝拍几张风采照。当然，她在主席台上讲话时，我还是给她拍了不少呢。

这次会议，我大约拍摄了几十幅照片，洗印出来后，都装在一个影集里，交给了省作协副主席刘小放。他说，花了多少钱啊，拿发票来让作协给你报销吧。我说不必了，为朋友帮忙，为作家办事，我很高兴。

合同制签约作家中应该不应该包括诗人，这个问题有不同看法，可以讨论。但铁凝关于诗不能"制作"的观点，还是有道理的，说明她是很懂诗的。铁凝在新时期文坛上以小说名世，并靠自己的实力和影响等因素成为中国作协的掌门人，但她早年也是写诗的，这一点可能知道的人不是很多。那就让我们欣赏一首她1977年写的短诗《割麦曲》——

月光银，
麦浪金，
金银世界醉透心，
丰收歌漫村。

心情急，
脚步紧，
一路飞奔似离弦箭，
掠过道边草纷纷。

链头刚开刀，
镰柄崭崭新；
弯月悬空喜相迎：
镰刀甩出了月一群。

欢呼除"四害"，
处处飞喜讯。
闪闪银镰沐朝霞，
座座金山掩乡村。

  这是铁凝发表在 1977 年第 10 期《天津文艺》上的组诗《丰收纪实》中的一首，当时署名是"下乡女知识青年铁凝"。我觉得，即使今天看来，这首小诗也是比较清新优美的。而另外两首，比如《浇麦小唱》，受当时历史的局限（这个就连茅盾、郭沫若等大师级的文学家也不例外），有一些浮泛空洞的标语口号，不读也罢。

天 哭

非亲非故动真哭，
血泪应从肺腑出。
天若有情怜下岗，
滴滴苦水化珍珠。

  这是著名诗人刘章的一首题为《哭嫂》的绝句，刊于《中华诗词》，是写武汉一个下岗女工为生存以替人"哭灵"为业，这个女工哭灵时，死者虽非亲非故，却哭得涕泗滂沱，情真意切，令人动容，因而"生意"和"客户"还行。

  下岗女工是哭什么？为什么而哭？缘何能够面对一个与自己毫不相干的僵尸而哭得声泪俱下、痛断肝肠？用一句文学界的行话来说，她是调动了自己怎样的生活积累与人生况味？

  富豪们死了亲爹妈，都哭不出来，或懒得哭，又要营造一个天地同悲的氛围以示孝心，所以就花钱雇人当"哭手"；弱势群体满腹苦水，一腔血泪，却无处倾诉，只能借为富人哭灵而稍加宣泄，并以此来讨得一口饭吃。这是为什么？这是怎么了？

  60年代摄制的电影《燎原》，有一个情节令人经久难忘：领导安源路矿大罢工的共产党员雷焕觉在给煤矿工人上课时，借教写"工人"二字，启发工人阶级要具有"工人是天"的觉悟。

《中华人民共和国宪法》总纲规定:"中华人民共和国是工人阶级领导的、以工农联盟为基础的人民民主专政的社会主义国家。"工人是天。工人受雇哭灵,是否可以谓之"天哭"?

诗人卖书

诗人A君节衣缩食，自费出版一诗集，在某刊发一邮购书讯。不久，便有全国各地诗歌爱好者陆续来函。有来信云："本人嗜书如命，习诗多年，然家境贫寒，无力购买自己喜欢的书，恳请看在诗路相通的份上，赠一本您的大著，日后定将报答。"A君甚为感动，遂慷慨赠书一本，并附信问候安慰，敬请"雅正"。书寄出后即了无回音。不久，又有来信云："时下购买诗集甚难，我们这里许多人都想买，望能先寄样书一本看看。"A君立即寄去一册。隔数日，又收一信："在某处见到大作出版的消息，非常高兴，愿先睹为快，请来信告知此书定价多少，如何邮购。"A君甚疑：定价多少，如何邮购，书讯中不是写得一清二楚吗，缘何又问？专门去信告知定价，又觉有"铜臭"之嫌，于是又免费寄赠新书一册。隔十数日，收某君来信一封颇令A君诧异。信曰："我曾汇去X元钱购买你的诗集，至今没有回音，请给个说法。"A君做事颇为心细，凡收来款，皆有详细记录，且款到寄书，绝无疏漏，遍查收款登记，未见某人姓名，料是未曾寄款。也许是汇款被邮电局弄丢了？A君思忖：与其去信解释，倒不如赠书一册，免生嫌疑。如此这般，数月下来，A君发现书未卖出几本，赠书和倒贴的邮资却很是可观，心中颇为不快。又一日，忽收一挂号信函，展读信笺："从某刊得知大著出版，十分高兴，现寄去书款XX元，附于信内，请从速邮寄为盼！"A君翻遍信封每一角落，却不见分文，甚为疑惑。转念一想，才知此君与前面诸位均属"忽悠一族"，乃挖空心思骗书是也。A 君甚为忧愤鄙夷，遂挥毫写一短笺："XX 君：现将所购拙著一册寄上，请查收并指正。"将信笺装入一大型信封内，里面却不放书，然后挂号寄出。

岁月撷影

——站在 2009 岁末回眸

骂街的女人

这一幕，发生在 2009 年的最后一个月。

那天，我与南宫市公安局的两名领导同志，冒着雨雾蒙蒙的天气，去检查该市的农村派出所。

当走出一个乡派出所的大门时，我想到街上转转。28 年前，我在这个乡的中学读过书。这是我离开此地后的首次故地重游，我想到母校看看。派出所的同志告诉我：学校早就迁走了，这个新建派出所坐落的地皮，就是原来那所中学的一部分。

果然，从派出所大门口东行几十米，我便看到了那条熟悉的街道。这条街原来直通中学的大门。而今，街道还是原来的街道，学校已了无踪影。

正在惆怅感慨之际，却见不远处，一个打扮的类似修女的中年妇女，站在空旷的街道上，手里捧着一个小本本，正慷慨激昂地演说："那些不学好的臭男人们，那些坏了良心的不忠不孝不仁不义的贪官污吏流氓地痞们，那些欺男霸女坑蒙拐骗吃粮食不拉人屎的乌龟王八蛋们，那些嫌贫爱富见钱眼开的脸皮比城墙还厚的贱货骚货们，你们就等着吧，总有一天，上帝会活抓活拿了你们……"也许人们早就对这一幕习以为常了，"演讲"者的周围，并没有几个观众。旁边一个大嫂可能看出我不是这里的人，主动介绍说："这是个神经病，每天这个时候都在这里讲半天。"我问："是先天性的精神病人，还是后来受了什么刺激，变成这样了？"大嫂惋惜地说："原来好好的一个人，两口子原来也好好的。后来她老公在 X 市做生意，发了财，就学坏了，吃喝嫖赌，包养小老婆。两口子整天为这个怄气，闹离婚，后来这女的就神经了。"我摇摇头，叹了口气："现在，这种事太多了！"大嫂说："可惜了那么好的文化啊，这女子能背诵许多毛主席诗词哩。说来也怪了，她背诵毛主席诗词时，一字不错，一点也不像精神病人啊。"

我心中为之一震。早在 80 年代初，就听说过辽宁一位女青年，因高考落榜而患精神分裂症，但每当背诵起唐诗，就恢复了神智，而且一字不错。诗人刘章曾赋诗咏叹："骄傲吧，中国的诗人，君不闻，唐诗能恢复错乱的神经！"

哦，于今又见：毛主席诗词，能恢复错乱的神经！

汽车在乡间公路上奔驰，那个临街叫骂的女人的影子，却总是挥之不去。虽然类似的事这些年耳闻目睹的很多，但这一幕依然深深震撼着我的心灵。就像电影艺术的"蒙太奇"镜头一样，22 年前我亲历的一幕，又倏然浮现眼前，与现实对接——

尴尬的演员

这一幕，发生在 1987 年夏。当时，我在解放军驻陕西黄龙某部服役。

那晚，师里的文艺宣传队下基层慰问演出。可能是为了扩大社会影响，演出在黄龙县人民影院进行，观看演出的，既有驻军部队官兵，也有学生、社会青年和各界观众。

1987 年，是我国改革开放的第 9 个年头。那时，资本主义、剥削阶级的腐朽思想已经侵入共和国的肌体，在"一切向钱看"的错误思潮影响下，卖淫嫖娼、拐卖妇女儿童、吸毒贩毒、假冒伪劣、走私贩私、坑蒙拐骗等一些新中国成立后已经绝迹的丑恶现象卷土重来，人们的人生信仰、价值观念也已发生了很大的扭曲，社会主义的道德风尚、意识形态和价值观念受到嘲讽和挑战，一些党员干部经不起物质利益的诱惑走向腐化堕落。但同时，四项基本原则还写在党章和宪法中，党中央先后于1983年和1987年初，进行了清除精神污染和反对资产阶级自由化的斗争（这两次斗争均因受到党内高层某些人的抵制而未能进行到底）。这一时期，真理与谬误处于混生状态，正义和邪恶在较量与搏击之中。作为一支人民军队的文艺宣传队，这次演出还是能够坚持正确导向的，大部分节目弘扬的是爱国主义和革命英雄主义精神。有一个舞蹈节目，题目记不得了，内容表现的是：一位青年军人，在老山对越自卫反击作战中，为掩护战友被炮弹炸断双腿，落下终身残疾。消息传来，他的恋人悲痛欲绝，而这位姑娘的父母却逼迫女儿立即与那位军人解除婚约。姑娘经过痛苦的思想斗争，毅然拒绝了父母的无理要求，勇敢地捍卫自己纯洁高尚的爱情。这个节目，内容健康向上，音乐和舞蹈深沉优美，演员的表演也很投入，若放在六七十年代的社会背景下，定会引起观众强烈的共鸣，出现"掌声——眼泪——掌声"的感人场面。然而，意想不到的是，台上演员如泣如诉，台下观众无动于衷，还不时响起阵阵哄笑，个别角落还传来流里流气的口哨声。我明显感到了那位女演员（女文艺兵）的尴尬、不解和无奈。

这件事深深地嵌入我的脑海。我思索多年，终于领悟：在那个历史转型期，文艺舞台还是依据历史的惯性，上演着社会主义文艺，传播着社会主义的意识形态和价值取向，讴歌着共产主义的道德情操，而观众此时已发生了嬗变，成分复杂了，思想混乱了。发家致富、下海捞钱成为人们趋之若鹜的目标，"理想理想，有利就想；前途前途，唯钱是图"成为最为流行的口头禅。不择手段发了财的男人开始热衷"及时行乐"，吃喝嫖赌；爱慕虚荣、见钱眼开的女人也"更新观念"，以"傍大款"、做"二奶"为荣。舞台还是革命的舞台，文艺还是崇高的文艺，而观众中的相当一部分已然"告别革命""回避崇高"了。当时我们连队一名战士整天把这句话挂在嘴边："现在的社会就是爹死娘嫁人，各人顾各人！"在这样的背景下，出现那样的舞台尴尬，不是很"正常"吗？

四十年代的延安，歌剧《白毛女》上演时，台下哭声一片，当演到恶霸地主黄世仁残害喜儿时，一名战士忽然拉动枪栓，欲击毙舞台上饰演黄世仁的陈强，幸被身边的班长阻止。七十年代的北京，话剧《艳阳天》上演时，台下群情激愤，当演到地主马小辫杀害萧长春的儿子小石头时，一名战士忽然跳上舞台，揪住"马小辫"左右开弓两个嘴巴，后来受到严厉批评。——这也不奇怪，因为那时，文艺是革命的文艺，观众也是革命的观众。

当一个社会的经济基础发生变化时，上层建筑也必然会相应地改变。

观众变了，舞台也会变。有什么样的观众，什么样的文艺就会应运而生，以适应"市场"的需要。在1987年那尴尬的一幕发生12年之后，我又目睹了无耻龌龊的一幕——

受辱的英灵

这一幕发生在1999年夏，是我无意间遇上的。

那年，我在解放军驻运城市某部任职。有一天上街办事，在熙熙攘攘的街道，发现一家来自南方某市的剧团，正在热热闹闹地演出。

这家剧团颇会抓住商机。那时正值运城市一年一度为期十天的"物资交流大会"，街上车水马龙，人流如潮。演出就在临时搭起的一个简易帐篷里进行。入口处，一个又高又瘦的猥琐男人，正坐在一个高高的木架上，喷着唾沫星子高声吆喝："快来看啊快来瞧啊，这精彩的节目，保证让你大开眼界、大饱眼福！十八九岁的姑娘，个个美似天仙，加五块看'上集'，加十块看'下集'，一块不加看肚脐，十五块钱看'全集'（观众笑），你想看哪儿就看哪儿，绝对够味儿又刺激！千载难逢好机会，不看你可别后悔！有钱就是爷，没钱是孙子！能挣会花，活得潇洒，不花只挣，活得败兴！（观众笑）昨天一个大老板来看戏，嘿！那威风、那派头，人家一人就带来了仨老婆！（观众大笑）那位大哥，大嫂一年到头辛辛苦苦难得进一次城，这次跟你来了，连张票也舍不得买？嫁给你可是倒了霉了，白活一世啦。钱是什么？钱是王八蛋，花了还能赚！有钱你不花，丢了是白搭——呵呵，你是白求恩的弟弟——你白述搭！"（观众大笑，人群中的一名警察，也忍俊不禁地咧嘴笑了）

听到这句不伦不类的屁话，我的心猛地抽搐了一下，我笑不出来。

白求恩是谁？他在怎样的历史关头克服重重困难，不远万里来到灾难深重的中华民族？他在中国以怎样的精神和毅力做了些什么，最终又付出了怎样的代价？他为什么图什么？人民领袖毛泽东又是怎样评价这位伟大的国际主义、共产主义战士的？我想，以那个猥琐男人的年龄，他不可能不知道。他为什么要如此无耻地亵渎和调笑这样一个象征着友谊、纯洁、无私、高尚的名字？当时，正值白求恩大夫逝世 60 周年，若英灵在天有知，该怎样看我们这个他曾无私帮助过的民族？

即使没有那个男人吆喝宣传，人们也都知道，棚子里的确在表演脱衣舞。清风不时撩开遮挡并不严密的帐篷，将里面的龌龊泄露出来。而就在帐篷的入口附近，还有一位默不作声的"活体广告"，起着"不吭一声，尽得风流"的作用———一位天生丽质的少女，身着透明的白纱裙，坦然迎接着围观者热辣辣的目光。裙子的透明度和少女白皙粉嫩的肤肌都堪称一流，除了那最重要的"三点"被极其简约的黑布稍加遮掩外，全身其他部位一览无余。而小块黑布与大片白纱的强烈反差，又分明起着"欲盖弥彰"的诱惑作用。显然，剧团是颇为精明地把他们百里挑一、最具姿色的女子，摆在了这个招徕观众的重要位置，作为他们招财进宝的摇钱树。

旁边，一个兜售"地摊文学"的汉子，也在卖劲地吆喝："看杂志啦看杂志啦，漂亮女人风流万千，连自己亲生儿子的老爹是谁，都不知道！"又是一阵哄笑。

怀着一种难言的复杂心情，我转身离开了这里。

时隔不久，我去运城师院拜访被誉为"青年的良师益友"的全国著名演讲家、教育家景克宁教授。交谈中，我直言不讳地说出了心中的困惑。我说，我们党过去搞了许多政治运动，意识形态领域的斗争抓得很紧，尤其重视两条路线的斗争。而某些政治运动的扩大化也的确曾伤及无辜，在打击敌人、惩治坏人、教育挽救犯有不同程度错误的干部的同时，也使一部分好人蒙冤。十一届三中全会后，我们党宣布从此再也不搞政治运动，尤其是坚决不搞群众性的政治运动，一心一意搞经济建设。经济建设也的确取得了很大的成绩。但是，我们付出了怎样的代价？社会风气和社会道德是好转了还是沦丧了？党的威信、形象、凝聚力和战斗力是提高了还是降低了？青少年和广大干部群众的社会主义信念和共产主义理想是更加坚定了还是开始动摇了？干部队伍是更加勤政廉洁了还是日趋腐败堕落了？贫富两极分化是加大了还是缩小了？社会主义集体经济是发展壮大了还是日益被削弱了？自然环境是优化了还是恶化了？干群关系是融洽了还是紧张了？工人阶级的主人翁地位是增高了还是降低了？当下出现的一些旧中国旧时代特有的社会乱象（比如走私贩毒、卖淫嫖娼、制假贩黄、拐卖人口、卖官鬻爵、黑道横行等等），其死灰复燃的社会根源在哪里？老教授闻言，目光黯淡，沉吟片刻，只是一遍遍地喃喃自语："不会总是这样的，不会总是这样的……"看得出，他也在苦苦地思索这些问题。

也许，苦苦思索的我们，在当时都没有明确地意识到，能够促使我们找到答案的，是——

汹涌的民意

又一个十年过去了。历史的车轮转到了公元2009年。

10月1日，首都各界举行群众游行和盛大阅兵仪式，隆重庆祝新中国成立60周年。

当抬着开国领袖毛泽东的巨幅画像和"毛泽东思想万岁"巨幅标语的游行方队,在《东方红》的磅礴旋律中走过天安门广场时,城楼上下掌声雷动,荧屏内外一片欢腾。许多人流下了激动的热泪。这掌声、这欢呼、这泪水,献给人民利益的守护神、战无不胜的毛泽东思想,也献给高瞻远瞩、审时度势、顺应民意的以胡锦涛同志为核心的党中央。

重读原中纪委第二书记黄克诚同志1981年在中纪委召开的一次座谈会上的讲话,感触颇深。他当时就一针见血地指出:"现在有些人要丢掉毛泽东思想这面旗帜,甚至把毛主席的正确的思想、言论也拿来批判。我认为这样做是要把中国引上危险的道路,是要吃亏的,是会碰得头破血流的。""丢掉毛泽东思想,造成党和人民的思想混乱,我们的社会主义国家就可能变质,子孙后代就会受罪。不能不看到这个危险!"历经近30年的检验,不能不承认,这位开国大将目光如炬。

又想起了本文开头提到的那个精神失常的女人,那个一旦背诵起毛主席诗词就异常清醒的女子。

是啊,当一个国家和民族的精神发生"分裂"和"迷乱"时,伟大的毛泽东思想,能唤醒她的神经,恢复她的神智!

"看历史"要睁着眼睛

在网络上浏览,一个《警惕以左谋私》的大标题,跳入我的眼帘,颇有几分新鲜感。文章好像先后在数家有影响的报刊发表过。但刚读了个开头,我便觉得此文没必要再看下去了。

文章的开头是这样的:

我们通常都说"以权谋私"、"以职谋私",但却忽视了另一种谋私手段——以"左"谋私。

我们来看历史。康生的发迹并非因为是"官二代",主要始于1942年在延安搞的那场"抢救失足者"运动。因为此,他很快成了中央政治局委员。

只要有点历史常识的人,就应该知道,"抢救失足者"运动发生于1943年,也就是延安整风运动的后期。运动中因为过于严重地估计了敌情,而且在审查办案中搞逼供信,造成了许多冤假错案,搞得人心惶惶。党中央和毛泽东同志发现这一严重情况后,果断地制止和纠正了正向恶性发展的这个错误,对蒙受冤屈的同志给予彻底平反,毛主席还在大会上亲自向被整错的同志赔礼道歉。他说,延安出现的错误,他都有责任,因为他是党中央的领导。毛主席纠正错误并赔礼道歉的行动本身,就是对康生等人的批评教育和对肃反运动扩大化的否定。因而,策划并实施"抢救失足者"运动,是康生政治生涯中的一次"走麦城",而非"发迹"。至于康生在两年后的中共七届一中全会上当选为政治局委员,恰恰说明了党中央毛主席对工作中犯有错误的同志不搞"一棍子打死",而是全面考察其历史,正确衡量其功过,允许犯错误,也给人改正错误和将功补过的机会。如果换了品行不端的领导人,是不会干这种代部下受过的"傻事"的,将办砸了事的部下撤职罢官,自己倒落个"一贯正确""铁面无私"的美名,名正言顺,心安理得地接受"英明伟大"的颂词,是那些人的一贯做法。党的最高领袖,还道的哪门子歉?

如果说进入政治局就意味着"发迹",那么,说康生是通过"抢救失足者"运动而发迹,非常荒唐。查一查康生的履历就会知道,他是在1934年1月中共六届五中全会上当选中央政治局委员的。也就是说,他早在开展"抢救失足者"运动的十年前,就已经"发迹"了。这是历史,白纸黑字,无可更改。

《警惕以左谋私》的作者说"我们来看历史",试图通过历史和历史人物来阐述其观点。看历史是应该的,说历史也是必要的。但历史应该怎样看、怎样说,是个大题目。有一条恐怕是最基本也是最重要的:要睁着眼睛。

也说"砖家"

在作家萧含兄的博文《国震的笑脸》一文后面,有网友跟帖说:萧含是"专家",国震是"砖家"。

我不知道萧含兄是否认可网友恩赐的"专家"称谓,但我对"砖家"一词,还是颇有几分自得的。"砖"家,嗯,不错!

砖家,砖家,先有"砖"而后有"家",没有砖哪有家呢?别说人了,即使阿猫阿狗,也得有个砖垒的窝,否则就沦为可怜的流浪狗、流浪猫之类,成为打击或收容的对象。"脱坯盖房,活见阎王",这句古老的民谚,言尽了修房造物之苦。公安作家刘晓宁笔下那个爱吃"光屁股面"的福旺,14岁就跟着爹干这种"连精壮汉子都草鸡的活儿"。为什么"见阎王"也得咬着牙干?还不是为了有个挡风遮雨的"家"吗?杜甫诗曰:"安得广厦千万间,大庇天下寒士俱欢颜,风雨不动安如山!"就是从心底发出的对温馨家园和安居工程的渴望与期盼,成为千古绝唱。若没有"砖家",即使伟大如诗圣杜甫之"专家",也难逃"吾庐独破受冻死亦足"的悲惨下场啊。令人感佩的是,一千多年前,茅屋"为秋风所破"时,杜老夫子惦记的是"天下寒士",而且发出了"何时眼前突兀现此屋,吾庐独破受冻死亦足"的心声。窃以为,以老杜的此种思想境界,若追授一个"久经考验的忠诚的共产主义战士"的谥号,想也是当之无愧的。不像时下某些"公仆",脸上涂抹着共产党的华丽油彩,心里念的却是"人不为己,天诛地灭"的剥削阶级圣经,乐此不疲地干着"发家自富"的兴家旺族的事业，到终了也还要"当仁不让"地争一顶"共产主义战士"的高帽，没有丁点脸红的意思。

当然，有了"砖家"，总不能每天躺在一堆砖里睡大觉，还是要做一些事情的。比如俺吧，工作之余，喜欢写点东西，敲敲键盘或爬爬格子。敲键盘爬格子这活，虽说有"砖"家的庇护，不受风吹日晒、雨打霜侵，但要真正认真起来，其艰辛大约也不亚于脱坯盖房。黄土高坡上的那个路遥，不就是为了一部《平凡的世界》，40岁出头就"见了阎王"吗？冀东大地上的浩然幸运些，熬过了70大关，但那么一个英俊健壮的汉子，生生躺在床上，当了5年不死不活的植物人。俺当然不能和这些大师们比，论才气论毅力，都没有可比性。人家追求的是无所不及，俺有自知之明，只求力所能及。但即使这样，俺感觉码出的每一个方块字，也砖头般沉重。而换回的"润笔"，除了《羊城晚报》等南国报刊，刊在其他媒体上的，一个字还不及一块最普通的砖头的价值。

打实基础，备足原料，才能建起自己的文学大厦。浩然1986年在《农村青年》杂志《乡土文学作家一夕谈》栏目发表的《搞创作就像搞建筑》一文，告诉了俺们这条经验。这个只上过三年半小学的农村孤儿，为了备齐构建自己文学大厦的"砖"，"从十七岁到三十四岁'文化大革命'开始之前，我没有在半夜十二点前上床休息过，没有睡过一个午觉，所有的业余时间都花在学习和写作上"。（《搞创作就像搞建筑》，浩然著：《小说创作经验谈》，中原农民出版社1989年5月版）经历了这种备"砖"的辛苦，才有了以后"专家"的风光。搞创作要备的"砖"需用什么原料打成？浩然说："是思想修养、社会知识和艺术造诣的'三合土'。"窃以为，能把这神奇的"三合土"有机结合的人，方可担当起"砖家"的称号。

看来，"砖家"与"专家"之间，并没有不可逾越的鸿沟。当然，其生活与工作待遇还是有很大差别的。比如，"专家"（主要是那些戴着乌纱帽的专家）出行，往往有"专车"，而"砖家"呢，能蹭个"砖机"（拉砖的拖拉机）就运气不错了。

网友说我是"砖家"，大约也是受了萧含兄关于"斗士"的蛊惑。"斗士"的称号我辈担当不起,但鉴于社会上还有一些动不动就向老百姓龇牙咧嘴的贵族狗,还有一些以向中华民族的优秀儿女猖猖狂吠为能事的洋鬼子豢养的宠物狗,所以,尽管俺也时常展露着"猫胡子的笑脸",行囊里却也准备着随时可以抛出去的砖头。构成这种砖头的"三合土",则是正义、良知与勇气。

听"北大醉侠"讲课

9月27日（星期二），听说有"北大醉侠"之称的北京大学中文系教授孔庆东先生晚上要在北大理教楼讲课，我和一名同学下午就早早赶到北大。

孔老师的课大约在晚饭后六点四十分开始。老师还没到，教室里就已经座无虚席。许多同学早早地来到教室占座，来得晚的，就只好站着听课了。

我们来得早，在距讲台较近的位置坐下来。

一阵热烈的掌声响起，"北大醉侠"满面春风地走进教室。

一些同学手持孔庆东教授的书，请先生题签。

孔老师健步登上讲台，环顾四周，笑了笑，朗声说道："原来的教室小，换了个大点的，还是有那么多同学要站着听课，简直像"程门立雪"啊。没办法，咱北大就这么个条件。这么多年，竟弄得越来越穷了。我当年在北大读书时，也有同学要站着听课，但不像现在站着的这么多。我看，再这样发展下去，许多同学就要吊在房顶上听课啦！"一阵哄堂大笑，使课堂气氛活跃了许多。

孔庆东教授今天讲的是《通俗文学与现代文学》。他站在讲台上，一边侃侃而谈，一边熟练地操作着电子课件，将相关内容投影到大屏幕上。屏幕上首先出现了这样一组关键词：

现代文学：新文学与通俗文学

如何看待新文学？

高雅？严肃？精英？纯？

对这些关键词，他一一做了见解独到的阐释。

他说，我们以往学的文学，是新文学。像《新文学史稿》，写得就是现代文学。现代文学，比如"鲁、郭、茅、巴、老、曹"们，其对立面是旧文学。我们说谁的东西是通俗文学还是所谓"纯文学"，与其艺术水平没关系，通俗文学也可能是一流的。像《三国演义》《水浒传》等，就都是通俗文学。现代文学的影响力还不大，究竟有多少人在读呢！恐怕是一小撮。现在读"鲁、郭、茅、巴、老、曹"的人很少，所以中国进步就这么慢。通俗文学的对立面是什么？什么又是"非通俗文学"呢？什么的雅，什么是俗？假如现在有人穿红卫兵的衣服走进教室，你说他（她）是"雅"还是"俗"？不好说呀。《诗经》里，艺术成就最高的是"风"，你能说他不雅吗？"纯文学"之说，不靠谱。我看，许多发表在所谓"纯文学"杂志上的东西，其实一点不纯，充当这个阶级的工具，为那个集团服务，里面有政治、有斗争、有矛盾、有阴谋。倒是某些被称为"通俗文学"的东西，言情说爱，风花雪月，显得很"纯"。茅盾的《子夜》是"纯文学"吗？你把《子夜》研究透了，就是半个经济学家。鲁迅成为大师，其伟大就在于他的文学"不纯"，他写作的目的在于改造社会，拯救灵魂，不只是为了当作家。

他说，什么人才可称"精英"呢？精英，要有学问，还要有风骨，要写出最难写的东西来。八十年代的许多教授，是真精英，现在的一些教授，恐怕连"副精英"也不够格（笑）。有的教授抱怨现在的学生每况愈下，我看，老师也是每况愈下，癞蛤蟆都成教授了（笑）。现在许多人竟然推崇徐志摩、林徽因们的东西，太没品位了。

接下来，孔庆东教授以武侠小说为例，分析了鲁迅的《斯巴达之魂》《铸剑》，郭沫若的《棠棣之花》，老舍的《复仇》《老张的哲学》《离婚》，沈从文的《凤凰》，蒋光慈的《少年漂泊者》，以及萧军、萧红、端木蕻良、骆宾基、舒群等东北作家群的作品。他说，许多革命家少年时代都是读过武侠小说的，胡耀邦小时候读了《少年漂泊者》，就参加了革命。

他说，鲁迅的学问和文章，是千古第一人。没有人比得了，也没有人模仿得了。鲁迅在呼唤近代中国最缺少的东西——侠。缺少了侠义精神，有了洋枪洋炮，还是打败仗。毛主席领导的500万中国人民解放军，就是500万"侠"，使天地为之变色，改变了中国的命运。鲁迅的小说《铸剑》，写眉间尺复仇的故事，就是武侠小说，具备武侠小说的所有要素。鲁迅的思想，就像《洪湖赤卫队》里韩英唱得那样，"让天下劳苦大众都解放"，这是革命思想，也是佛的思想，所谓"普度众生"。鲁迅一生，都在批判一个"伪"字。当代文学60年了，其成就还不如现代文学30年。现在那些获得茅盾文学奖的作品，又有多少人看过？恐怕许多评委也没有全看。老舍无法与鲁迅比，但他的神来之笔，其他通俗作家也是比不了的。

他说，当民主、自由、人权、慈善这些原本干净、美好的名词被玷污了时，要试图洗干净，如果洗不净，就要推出新的名词。比如黄世仁的门口挂着"积善堂"的匾牌，恶霸标榜"善"，弄脏了"善"字，共产党干革命，就用了一个新的提法，叫"为人民服务"（笑）。如果有一天这句话也被弄脏了，也要换新的词。许多词的本意是很好的，后来被玷污了。"9·11"时，中国的汉奸卖国贼们如丧考妣，痛哭流涕，做了美国的"一夜情人"，却全然忘记了这个霸权主义国家带给阿拉伯人民的灾难和痛苦。如果没有阿拉伯人民的浴血奋战，美国早就从新疆等地打到我们家门口了。

谈到郭沫若时，孔老师说，郭沫若学问太大，被人误解了一辈子。那些攻击、贬损、污蔑郭沫若的人，连郭沫若的千分之一也比不上。现在有人大肆吹捧胡适，贬低郭沫若。胡适有什么呢，他所涉足的领域，郭沫若全都有研究，他们两个所跨越的领域基本上一样。但郭沫若在每一个领域的成就，都是胡适的一百倍。历史和后人，会给郭沫若一个公道的评价。

我对孔老师的话有同感，这些年来，社会上对郭沫若的看法确实有些偏，有些人把他贬得一无是处，骂他是"软骨头"，甚至对他死后把骨灰埋在大寨也说三道四，冷嘲热讽。前几年，有人在网络上大骂郭沫若，我留言说：1927年蒋介石发动"四一二"反革命大屠杀后，共产党人血流成河，国内一片白色恐怖，郭沫若发表了题为《且看今日之蒋介石》的檄文，把当时不可一世的蒋介石骂了个狗血喷头，此等勇气、胆识和血性，遍观今日之中国，能有几人？当今某些自命清高、自以为是的无耻文人，骂起前人、死人、老实厚道人、无权无势人像疯狗一般，在权贵面前却谄媚的像个波斯猫，是最让人恶心的。

孔老师大约讲了将近两个小时，课堂上不时响起笑声与掌声。下课后，我们走上讲台问候先生，并自报家门。他高兴地说："刘国震啊，我看了你的博客，还把我给公安作家班讲课内容也发上去了。哈！"

孔庆东教授曾被评为"北大十佳教师"之首，是央视"百家讲坛"著名坛主，也是新浪文化博客首席博主。9月28日，他在新浪博客贴出博文《草草莽莽迎国庆》，文中提到了这次讲课——

9月27日，周二。中午坐视天下后，下午到北大办点事。晚上母亲煮了大闸蟹，孔和尚胡嚼乱啃，弄得一桌子残壳败甲，然后缓步去上课。

晚课换了一间大点的教室，虽然还有很多学生站着，但总算有了个"程门立雪"的地方，不像以前快要逼迫学生"凿壁偷光"了。这次讲的是"通俗文学与现代文学"，有两位公安作家来赏光。另有几位铁粉亦来。

劳动、爱情与诗

最近从《江苏诗选》(1949——1979)里面读到两首民歌味很浓的新诗，虽然都是几十年前的作品，但仍感觉一股清新之气扑面而来。

一首是顾定斐的《锄麦草》：

> 喜鹊高叫尾巴翘，
> 全社社员锄麦草。
> 我俩锄在最前头，
> 情哥连连把我瞧。
> 低低叫声好哥哥，
> 谢谢你呀不要瞧。
> 莫为瞧我失了手，
> 漏了杂草伤了苗。

另一首是徐世珍的《忽然背篷身后盖》：

> 妹在田中把秧栽，
> 劈头暴雨倒下来，
> 正想回家拿背篷，
> 忽然背篷身后盖，

>   头不抬！
>   知道哥哥带得来。

这两首诗，产生的背景是五十年代后期和六十年代初，抒写的是人民公社的集体劳动，以及在劳动中产生的纯洁、质朴、健康、美好的爱情。读到这两首诗，使我油然想起早年读过的湖北诗人管用和的那首《选种》：

>   哥妹选种选得精，
>   妹妹故意问一声，
>   问哥你可选好了？
>   铜铃打鼓另有音。
>   哥说捏在巴掌心。

这样的诗，在当今的诗歌报刊上是难得一见了。在某些写诗人的眼里，自我就是一切。因而，他们弄出的东西，大都是不知所云的梦呓般的货色，成为一种故作高深的病态宣泄。为什么不愿让人读懂呢？只有丑陋的心灵，才最怕被人洞悉。

龙年说狗

狗是一种动物。人们习惯把品行不端的人骂作狗。

美国作家马克·吐温就这样骂过。他在一次酒会上回答记者提问时愤慨地说:"美国国会中的有些议员是狗娘养的!"那时没有"第一视频",但有报刊。虽然那时的报刊还没有堕落到把马克·吐温的原话蓄意篡改为"美国国会议员是狗娘养的!"但这句话还是引起一场轩然大波,国会议员们强烈抗议,要求马克·吐温公开道歉,否则就要诉诸法律。马克·吐温只好在报刊发表了道歉声明:"日前我在酒席上发言,说有些国会议员是'狗娘养的',事后有人向我兴师问罪,我考虑再三,觉得此言甚是不妥的,特登报声明,把我的话修改如下:美国国会中的有些议员不是狗娘养的"。

毛泽东主席骂过"狗",也骂过忘八蛋。他1959年写给《诗刊》主编臧克家的信中说:"六亿五千万伟大人民的伟大事业,而不被帝国主义及其在各国的走狗大骂而特骂,那就是不可理解的了。他们越骂得凶,我就越高兴。让他们骂上半个世纪吧!那时再看,究竟谁败谁胜?我这两首诗,也是答复那些忘八蛋的。"两首诗,指七律《到韶山》和《登庐山》。其中的名句"为有牺牲多壮志,敢教日月换新天"、"冷眼向洋看世界,热风吹雨洒江天",家喻户晓,脍炙人口。毛泽东说的"忘八蛋",古指忘掉了"忠信孝悌礼义廉耻"这八个字,后来演变为"王八蛋"。

周恩来总理也骂过"狗"。他在1969年国庆招待会上的讲话中,就这样讲过:"各国人民的革命斗争蓬勃发展,猛烈地冲击着帝国主义及其走狗的反动统治。美帝国主义和社会帝国主义内外交困,日子越来越不好过。为了争夺势力范围,镇压各国人民,他们口头上高喊和平,实际上都在疯狂地扩军备战。他们正在加紧勾结,企图组织反华包围圈,对我国进行战争威胁。"周恩来还骂过叛变投敌的中共前总书记向忠发:"向忠发的节操,还不如个妓女!"周恩来温文尔雅,极少动粗。若是换了彭大将军,可能就会这样骂:"向忠发的节操,还不如个婊子!"当然,以"与时俱进"的观点看,若是当今,如此高位的领导人骂人,大约应该这样措辞,才显得抒情一点,"普世"一点,"人性"一点:"正义的事业和革命的气节,比金子还要珍贵,比阳光还要灿烂。遗憾的是,向忠发先生的节操,恕我直言,还不如一名性工作者。"

小时候从收音机中听革命现代京剧《红灯记》,高玉倩饰演的李奶奶有句道白,念得字正腔圆,令人刻骨铭心:"外面有狗!"而《沙家浜》中沙奶奶的那段经典唱腔,更是酣畅淋漓、脍炙人口:"沙家浜总有一天会解放,且看你们这些走狗汉奸——好下场!"。

世界上有两条腿的"狗",这可以从《中华人民共和国宪法》中找到依据。"中华人民共和国武装力量的任务,是保卫社会主义革命和社会主义建设的成果,保卫国家的主权、领土完整和安全,防御帝国主义、社会帝国主义及其走狗的颠覆和侵略。"这是1975年《宪法》第十五条的相关规定。1978年《宪法》第十九条,与之类似。1982年以后的《宪法》,删去了"走狗"一词。从法典上删两个字容易,从生活中根除某种东西就难了。有兴趣的同志不妨做个调研:"走狗"一词从媒体和纸张上消失后,现实社会中的"走狗",少了,还是多了?

一个人,当被撕咬的鲜血淋漓时才知道世间有狗,才想起呼救,那就晚了。

陆游遭贬损,老孔吃官司

一场官司又把北大教授孔庆东推上了风口浪尖。

《新京报》2013年5月10日刊发一篇题为《北大教授孔庆东微博骂人狗汉奸被判赔偿200元》的报道,被许多媒体转载和热炒。文中有这样一段话:

2012年5月6日,北京大学中文系教授孔庆东在微博上发表了《立春过后是立夏》博文,博文中,孔庆东写了一首七律。博文上传后,中国劳动关系学院在校生关凯元对这篇博文提出了意见,称孔庆东的七律"格律不对……好歹孤仄孤平不该犯",没想到却惹来了中文系教授孔庆东的不满。根据经过公证的证据材料,孔庆东直接回复关凯元,称其"驴唇不对马嘴……你就是个狗汉奸……"

这段文字传递的信息是:作为北大教授的孔庆东爱写旧体诗却不懂诗词格律,有年轻人善意地提出批评意见,老孔却"老虎屁股摸不得",对人大肆辱骂。

这件事,使某些人(含某些媒体)兴奋异常,大肆借题发挥,发起对孔庆东的新一轮"围剿",大有"全党共诛之,全国共讨之"的声势。

但是很遗憾,《新京报》的这则报道,可以说是不实新闻。这则报道在引述孔庆东和@ rushiwolai2012(关凯元注册微博)的话时,出现了三个省略号,根据我的经验,必须要搞清楚这省略号究竟省略了什么,才能大致接近事情的真相。经过我检索资料,发现二人的完整对话是这样的：关凯元跟帖讥讽："和尚（孔庆东）写的诗意境不错，可确实格律不对，就算不严格按照古人韵律，好歹孤仄孤平不该犯。亏你还自称度变七律啊。"孔庆东回复："你不要装作懂格律好不好？你说的驴唇不对马嘴，你连原诗都没看，你就是狗汉奸……"孔庆东这个回复，火气是大了点，如果就事论事，不考虑其他背景和因素，"狗汉奸"之说的确欠妥。但关凯元也不是没有问题。文艺批评，要建立在认真地阅读文本的基础上，还要有一个与人为善的态度。而这两点，作为批评者的关凯元一条都没有做到。孔庆东《立春过后是立夏》文章中引用的那首诗，明明是南宋伟大爱国诗人陆游的七律《立夏前二日作》，孔庆东行文风格一贯幽默，时常插诨打科，开个玩笑什么的（比如他说"远在八百多年前，陆游那厮就不害臊地抄袭了俺的大作，而且抄得一字不差。"），但文中说得也很明白："陆游的余春，毕竟还有那么二三日。可北京的春天，看来快要彻底省略了。"可以说，即使从未读过陆游这首诗的人，看了孔庆东的这篇博文，只要智商正常，都不会把这首诗当成是孔庆东的作品，而关凯元作为一个晚辈和在读的大学生，不问青红皂白地对孔庆东教授一番指手画脚、冷嘲热讽，不管是出于无知、狂傲或粗枝大叶，还是素有积怨而故意纠缠捣乱，引起孔庆东教授的反感是自然的。说其"驴唇不对马嘴"恰如其分，批评其"装作懂格律"也名至实归。因为陆游这首七律，在格律上是没有问题的。关凯元故作高深，班门弄斧，其实未必真正懂得什么"孤仄孤平"，至少，他还不懂传统诗词创作中的"拗救"是怎么回事，否则就不会自以为是地教训陆游不会写诗，并让孔庆东先生代为受过。尤其是那句"亏你还自称度变七律啊"，何为"度变七律"？连字都写不对、话都说不清还装腔作势，亵渎师长，这等学生，纯属自我找骂，要是在陆游那个时代，恐怕还要罚站和挨戒尺。

这么一个简单的事实，某些媒体一报道（另有一些媒体转载时也不加核实），就走了样变了味。删去一句"亏你还自称度变七律啊"，冷嘲热讽就成了"善意的批评"，隐去一句"不要装作懂格律好不好？你连原诗都没看"，批评者的"二百五"作风和傲慢无知就

被掩饰，在陆诗格律问题上的争论也被混淆了是非。"因立场而决定对新闻素材的取舍"，某些媒体几个省略号的巧妙使用，将其演绎的淋漓尽致。一个骄矜浅薄的在读大学生或许没能力辨别宋代陆游和今人孔庆东的诗，但那么多新闻媒体也把《立夏前二日作》说成是"孔庆东的七律"，让谁蒙羞？

由此看来，捍卫新闻的客观公正和真实性原则，加强新闻从业人员的职业操守和综合素质，还任重道远。